DER GROSSE LIEBESROMAN

Von Jacqueline Monsigny
sind als Heyne-Taschenbücher erschienen:

Bittere Leidenschaft · Band 28/68
Die feurige Prinzessin · Band 28/74
Floris, Mon Amour · Band 28/83
Floris und die junge Zarin · Band 28/92
Das Mädchen aus Louisiana · Band 28/100
Die falsche Prinzessin · Band 28/106
Das Opfer des Sonnengottes · Band 28/110
Bengalische Nächte · Band 28/116

Jacqueline Monsigny

Triumph der Liebe

Roman

Deutsche Erstausgabe

WILHELM HEYNE VERLAG
MÜNCHEN

HEYNE – DER GROSSE LIEBESROMAN
Band 28/126

Titel der französischen Originalausgabe
L'AMOUR DINGUE
Deutsche Übersetzung von Alexandra von Reinhardt

Printed in Germany 1988
Umschlagfoto: Franco Accornero/Schlück
Umschlaggestaltung: Atelier Ingrid Schütz, München
Gesamtherstellung: Ebner Ulm

ISBN 3-453-02658-6

TEIL 1

Das rote Motorrad

Während es in New York schneite, fiel in Paris ein leichter Nieselregen.

Eines wußte Christopher Bergman ganz sicher, als er in Roissy aus dem Jumbo Jet stieg: nie wieder würde er sich von einer Frau umgarnen lassen . . . von keiner Frau der Welt.

1

»Idiot!«

Ein rotes Motorrad raste an Christopher vorbei, der gerade den Blinker eingeschaltet hatte, um in das unterirdische Parkhaus an den Champs-Elysées einzubiegen. Er trat hart auf die Bremse. Die schwere Maschine brauste mit lautem Knattern dicht vor seiner Kühlerhaube nach rechts. Christopher kurbelte wütend das Fenster herunter, um etwas Passendes auf die Beschimpfung zu erwidern. Das war doch wirklich der Gipfel der Unverschämtheit! Der behelmte Motorradfahrer, der ihm so rücksichtslos den Weg abgeschnitten hatte, drehte sich um und salutierte dreist.

»Dreckiger Rüpel!« rief Christopher zum Fenster hinaus. Zu spät! Das rote Motorrad entfernte sich mit flatternden Wimpeln im Zickzackkurs zwischen den nur im Schneckentempo vorankommenden Autos.

Durch den Zwischenfall hatte Christopher die Einfahrt zum Parkhaus verpaßt. Er wollte zurücksetzen, aber das Hupkonzert hinter ihm belehrte ihn sofort eines Besseren. An der Kreuzung versuchte ein Polizist vergeblich, mit Hilfe seiner Trillerpfeife das Verkehrschaos unter Kontrolle zu bringen. Ohne sich auch nur im geringsten um ihn zu kümmern, schoben sich die eiligen Fußgänger zwischen den Stoßstangen hindurch. Es war neun Uhr morgens – die Öffnungszeit der Büros und Geschäfte an den Champs Elysées.

Christopher überquerte mit großen Schritten die Avenue Gorge-V. Wenn er etwas verabscheute, so war es Unpünktlichkeit und Zeitverschwendung, und zu seinem großen Ärger hatte er erst vor Fouquet's wenden können und war sodann gezwungen gewesen, die ganze Strecke zurückzufahren, um seinen BMW im Parkhaus unterzustellen.

Der Triumphbogen leuchtete in der warmen Sonne, aber Christopher Bergman war an diesem Morgen viel zu gereizt, um einen Blick für die Schönheit von Paris zu haben.

Zwei kleine Verkäuferinnen überholten ihn mit lautem Geplapper. Eines der beiden Mädchen stieß gegen Christophers schwarze Aktenmappe. Das andere versuchte, beim Laufen seine Wimpern zu tuschen. Lachend drehten sie sich nach Christopher um und warfen ihm jenen unbefangenen und zugleich dreisten Blick zu, der den Charme der Pariserinnen ausmacht.

›Früher hätte ich mir eine solche Gelegenheit nicht entgehen lassen!‹ dachte Christopher, während er gesetzt das Bankgebäude betrat.

»Guten Morgen, Monsieur Bergman!«

»Hi!« erwiderte er den Gruß mit der amerikanischen Aussprache »Haai«.

»Der Präsident hat soeben nach Ihnen gefragt . . .«

Verärgert über seine Verspätung, runzelte Christopher

die Stirn. Dennoch knöpfte er in aller Ruhe Jackett und Weste seines erstklassigen anthrazitgrauen Anzugs auf, bevor er seine Aktenmappe auf einem großen schwarz lackierten Schreibtisch ablegte.

»Sagen Sie ihm, daß ich gleich hinaufkomme, Isabelle. Paris wird New York wirklich immer ähnlicher ... Ein Strolch hat meine Wagentür gestreift ... Tippen Sie diesen Bericht ab, Renée ... Mit zwei Kopien für den Präsidenten und einer weiteren für die Fifth Avenue ... Nichts Neues in der Sache Mayer? Rufen Sie Monsieur Jean-Pierre d'Orval an, Ginette, und sagen Sie ihm, daß unser Mittagessen bei Lipp in Ordnung geht ... Was die Petrol-Associum betrifft, so bereiten Sie mir bitte eine vollständige Bilanz vor ...«

Während Christopher, der im Französischen nur einen ganz leichten angelsächsischen Akzent hatte, rasch seine Anweisungen gab, holte er Akten aus seiner Mappe, breitete sie auf dem Schreibtisch aus und reichte seinen Mitarbeiterinnen von Hand korrigierte Schriftstücke und besprochene Kassettenbänder.

Effizienz, Exaktheit, Ordnung!

Das Büro funktionierte wie ein gut geöltes Räderwerk. Renées flinke Finger glitten über die Tasten der elektrischen Schreibmaschine. Ginette öffnete die Post und beantwortete dazwischen die Telefonanrufe. Isabelle stand neben dem Schreibtisch ihres Chefs und notierte sich dessen Anweisungen.

Ein zufriedenes Lächeln huschte über Christophers Gesicht. Viele seiner amerikanischen Kollegen beklagten sich häufig über das französische Personal, dem sie Leichtsinn, Streitsucht und Überspanntheit vorwarfen. Aber Christopher hatte seine drei Sekretärinnen seit seiner Ankunft in Paris schon meisterhaft auf seine Arbeitsmethoden gedrillt. Gleich als erstes hatte er ihnen abgewöhnt, ihm jeden Morgen und jeden Abend zur Begrüßung und zum Abschied die Hand zu geben. Diese französische Sitte hielt er schlichtweg für eine lächerliche Zeitverschwendung.

Am nächsten Tag hatte er sie gebeten, auf die umständliche Anrede ›Monsieur‹ zu verzichten und ihn – wie es in Amerika gang und gäbe ist – einfach beim Vornamen zu nennen. Das war der einzige Punkt, in dem sie ihm den Gehorsam verweigert hatten. Sie redeten ihn nach wie vor förmlich mit ›Monsieur Bergman‹ an, was ihm unbegreiflich war.

»Okay, ich begebe mich jetzt zum Präsidenten und wünsche dort nicht gestört zu werden, Isabelle, es sei denn, daß etwas außerordentlich Wichtiges anfällt . . .«

Christopher nahm seine Brille ab und putzte sie sorgfältig. Einen Augenblick lang sah er jünger und weniger streng aus, aber gleich darauf setzte er die Hornbrille wieder auf und verließ das Büro. Nach wenigen Schritten kehrte er um, weil er eine Akte auf dem Schreibtisch vergessen hatte. Als er eintrat, schnappte er gerade noch das Ende eines Satzes auf.

». . . sieht gut aus, ist aber der reinste Roboter.«

Beim Anblick von Christopher verstummte Isabelle abrupt, und ihre beide Kolleginnen taten so, als wären sie völlig in ihre Arbeit vertieft. Christopher war überzeugt davon, daß sie über ihn gesprochen hatten. Als Gentleman ignorierte er die Verlegenheit der drei Frauen und nahm die Papiere vom Schreibtisch.

Er durchquerte die Finanzabteilung, in der es so geschäftig wie in einem Bienenstock zuging, und drückte in der großen Halle aus weißem und schwarzem Marmor auf den Liftknopf. Alle Aufzüge waren besetzt. Christopher entschloß sich, die Treppe zu benutzen. Unter einem Porträt von David Blumbunker, dem Gründer der mächtigen California New York Bank, hing ein riesiger Spiegel, und Christopher musterte sich neugierig darin. Hatten ihn die siebzehn Jahre in der Hochfinanz und die fünfzehn Jahre Ehe mit Marjorie tatsächlich in einen Roboter verwandelt?

Mit seinen 43 Jahren fühlte er sich physisch in bester Form. Er war groß, breitschultrig und hatte noch kein Gramm Fett angesetzt. Sein Schnurrbart und seine Haare waren noch unverändert blond. Nur an den Schläfen zeigten sich die ersten Silberfäden.

Ein Roboter! Christopher zuckte mit den Schultern. So ein Blödsinn! Seit er in Paris war, führte er endlich das wohlorganisierte und ruhige Junggesellenleben, von dem er immer geträumt hatte.

Am Spätnachmittag war die Luft im Konferenzsaal der fünften Etage rauchgeschwängert.

Christopher hatte soeben – hemdsärmelig und mit offener Weste – ein Referat beendet, bei dem er sich zur Veranschaulichung seiner Ausführungen der mit großen weißen Blättern bespannten Tafel und verschiedenfarbiger Filzstifte bedient hatte. Er wußte, daß er seine Sache glänzend gemacht hatte.

Der Bankpräsident, ein Texaner mit kurzen Beinen und Stiernacken, nickte beifällig. Da dieser Mann nur sehr schwer von etwas zu überzeugen war, nahm Christopher sehr zufrieden mit sich wieder Platz in einem bequemen Ledersessel in der Nähe der Fensterfront und legte die Beine auf einen niedrigen Tisch, während er aufmerksam den Ausführungen eines Kollegen lauschte.

»Diese Sicherheit ist illusionär . . . wegen der Gläubiger, die das Vorrecht haben . . .«

Neben einem übervollen Aschenbecher lagen Zigarettenschachteln. Christopher beugte sich vor und griff nach einer Marlboro und einem imposanten Feuerzeug der California New York Bank.

Tief unter sich konnte Christopher die Champs-Elysées sehen. Er kniff plötzlich die Augen zusammen. Ein schweres rotes Motorrad, chromfunkelnd und mit kleinen Wimpeln geschmückt, rollte aufs Trottoir. Der Fahrer brachte seine Maschine direkt vor der Bank zum Stehen, sprang ab und nahm seinen Sturzhelm ab. Christopher konnte nur seine langen Haare erkennen. Er überlegte kurz: Junge oder Mädchen? Aber was spielte das schon für eine Rolle. Jedenfalls handelte es sich ohne den geringsten Zweifel um den Strolch von heute morgen. Christopher wäre am liebsten nach unten geeilt, um ihm eine ordentliche Tracht Prügel zu verabreichen. Mein Gott, wie er diese Generation von schmierigen Jugendlichen haßte, deren Geschlecht man in ihrer Einheitskluft kaum noch erkennen konnte! Hauptsächlich wegen ihres Überhandnehmens hatte er den Times Square ohne jedes Bedauern verlassen. Er verrenkte sich fast den Hals, um besser sehen zu können, aber der Motorradfahrer war bereits verschwunden – entweder in der Bank oder in einer der Bildergalerien.

»Und Sie, Christopher . . . was sagen Sie zu dieser Bilanzanalyse?«

Das war die autoritäre metallische Stimme des Präsidenten. Christopher hatte nichts von dem Referat mitbekommen, erwiderte aber geistesgegenwärtig:

»Es gibt da etliche Für und Wider, Tom . . .«

Diese Antwort schien den Präsidenten sehr zu befriedigen.

»Ausgezeichnet, Chris . . . ich vertraue Ihnen persönlich den Vorgang Gromber an.«

Christopher kehrte erst spät in sein Büro zurück. Die Finanzabteilung war leer. Nur Isabelle arbeitete noch.

»Sie hätten nicht auf mich zu warten brauchen«, sagte Christopher, während er an seinem Schreibtisch Platz nahm.

Isabelle reichte ihm wortlos die Post zum Unterschreiben. Zwischen zwei Briefen hob Christopher den Kopf und betrachtete seine Mitarbeiterin über seine Brille hinweg. Er wußte ihre untadelige Arbeit von Tag zu Tag mehr zu schätzen, aber nun bemerkte er zum erstenmal, daß sie eine hübsche Frau war, blond, gut frisiert und elegant gekleidet.

›Sie muß achtunddreißig oder vierzig sein‹, schätzte er.

Er hatte an diesem Abend nichts vor. Gladys Douglas, die Journalistin von ›Herald Tribune‹, mit der er zwei oder dreimal pro Woche ausging, hielt sich zur Zeit in Frankfurt auf, um eine Reportage über den internationalen Kongreß der Meteorologen zu machen.

Christopher bedauerte flüchtig, Isabelle nicht zum Abendessen einladen zu können, weil seine strengen Prinzipien ihm selbst das kleinste Abenteuer an seiner Arbeitsstätte verboten.

»Danke, Isabelle, und guten Abend!«

Christopher klappte die Unterschriftsmappe zu und überreichte sie seiner Sekretärin, dann stand er auf und zog sein Jackett an.

»Am nächsten Samstag«, begann Isabelle zögernd, »gibt es bei uns ein Fest . . .«

Christopher drehte sich überrascht zu ihr um.

»Ja . . . Wir feiern die Verlobung meiner Tochter . . . und . . . ich . . . und auch mein Mann . . . wir würden uns über Ihr Erscheinen sehr freuen, Monsieur Bergman . . . Oh, es wird eine ganz schlichte Feier sein«, fügte Isabelle unter Christophers verblüfftem Blick rasch hinzu.

Er kam sich mit seinem Blumenstrauß und dem Päckchen lächerlich vor. Diese Einladung zum Familienfest war ihm überhaupt in höchstem Maße lästig, aber er hatte nun einmal sein Kommen zugesagt. Diese Franzosen waren ja so empfindlich!

Christopher suchte nach dem Aufzug, mußte jedoch feststellen, daß er – wie so oft in diesen um die Jahrhundertwende erbauten Pariser Häusern – nicht funktionierte. Fünf Stockwerke zu Fuß – auch das noch! Und die automatische Treppenbeleuchtung war ebenfalls kaputt. Während er sich die dunklen Stufen hinauftastete, bedauerte er immer mehr, nicht bei seinem alten Freund Jean-Pierre d'Orval auf dem Lande geblieben zu sein. Sie hatten auf der sonnigen Terrasse mit Blick auf den Wald von Rambouillet gegessen und dabei in Erinnerungen geschwelgt. Christopher war einige Male sogar nahe daran gewesen, Jean-Pierre um sein Schicksal zu beneiden, der als Student ein leidenschaftlicher Schürzenjäger gewesen war, der ihm nun aber – mit Frau und vier Kiindern – wie ein zufriedener Pascha vorkam.

Fröhlicher Lärm war schon auf dem Treppenabsatz der obersten Etage zu hören. Christopher blieb unschlüssig stehen, nahe daran, im letzten Moment umzukehren. Plötzlich wurde die Tür auf der rechten Seite lachend aufgerissen.

»Ja . . . ja, wir kommen gleich zurück, Madame . . .«

Zwei schattenhafte Gestalten stießen mit Christopher zusammen.

»Pardon, Monsieur . . . ah, Sie wollen wohl zu den Legrands? Da sind Sie hier ganz richtig«, erklang eine Männerstimme.

Christopher nahm neben dem jungen Mann flüchtig die Silhouette eines Mädchens wahr, beachtete es aber nicht weiter. Die jungen Leute liefen lachend die Treppe hinab. Christopher zog gereizt seine Brille aus der Tasche und setzte sie auf – zweifellos, um würdevoller auszusehen.

Isabelle tauchte in einem prachtvollen Spitzenkleid im Wohnungsflur auf.

»Die Konditorei hat schon geschlossen ... ihr müßt im Hof klopfen!« rief sie dem Pärchen nach und wollte gerade die Tür schließen, als sie Christopher erkannte.

»Oh ... Monsieur Bergman ...«

Christopher überreichte ihr lächelnd den Strauß und das Päckchen mit den silbernen Teelöffeln, die er in aller Eile in der Rue Royale gekauft hatte.

»Die Blumen sind für Sie ... und das ist eine Kleinigkeit für die Verlobten ...«

Er wurde in ein typisch bürgerliches Wohnzimmer geführt. Die Türen zum Eßzimmer waren weit geöffnet. Nichts fehlte, weder die Louis-XVI-Sessel mit der Petit-Point-Stickerei, die an die Wand gerückt worden waren, noch das Foto eines Offiziers des Ersten Weltkriegs auf dem Kamin. Mit Gläsern in den Händen scharten sich etwa dreißig Personen plaudernd um das kalte Buffet.

Bei Christophers Eintritt verstummten schlagartig alle Gespräche, und alle Köpfe wandten sich ihm zu. Wie er das haßte! Isabelle, die über sein Kommen sichtlich geschmeichelt war, übernahm die Vorstellung und ersparte ihm keinen einzigen der Gäste.

»Monsieur Christopher Bergman ist Vizepräsident der California New York Bank, bei der ich arbeite ... Dies hier ist mein Onkel ... meine Tante ... meine Kusine ... mein Mann ... meine Tochter ... ihr Verlobter ... und das sind ihre Freunde ... Manuela ... Francoise ... Roger ... Gérard ...«

Leicht betäubt, schüttelte Christopher jedem die Hand. Nach dieser Strapaze wurde er sogleich von dem Onkel in Beschlag genommen, der nach einigen Höflichkeitsfloskeln sogleich zum Thema kam:

»Glauben Sie mir, Monsieur Bergman, die größte Dummheit Amerikas war die Watergate-Affäre ... Wenn man die ganze Sache vertuscht hätte ...«

Christopher trat einen strategischen Rückzug zum Buffet an. Isabelles Mann nahm sofort seine Chance wahr.

»Ah, die Suezkrise! Wenn die Amerikaner uns nur Kairo hätten einnehmen lassen ...«

Christopher suchte Zuflucht auf dem Balkon. Aber er hatte die Rechnung ohne den Verlobten gemacht!

»Glauben Sie mir, Monsieur Bergman, ich habe nichts gegen Amerika, aber wenn Sie mir ein offenes Wort gestatten – der CIA ...«

Christopher hätte ihm dieses offene Wort am liebsten nicht gestattet, umso mehr als der junge Grünschnabel einen aufreizend belehrenden Ton anschlug, aber er beherrschte sich und entwich bei der erstbesten Gelegenheit ins Wohnzimmer, in der Hoffnung, daß sich dort nicht gleich ein Cousin auf ihn stürzen und seine Meinung zur ›Concorde‹ zum Besten geben würde ...

Das Fest war jetzt in vollem Gange, und niemand kümmerte sich mehr um Christopher. Die ›Alten‹ unterhielten sich im Wohnzimmer. Die Jugend tanzte im Eßzimmer. Christopher lehnte sich in einer Art Niemandsland an die Glastür und erkannte erleichtert, daß er sich jetzt ›auf französisch verabschieden‹ konnte.

Er drehte sich rasch um, weil er sein leeres Glas auf einem Tischchen abstellen wollte.

»Aua! Aua!«

Bei diesem Aufschrei blickte Christopher überrascht nach unten.

Ein bezauberndes junges Mädchen, das auf einem

Hocker saß, rieb sich den Fuß und schnitt ihm eine anmutige Grimasse.

»Entschuldigung . . . Habe ich Ihnen weh getan?« erkundigte sich Christopher.

»Und wie! Sie haben mir mindestens drei Zehen zerquetscht!«

Zweifellos übertrieb sie mächtig. Amüsiert bückte sich Christopher, um den Fuß zu betrachten, den sie ihm entgegenstreckte. Unwillkürlich glitt sein Blick an dem schlanken, wohlgeformten schwarz bestrumpften Bein entlang.

»Hmmm . . . ich hoffe nur, daß Sie jemals wieder werden gehen können«, sagte er mit seinem trockenen Humor, während er sich wieder aufrichtete.

Mit einer koketten Geste zog sie ihren Rock über die Waden.

»Und ich hoffe nur, daß Sie es wenigstens nicht absichtlich getan haben!«

Sie krauste die Nase und warf ihre schulterlangen braunen Haare zurück. Christopher mußte unwillkürlich lächeln.

»Ich schwöre Ihnen, daß selbst der Sadismus eines Phallokraten wie mir nicht soweit geht, einem . . .«

Sie schnitt ihm mit einer charmanten Handbewegung das Wort ab.

»Ich glaube Ihnen . . . Aber bringen Sie mir zur Entschädigung ein Glas Champagner«, bat sie ihn mit einem Engelsgesicht.

Christopher war jedoch nicht entgangen, daß sie einem rothaarigen Mädchen zugezwinkert hatte, das ganz in der Nähe mit schmachtender Miene tanzte. Er wußte, daß es am vernünftigsten wäre, sich noch einmal zu entschuldigen und sodann das Fest unauffällig zu verlassen. Aber seine Neugier war geweckt, und so begab er sich statt dessen zum Buffet, stellte endlich sein leeres Glas ab und kehrte mit zwei vollen Sektgläsern zu seinem ›Krüppel‹ zurück.

Er hatte fast erwartet, daß sie nicht mehr da sein würde, aber sie saß immer noch mit übereinandergeschlagenen Beinen auf dem Hocker.

Christopher betrachtete sie jetzt aufmerksamer. Sein erster Eindruck hatte ihn nicht getäuscht. Sie war wirklich ein bezauberndes Geschöpf, schlank und anmutig.

›Zwanzig ... höchstens zweiundzwanzig‹, schätzte Christopher.

Er verabscheute zottige Hippies oder Frauen in Hosen, aber dieses hübsche Mädchen war sehr weiblich. Es trug ein schickes Kleid mit weitem bunten Rock. Christopher kannte sich besser mit der Börse als mit Modeschöpfungen aus, aber er hätte schwören können, daß dieses Kleid von einem großen Couturier stammte. Die Farbenzusammenstellung kam ihm sogar irgendwie bekannt vor.

»Prost!«

Sie tranken, während sie einander begutachteten. Christopher lehnte sich entspannt an eine Vitrine, die mit imitiertem Sèvres-Porzellan gefüllt war. Die Unbekannte nippte an ihrem Champagner. Christopher stellte mit Befriedigung fest, daß ihr Gesicht weder von bräunlicher Teintgrundierung noch von dicken schwarzen Lidstrichen verunziert war. Schließlich fühlte er sich verpflichtet, mit der Konversation zu beginnen.

»Sind Sie eine Freundin der Verlobten?«

Sie nickte.

»Ja, wir waren in einer Klasse ...«

»Ah!«

Christopher suchte verzweifelt nach einem anderen Gesprächsthema.

»Äh ... Sie waren vorhin nicht hier ...«

»Nein« – sie lächelte maliziös – »aber wir sind uns im Treppenhaus begegnet.«

»Ach ... das waren also Sie, die die Torte abholen wollten!«

Ohne ersichtlichen Grund ärgerte ihn das. Er verfiel wieder in Schweigen und trank einen Schluck Champagner. Das junge Mädchen brachte die Konversation jedoch wieder in Gang.

»Für einen Amerikaner sprechen Sie erstaunlich gut!«

»Noch sind wir nicht alle taubstumm«, erwiderte Christopher spöttisch, wobei er das ›noch‹ besonders betonte. Sie errötete leicht, und es befriedigte ihn, dieser Göre die Meinung gesagt zu haben.

»Aber nein«, stammelte sie. »Ich wollte sagen, daß Sie erstaunlich gut Französisch sprechen.«

»Ach so! Herzlichen Dank für das Kompliment!«

Es bereitete Christopher jetzt ein boshaftes Vergnügen, sie in Verlegenheit zu bringen. Aber sie fuhr mutig fort:

»Wo haben Sie es gelernt?«

»Hier.«

Beide nippten pro forma von ihrem Champagner und betrachteten einander schweigend über die Gläser hinweg.

»Nun ja ... also dann ...«

Christopher wollte sich verabschieden. Sie fiel ihm ins Wort. Das schien eine schlechte Angewohnheit von ihr zu sein.

»Und ... gefällt Ihnen Paris?«

»Ja, ich liebe Frankreich sehr«, antwortete Christopher leichthin.

Sie lächelte wie ein Vamp:

»Na klar, für einen geschiedenen Mann ist es ja auch das Paradies!«

Ein Punkt für die Göre! Christopher stellte sein Glas auf einem Heizkörper ab.

»Tatsächlich? Was Sie da sagen, ist hochinteressant . . .«

Er beugte sich über sie. »Sie gestatten?«

Sie rückte auf dem Schemel etwas zur Seite, und er setzte sich neben sie.

»Erklären Sie mir Ihre Theorie!«

Christopher nahm bedächtig seine Brille ab.

»Das ist doch kinderleicht«, sagte sie mit wichtiger Miene. »Junggesellen sind in Europa sehr gefragt . . . sogar wenn sie alt und häßlich sind.«

»Hmmm«, brummte Christopher, verärgert über diesen Zusatz. Seine Aversion über den Zynismus der jungen Generation erwachte von neuem.

»Ja . . . Aber wenn der Junggeselle auch noch attraktiv ist, olàlà, dann ist er wirklich Gold wert . . .«

Mit einem verführerischen Seitenblick fragte sie erstaunt:

»Wie, das wußten Sie nicht? Was bringt man Ihnen in der Bank denn eigentlich bei?«

»Solche Dinge gewiß nicht.«

Lächelnd hielt er ihr seine Zigarettenschachtel hin.

»Das ist ein Jammer . . . Danke . . . Man könnte den Junggesellen monatsweise vermieten . . . Es gibt so viele arme Mädchen, die . . . Oh, Sie sind Linkshänder!« stellte sie fest, als er ihr Feuer gab.

»Ja, ich habe diesen Makel«, gab Christopher zu.

»Aber nein, ganz im Gegenteil! Ich bin selbst auch Linkshänderin . . . Wußten Sie, daß in der Antike Linkshänder sogar als höhere Wesen betrachtet wurden! . . . Was, das wußten Sie nicht?«

Nein, Christopher hatte es nicht gewußt. Es war erstaunlich, wieviel Neues er an diesem Abend lernte.

Das Eis war nun gebrochen. Die Kleine schwatzte, rauchte, lachte, kam vom Hundertsten ins Tausendste, zog ihr hübsches Näschen kraus, schüttelte ihre langen Haare – kurzum, sie versuchte, ihn zu becircen. Christopher mußte zugeben, daß sie wirklich amüsant war. Eine seltsame Mischung von Sarkasmus und Unschuld.

»Alles in Ordnung, Monsieur Bergman?« rief Isabelles Mann im Vorbeigehen, schwer beladen mit dem Prachtstück von Torte.

»Wie sollte in solcher Gesellschaft nicht alles in bester Ordnung sein?« erwiderte Christopher galant.

Das Mädchen gab einen gurrenden Laut von sich, der aber sogleich im Sturm des Beifalls unterging. Das Verlobungspaar küßte sich. Ein Cousin fotografierte mit Blitzlicht ...

›Das alles ist reizend ... so französisch!‹ dachte Christopher, der plötzlich gerührt war.

Er holte zwei Teller mit Torte und kehrte zu seiner neuen Bekannten zurück.

»Was machen Sie eigentlich so im Leben?« erkundigte er sich.

Sie zog eine Schnute.

»Oh, nichts Besonderes ... Nach dem Abitur habe ich ein Jahr lang Literaturwissenschaften studiert, aber das war stinklangweilig ... Ich hab's aufgegeben, und jetzt arbeite ich hin und wieder als Fotomodell ...«

Christopher hatte demnach richtig geschätzt. Sie war zwanzig Jahre alt ... und sie litt offenbar nicht an Minderwertigkeitskomplexen.

»Tanzen Sie gern?«

Sie schenkte Christopher ein betörendes Lächeln. Die Rollen waren vertauscht. Normalerweise legte Christopher größten Wert auf seine Entscheidungsfreiheit, aber dieses schöne Geschöpf war wirklich unterhaltsam.

Er stand auf und knöpfte das Jackett seines marineblauen Nadelstreifanzugs zu.

»Ich werde versuchen, Ihnen nicht auch noch den zweiten Fuß zu zerquetschen ...

Christopher hatte seit mindestens zehn Jahren nicht mehr getanzt, und anfangs waren seine Bewegungen etwas steif. Aber das Mädchen paßte sich seinen Schritten geschickt an, und er stellte schon nach wenigen Minuten fest, daß man Tanzen ebenso wenig verlernt wie Schwimmen. Er mochte etwas aus der Übung sein, aber seine Bostoner Technik war immer noch tadellos, und zu seinem Glück drehte sich eine Schallplatte mit Slows auf dem Plattenteller. Christopher hatte plötzlich das Gefühl, als würden ihm Flügel wachsen. Er wagte sich an eine Reihe komplizierter Figuren, die ihm vor langer Zeit auf den Pariser Partys viel Erfolg eingebracht hatten. Seine Partnerin schien jede seiner Bewegungen vorauszuahnen, so perfekt harmonierte sie mit ihm. Sie seufzte glücklich:

»Sie tanzen einfach himmlisch ...«

Und dann schlang sie ihre Arme um Christophers Hals.

Er konnte durch den dünnen Stoff ihres Kleides ihre zarte Haut fühlen. Er ließ seine Finger langsam ihren Rücken hinauf bis zum Nacken gleiten.

›Sie trägt nicht einmal einen BH‹, registrierte er dabei und zog sie unwillkürlich etwas fester an sich. Sie gab sofort nach und schmiegte sich eng an ihn. Ihm schoß flüchtig durch den Kopf, daß diese neue Generation wirklich nicht schüchtern war, aber dann überließ er sich völlig dem Vergnügen, diesen geschmeidigen Körper zu fühlen.

Sie tanzten schweigend, Wange an Wange, einen Slow

nach dem anderen. Obwohl Christopher jedes Zeitgefühl fast verloren hatte, arbeitete sein Gehirn doch noch bemerkenswert logisch.

›Wenn ich sie für die Nacht zu mir mitnehme, werden es alle wissen ... Andererseits könnte es amüsant sein ... Ja, aber mit einem solchen Mädchen hat man danach nur Scherereien ... Die alten Onkel und Tanten beäugen uns ohnehin schon ziemlich schockiert ...‹

Die Musik brach abrupt ab.

»Einen Rock and Roll ... einen Rock!« rief das rothaarige Mädchen.

Der Zauber war gebrochen. Christopher löste sich lächelnd aus den Armen seiner Partnerin.

»Danke ... Sie tanzen wunderbar ...«

Sie blickte zu ihm auf und wollte etwas sagen, aber er ließ ihr dazu keine Zeit und drückte ihr rasch die Hand.

»Auf Wiedersehen ... und viel Erfolg als Fotomodell ...

Sie wirkte plötzlich sehr jung und ratlos angesichts seines fluchtartigen Aufbruchs.

»Möchtest du dich vielleicht etwas stärken, meine Liebe?«

Die Rothaarige näherte sich mit einem riesigen Stück Kuchen. Ein anzügliches Lächeln spielte um ihre Lippen.

Die ›Liebe‹ drehte sich wütend nach ihr um.

»Daaaanke!«

Man sah ihr an, daß sie der Rothaarigen am liebsten an die Gurgel gesprungen wäre.

Christopher hatte den Eindruck, daß er die Ursache dieses Austausches von Liebenswürdigkeiten war. Diese Situation amüsierte ihn zwar, aber er murmelte dennoch:

»Also dann ... bye bye!«

Er setzte seine Brille auf und entfernte sich rasch.

Während er sich an der weit geöffneten Wohnungstür

mit den üblichen Höflichkeitsformeln von Isabelle verabschiedete, warf er einen letzten Blick ins Eßzimmer.

Die Göre hatte schon einen neuen Kavalier gefunden. Sie tanzte eng umschlungen mit einem pickeligen Krauskopf.

›Welch eine jämmerliche Generation!‹ dachte Christopher, während er die Treppe hinabging.

2

Am nächsten Tag – es war ein Sonntag – regnete es in Strömen, und Christopher bereitete in seiner gemütlichen Wohnung – drei Zimmer mit Terrasse gegenüber dem Invalidendom, gemietet von der California New York Bank – seine Dossiers vor.

Abends ging er mit Gladys Douglas ins Kino. Der Film erwies sich als schrecklich sentimentale Liebesgeschichte, in der die Heldin eine Dreiviertelstunde brauchte, um in den Armen ihres schluchzenden Verlobten zu sterben. Christopher verabscheute solche kitschigen Machwerke, die auf die Tränendrüsen drückten. Trotzdem brachte er Gladys nach Hause, verließ sie aber bald wieder und kehrte in seine eigene Wohnung zurück.

Das Klingeln des Telefons riß ihn aus dem ersten Schlaf. Es war Majorie, die ihn aus Philadelphia anrief und ihm liebenswürdig mitteilte, Peter habe sich das Motorrad eines Freundes ›ausgeliehen‹ und damit einen Polizisten in Connecticut überfahren!

»Und wie geht es ihm?« fragte Christopher beunruhigt.

»Wem? Dem Polizisten?«

»Nein, Peter!«

»Oh, es geht ihm gut . . . aber eine Kaution muß bezahlt werden und . . .«

Christopher rief seinen Anwalt in New York an und konnte danach nicht wieder einschlafen. Er wälzte sich im Bett von einer Seite auf die andere und gelangte zu der niederschmetternden Erkenntnis, daß er zwar im Beruf äußerst erfolgreich war, daß aber sein Privatleben bisher katastrophal verlaufen war.

Eine Ex-Frau, in die er bei der Hochzeit sehr verliebt gewesen war. Die blonde, sportliche und reiche Majorie hatte damals als eine der besten Partien Philadelphias gegolten. Was war zwischen ihnen vorgefallen? Nichts ... außer daß ihr Eheleben nach einiger Zeit von Langeweile und Überdruß vergällt war. Zwei Jahre nach der Geburt ihres Sohnes Peter hatte Majorie zu trinken begonnen, und durch den Bourbon hatte sich ihre Nervosität allmählich immer mehr gesteigert und zu regelrechten Gemütsstörungen geführt. Und was Peter betraf, der inzwischen sechzehn war, so beging er nichts als Dummheiten.

Der negativen Bilanz seines Privatlebens überdrüssig, fiel Christopher plötzlich die hübsche Range vom Vorabend wieder ein.

»Wußten Sie, daß in der Antike Linkshänder sogar als höhere Wesen betrachtet wurden? ... Was, das wußten Sie nicht?«

Ihre Behauptungen waren wirklich amüsant gewesen. Einen Augenblick lang bedauerte Christopher, daß er sich nicht ihre Telefonnummer hatte geben lassen, aber dann erinnerte er sich daran, daß er nicht einmal ihren Namen kannte, und er schlief endlich ein.

Die Woche verging wie im Flug. München, London, Oslo, Madrid! Christopher begleitete den Präsidenten, der den europäischen Filialen der California New York Bank einen Besuch abstattete. Sie kehrten am Freitagnachmittag nach Paris zurück.

Den Samstag verbrachte Christopher bei Jean-Pierre d'Orval auf dem Lande, und er versprach seinem Freund, am Sonntagnachmittag wiederzukommen, um im Wald von Rambouillet einen langen Spaziergang zu machen.

Am Sonntagmorgen schien in Paris strahlende Sonne, und Christopher begab sich mit seiner Ausrüstung nach Bagatelle. Das Treiben auf diesem riesigen Gelände amüsierte ihn immer von neuem. Um zehn Uhr war das zweifellos der belebteste Ort in der am Wochenende wie ausgestorben wirkenden Hauptstadt.

Die Fußballamateure rannten schon um die Tore herum, die Rugbyfans zogen sich hastig an, Mütter sowie Kinderfräulein – im vornehmen Neuilly gab es so etwas noch – liefen hinter den Sprößlingen her, Anhänger der Freikörperkultur atmeten aus vollen Lungen die verpestete Luft ein, die von der Seine herüberwehte, überzeugte Yogis nahmen eine ihrer 541 Positionen ein, alte Leutchen führten ihre Hunde spazieren, Athleten rannten im Gleichschritt ... und auf einem Platz unweit des Reitweges und der großen Häuser des Boulevard Richard-Wallace spielten die Amis Baseball!

Christopher zog seinen Jumper und seine Hose aus, nahm seine Brille ab, schloß seinen BMW ab und lief zu seinen Bankkollegen.

»Hello, Chris!«

Alle trugen wie er gelb-violett gestreifte Kniehosen, grüne Turnschuhe und rote Hemden; die Farben der Mannschaft der California New York Bank. Ihre Gegner – Botschaftsangehörige – waren orange gekleidet.

Christopher setzte einen Kopfschutz auf und zog seinen Fanghandschuh an. Nach einigen Probewürfen begann das Spiel unter den Blicken von Passanten, die nicht viel von den Rufen der Spieler und noch weniger von den Regeln verstanden. Man muß allerdings gestehen, daß niemand, der nicht seit mindestens zwei Generationen jenseits des Atlantiks lebt, jemals die Geheimriten des Baseballs begreifen kann. Als Zuschauer genügt es allerdings zu wissen, daß man laut brüllen muß, und daß man für dieses Spiel einen Lederhandschuh, einen Ball, eine hölzerne Schlagkeule sowie lange Beine zum schnellen Rennen benötigt. All diese Hilfsmittel standen Christopher zur Verfügung.

Um elf Uhr wurde die fünfte Runde des Spiels angepfiffen. Bisher stand es zwei zu zwei.

Die Frauen der Spieler applaudierten, als es Christopher gelang, einen Lauf zu machen. Dank ihm führte seine Mannschaft jetzt vier zu zwei. Der Präsident hingegen wußte mit der Schlagkeule nicht so gut umzugehen wie mit Finanzen. Er verfehlte dreimal hintereinander den Ball.

Christopher bezog Position am Rande des Spielfeldes und konzentrierte sich. Er sah den Ball, den ein Spieler der Gegenpartei mit größter Wucht geschlagen hatte, durch die Luft sausen und rannte los.

»Go! Go! Go, Chris!« brüllten seine Kameraden aufgeregt.

»You got it! You got it!« kreischten die Frauen noch lauter.

Christopher hörte die Anfeuerungsrufe und Pfiffe, aber er sah nur noch diesen Ball in der Luft. Er rannte, rannte, rannte . . . sprang in die Höhe. Geschafft! Er hatte den Ball mit seinem Handschuh aufgefangen. Durch den Beifall hindurch glaubte Christopher zu hören, daß der Präsident ihm eine Warnung zurief. In seiner Begeisterung achtete er nicht darauf und landete im nächsten Moment mit voller Wucht auf etwas sehr Hartem!

Er bekam keine Luft und konnte sich nicht bewegen. Sterne flimmerten ihm vor den Augen. Er hatte das Gefühl, sich den Brustkasten zerschmettert zu haben. Etwas kitzelte ihn an der Nase. Eigenartig – es war ein kleiner Wimpel!

»Guten Tag! Geht's wieder?« ertönte eine liebliche Stimme über ihm.

Gehen, gehen . . . Saudumme Frage!

Christopher hob ein wenig den Kopf und kniff verwirrt die Augen zusammen. Hatte er Halluzinationen?

Das war doch die hübsche Kleine von der Verlobungsfeier bei Isabelle, die zu ihm hinabblickte . . .

Sie schien rittlings auf etwas zu sitzen und sah ihn über die Schulter hinweg an. Er bewegte sich vorsichtig und entdeckte endlich, worüber er gestürzt war – über den hinteren Teil eines schweren roten Motorrades!

»Erkennen Sie mich wieder?« fragte das charmante Geschöpf, leicht beunruhigt über sein Schweigen.

Und ob er sie wiedererkannte! Nicht nur sie, sondern auch ihre gräßliche Maschine mit den bunten Wimpeln! Eine Gefahr für die öffentliche Sicherheit war das, jawohl!

Er war nicht einmal besonders erstaunt, daß dieses Teufelsgefährt und das Mädchen zusammengehörten. Irgendwie paßten sie zueinander. Am liebsten hätte er dieser rücksichtslosen Göre ordentlich den Kopf gewaschen, aber da er immer noch kaum Luft bekam, brachte er mit schmerzverzerrtem Gesicht nichts weiter hervor, als:

»Ich glaube . . .«

»Zwei angebrochene Rippen!«

Diese Diagnose schien den Idioten im weißen Kittel, der in der Notaufnahme des amerikanischen Hospitals von Neuilly Bereitschaftsdienst hatte, auch noch zu freuen.

Christopher knurrte etwas Unverständliches vor sich hin. Der Arzt begriff, daß sein Patient schlechte Laune hatte. Um seinen guten Willen zu demonstrieren, hielt er das Röntgenbild noch einmal ins Licht.

»Gar kein Zweifel, mein lieber Herr . . . Sehen Sie selbst, hier und da . . . die siebte und die sechste . . . Ein Unfall dieser Art ist mir bisher wirklich noch nie untergekommen . . . Ein Fußgänger, der über ein stehendes

Motorrad fliegt! Normalerweise sind es immer die Motorräder, die einen stehenden Fußgänger anfahren . . .«

Zu allem übrigen lachte dieser Schwachkopf auch noch!

»Wie lange muß ich hierbleiben?« fiel Christopher ihm trocken ins Wort.

Verdammt, jeder Atemzug tat gräßlich weh! Der Arzt wandte sich wieder dem weißen Bett zu, auf das man Christopher bei seiner Ankunft im Hospital gelegt hatte.

»Oh, so ernst ist es nicht . . . Sie können nach Hause gehen, Monsieur Bergman. Beschwerden werden Sie allerdings etwa zwei Wochen lang haben.«

Christopher machte Anstalten aufzustehen.

»Bleiben Sie noch einen Moment liegen. Sie bekommen einen Verband und eine Beruhigungsspritze . . .«

Die Tür fiel hinter dem Arzt zu.

»Ein Verband! Das kann ja heiter werden«, brummte Christopher, während er sich nach Kräften bemühte, eine würdevolle Miene aufzusetzen.

»Na, na, schauen Sie doch nicht so grimmig drein!«

Christopher zog es vor, diese Bemerkung vom Fenster zu ignorieren. Er setzte seine Brille auf und wollte die Arme über der Brust verschränken, mußte jedoch mit schmerzverzerrtem Gesicht auf dieses Vorhaben verzichten.

»Tsss . . . tsss . . . Da haben Sie's . . .«

Die Kleine verließ ihren Standort am Fenster und näherte sich dem Bett. Sie beugte sich über Christopher und tätschelte ihm liebevoll die Hand.

»Es ist wirklich nicht seriös, in Ihrem Alter noch Ball zu spielen!«

Christopher schwankte noch, ob er diese Unverschämtheit mit beißender Ironie, hoheitsvollem Schweigen, sarkastischer Väterlichkeit oder verführerischem

Charme quittieren sollte, als eine dicke Krankenschwester den Saal der Notaufnahme betrat, bewaffnet mit einer großen Spritze. Christopher fühlte sich diesem Drachen hilflos ausgeliefert, denn die dreiste Göre war wieder ans Fenster getreten und betrachtete angelegentlich die Bäume.

Christopher musterte sie verstohlen. Sie trug ein knallrotes Baumwoll-T-Shirt und hautenge verblichene Blue Jeans, darüber hohe rote Stiefel, und er mußte widerwillig zugeben, daß diese Aufmachung, die er normalerweise verabscheute, ihr ausgezeichnet stand. Sie war schon eine tolle Nummer, diese Kleine! Nach dem Unfall waren alle seine Kollegen von der Bank, allen voran der Präsident, herbeigeeilt, hatten ihm gute Ratschläge erteilt, ihn aufgesetzt, auf die Beine gestellt, in ihren Wagen ins Krankenhaus fahren wollen.

»Lassen Sie nur, ich bin eine Freundin von Monsieur Bergman, ich werde mich selbst um alles kümmern!« hatte die Göre mit ihrer üblichen Frechheit erklärt.

Das hübsche Geschöpf hatte die Dinge in die Hand genommen. Die Dinge ... das hieß vielmehr – Christopher!

»Also dann, nichts für ungut ... Ich werde Sie zu Ihrem Motorrad bringen«, sagte Christopher, als sie die Klinik verließen.

Sie machte ein entsetztes Gesicht.

»Niemals! Sehen Sie sich doch nur einmal an – Sie sind ja ganz bleich ... O nein, Sie können sich jetzt unmöglich ans Steuer setzen!«

»Gut, ich werde ein Taxi nehmen«, gab Christopher versöhnlich nach, »und Sie unterwegs absetzen ...«

Sie fiel ihm energisch ins Wort.

»Davon kann überhaupt keine Rede sein! Wofür halten Sie mich eigentlich? Ich werde Sie in diesem Zustand doch nicht allein lassen!«

Christopher hätte natürlich erwidern können, daß er das Alleinsein ihrer anstrengenden Gegenwart bei weitem vorzöge, aber ihm kam plötzlich zu Bewußtsein, daß diese Behauptung nicht ganz der Wahrheit entsprechen würde.

Kurz darauf lag er im Morgenrock gemütlich auf dem Sofa in seinem Wohnzimmer. Sie hatte ihm eine Decke über die Beine gelegt, ihm etwas zu trinken angeboten: »Scotch oder Bourbon?« Sie brachte ihm einen Stapel Zeitungen und Zeitschriften. »Möchten Sie etwas lesen? Hier ist eine kleine Auswahl: ›Le Point‹, ›Match‹, ›Newsweek‹ . . .« Sie schaltete den Fernseher ein. »Denise Fabre hat heute eine besonders schöne Frisur . . . Wollen Sie den Western sehen oder lieber Jacques Martin?«

Sie hatte seine Wohnung gleichsam wie eine Festung im Sturm erobert und schien sich darin schon wie zu Hause zu fühlen.

»Sie müssen ja vor Hunger sterben . . . Ich werde uns etwas zu Mittag kochen . . . Es ist schließlich schon spät . . . Möchten Sie Tee? Okay?«

Sie verschwand in der Küche. Die Spritze tat ihre Wirkung. Christopher spürte keine Schmerzen mehr und fühlte sich erstaunlich wohl. Er überflog das ›Wall-Street-Journal‹ und döste darüber ein. Das Läuten des Telefons riß ihn aus seinem Dämmerschlaf.

»Hallo . . . Nein, nein, Sie haben sich nicht verwählt . . . Legen Sie nicht auf, Monsieur, ich gebe ihn Ihnen gleich.«

Seltsamerweise störte es Christopher nicht einmal, daß sie nun auch schon seine Anrufe entgegennahm. Sie brachte ihm dienstfertig das Telefon ans Sofa.

»Chris? Hallo! Sag mal, hast du uns ganz vergessen?«

Es war Jean-Pierre d'Orval.

»Entschuldige bitte, mein Lieber ... ich hatte einen kleinen Unfall ...«

»Ja, ich weiß schon, das Mädchen, das sich gerade bei dir gemeldet hat ... Du hast dich wirklich nicht verändert ...«

»Ich habe mir zwei Rippen angeknackst!« protestierte Christopher, ohne nähere Einzelheiten preiszugeben.

Mit einem Tablett in den Händen kam sie aus der Küche. Jean-Pierre erbot sich währenddessen herzukommen und ihn zu pflegen.

»Nein, nein«, wehrte Christopher hastig ab, »das ist wirklich nicht notwendig. Ich habe alles, was ich brauche ... Also dann, bis morgen ... Danke, mein Guter!«

Er legte den Hörer auf und stellte das Telefon in bequeme Reichweite auf die blauen Samtpolster.

»Ich hoffe, Sie mögen Spaghetti mit Tomatensauce.«

Sie erkundigte sich reichlich spät danach, denn das Gericht stand schon fertig auf dem Tablett.

»O ja, sehr«, erwiderte Christopher höflich, obwohl er das Zeug verabscheute.

Er setzte sich mit einer Grimasse auf.

»Warten Sie!«

Sie stellte das Tablett rasch auf einem niedrigen Tisch ab und schob ihrem Patienten eifrig Kissen in den Rükken, wobei ihre langen Haare seine Wange streiften. Er nahm bedächtig seine Brille ab.

»Sind Sie jeden Sonntag im Bois de Bagatelle?« erkundigte sich Christopher, während sie neben ihm auf dem Sofa Platz nahm.

»Ja, so ein kleiner Sonntagsausflug ist gut für die Gesundheit!« behauptete sie, ohne mit der Wimper zu zukken.

»Nicht für jeden Menschen!« bemerkte Christopher anzüglich.

Er war überzeugt davon, daß sie schamlos log, daß diese Klatschbase von Isabelle – oder deren Tochter – ihr von seiner sonntäglichen geheiligten Baseballpartie erzählt haben mußte.

»Was ist das eigentlich für eine gräßliche Maschine, die Sie fahren?« erkundigte er sich.

»Gräßlich? Es ist eine Kawa!« rief sie entrüstet.

»Eine – was?«

»O je . . . eine Kawasaki Z 1000 Z 1 R . . .«

»Das sagt mir sehr viel!« sagte Christopher halb spöttisch, halb amüsiert.

Er verschwieg ihr, daß sie ihm mit ihrem wimpelgeschmückten Fahrzeug schon einmal auf den Champs-Elysées aufgefallen war. Das würde dieser Göre nur schmeicheln!

»Dürfte ich vielleicht kurz jemanden anrufen?« fragte sie plötzlich.

Ohne Christophers Antwort abzuwarten, griff sie über seine Knie hinweg nach dem Telefon und kniete sich sodann auf den Teppich zwischen Sofa und Tisch.

Während sie die Nummer wählte, betrachtete Christopher sie aufmerksam und entdeckte Einzelheiten, die ihm damals am Abend nicht aufgefallen waren. Bei Tageslicht konnte er jetzt sehen, daß sie überhaupt nicht geschminkt war, und daß einige Sommersprossen ihre Nase zierten. Das gefiel ihm irgendwie.

Am anderen Ende der Leitung wurde der Hörer abgenommen.

»Hallo, guten Tag, Madame . . . Ist Valérie da? Hier ist Clémentine . . . Clémentine Bonnet.«

Endlich erfuhr Christopher ihren Namen. Er lächelte. Clémentine . . . Clémentine Bonnet . . . bonnet . . . die

Haube ... ein Nachthäubchen ... ein hübscher Name, der zu ihr paßte!

Clémentine blickte zu ihm auf, deutete auf die Spaghetti und ermahnte ihn:

»So essen Sie doch ... sonst wird es noch kalt ...«

Christopher zwinkerte ihr zu, als er hoffte, daß nun wieder jemand am Apparat war.

»Hallo ... Hör zu, meine Liebe, für den Fall, daß du mich in den nächsten Stunden anrufen willst ... ich bin zu erreichen unter der Nummer ... wie war doch gleich die Nummer?«

Sie sah Christopher fragend an.

»Sieben-zwei-null-eins-zwei-zwei-eins«, sagte Christopher schnell hintereinander nach amerikanischer Manier.

»Sieben-zwei ... äh ... zwei-null ... verdammt!«

»Siebenhundertzwanzig-zwölf-einundzwanzig«, kam Christopher ihr mit lauter Stimme zu Hilfe.

»Hast du's gehört?« fragte Clémentine ihre Gesprächspartnerin. »Wo ich bin? Selbstverständlich bei Christopher Bergman ...«

Christopher konnte den erstaunten Ausruf am anderen Ende der Leitung deutlich hören.

»Ciao!«

Clémentine legte den Hörer auf, strich sich die Haare aus dem Gesicht und warf Christopher einen unschuldsvollen Blick zu. Er amüsierte sich köstlich über ihre Komödie.

»War das die Rothaarige?«

»Woher wissen Sie das?« rief Clémentine mit weit aufgerissenen Augen.

»Oh, sie wird bestimmt gleich zurückrufen, um sich zu vergewissern, ob es stimmt?«, sagte Christopher gelassen.

Er täuschte sich nicht. Das Telefon läutete. Clémentine wollte abnehmen.

»Tsss ... tsss ... Was Strategie angeht, sind Sie noch eine blutige Anfängerin ... Das muß man ganz anders machen ...

Er schob ihre Hand energisch zurück und nahm selbst den Hörer ab.

»Hallo ... Christopher Bergman am Apparat«, meldete er sich mit betont snobistischer Stimme.

»Äh ... äh ...«

Der Rothaarigen hatte es förmlich die Sprache verschlagen.

»Äh ... hmm ... entschuldigen Sie bitte, Monsieur Bergman ... ich ... ich ... ich wollte ... könnte ich vielleicht ... äh ... Clémentine sprechen?«

»Aber selbstverständlich, Mademoiselle«, sagte Christopher zuckersüß, »ich gebe sie Ihnen sofort ... Ich hoffe, Sie haben das Fest am vergangenen Samstag gut überstanden ... Ihre Freundin Clémentine ist wirklich eine Meisterköchin!«

Bei dieser Bemerkung griff Christopher sich mit spitzen Fingern eine lange kalte Nudel und schwenkte sie vor Clémentines Nase.

Sie strahlte übers ganze Gesicht. Die Rothaarige brachte nur noch »Äh ... äh« hervor. Befriedigt sagte Christopher:

»Auf Wiedersehen ... ich gebe Ihnen jetzt Clémentine, Mademoiselle.«

Sie griff rasch nach dem Hörer.

»Du hast wirklich einen Vogel, meine Liebe!«

Lachend beugte sie sich weit vor, um den Hörer aufzulegen, kam aber in ihrer knienden Haltung trotzdem nicht ganz an den Apparat heran. Ihre Brüste berührten Christophers Schenkel. Er spürte sie deutlich durch den

Hosenstoff hindurch. Zwei runde straffe junge Brüste. Ihre braunen Haare dufteten nach Geißblatt. Christopher nahm ihr behutsam den Hörer aus der Hand, legte ihn auf die Gabel und stellte den Apparat auf den Teppich.

Sie lachte immer noch schallend.

»Gewinnst du oft solche Wetten?« fragte Christopher leise.

Ihre Nähe erregte ihn mehr, als er zugeben wollte, und plötzlich gab er seinem Verlangen nach und zog Clémentine an sich.

»Willst du mir nicht antworten?« beharrte er lächelnd.

Seine Finger liebkosten ihren Nacken unter den langen seidigen Haaren. Sie hörte abrupt auf zu lachen und blickte ihm in die Augen.

»Sie dürften nie eine Brille tragen!« seufzte sie zufrieden.

Ihr Mund war dem seinen ganz nahe. Er nahm Besitz von diesen warmen, weichen Lippen, ließ sich als erfahrener Mann jedoch Zeit und küßte sie auf Stirn, Wangen und Ohrläppchen, bevor er zu ihrem Mund zurückkehrte und fordernder wurde. Seine Zunge schob sich zwischen ihre weißen Zähne, und sie erwiderte leidenschaftlich diesen Kuß.

Ihre rasch zunehmende Erregung entging Christopher nicht. Er riß sich von ihren Lippen los und holte tief Luft, wie nach einem Schluck starken Weines. Während er noch überlegte, ob er es nicht lieber mit diesem Kuß bewenden lassen sollte, schlang sie ihre Arme um seinen Hals und bot ihm mit geschlossenen Augen ihren Mund dar.

Christopher legte sie aufs Sofa. Seine ungeduldigen Hände schoben ihr rotes T-Shirt hinauf. Er hatte sich an jenem Abend beim Tanzen nicht getäuscht – sie trug keinen BH. Er spürte, wie ihre Brustwarzen sich unter seinen Liebkosungen aufrichteten. Als er den Reißverschluß ihrer Jeans öffnete, stellte er erstaunt fest, daß sie darunter völlig nackt war.

›Ob das heutzutage bei der Jugend üblich ist?‹ schoß es ihm durch den Kopf.

Seine Finger glitten zwischen ihre heißen Schenkel, spreizten sie.

Und dann vergaß er alles andere ...

Christopher erwachte um elf Uhr abends. Er hatte länger als vier Stunden geschlafen!

Clémentine war nicht mehr da. Auf dem Wohnzimmertisch lag ein Zettel. Er setzte seine Brille auf und las die mit großer Schrift hingekritzelten Zeilen.

»Danke für die Lektion im ›baseball‹! Ihre Punktzahl ist 20/20, aber ich weiß offen gesagt nicht, wer gewonnen hat. P. S.: Ich bin untröstlich, daß Sie das alles so erschöpft hat!«

Christopher lächelte amüsiert. Ihr Baseball-Vergleich war wirklich originell ... 20/20, nicht schlecht ... Er hätte nicht zu hoffen gewagt, als Liebhaber von ihr eine so gute Note zu bekommen ... Er drehte den Zettel um. Keine Unterschrift, keine Telefonnummer, kein ›Auf Wiedersehen‹ oder ›Bis bald‹ ... Nichts ... Sentimental war sie nicht gerade ... Na ja, umso besser!

Christopher war überzeugt davon, daß er sie nie wiedersehen würde. Sie gehörte bestimmt zu jenen Mädchen, die es den Männern gleichtun wollten und sich nach Lust und Laune einen Liebespartner für eine Nacht suchten. Christopher schätzte solche flüchtigen Beziehungen, die komplikationslos waren und zu nichts verpflichteten.

Die Wirkung der Spritze hatte stark nachgelassen, und er schnitt beim Aufstehen vor Schmerz eine Grimasse. Im Bad schluckte er zwei Schlaftabletten.

Er verspürte plötzlich Hunger. Die kalten zusammengeklebten Spaghetti waren ungenießbar. Auf der Suche nach etwas Eßbarem begab er sich in die Küche.

Clémentine hatte eine katastrophale Unordnung hinterlassen! Gereizt stellte Christopher die Butter in den Kühlschrank und wischte das Wasser auf dem Herd auf. Sein Hunger war ihm schlagartig vergangen.

Er kehrte ins Wohnzimmer zurück und ging auf die Terrasse hinaus. Der Invalidendom wurde angestrahlt. Im Westen ragte der Eiffelturm empor.

›Wie schön Paris bei Nacht ist!‹ dachte Christopher begeistert.

Schließlich riß er sich von dem herrlichen Bild los, nahm die Akte Gromber zur Hand und streckte sich im Schlafzimmer auf seinem Bett aus. Sekunden später schlief er schon fest.

3

Christopher schob seinen Teller zurück. Die indiskreten Fragen seines Freundes Jean-Pierre d'Orval gingen ihm allmählich auf die Nerven.

Sie hatten im modern eingerichteten, aber dennoch gemütlichen ›Bistrot de Paris‹ in der Rue de Lille zu Mittag gegessen.

»Du bist ein Glückspilz . . . Unter solchen Umständen hätte ich nicht einmal was dagegen, mir das Brustbein zu brechen! Wie heißt sie denn?«

Jean-Pierres Augen leuchteten. Christopher strich sich über den Schnurrbart. Er liebte Diskretion über alles und bedauerte, daß er sich von seinem Freund über ›das Mädchen, das am Sonntag am Telefon war‹ hatte ausfragen lassen.

»Ach, weißt du . . . ich habe nicht die Absicht, sie wiederzusehen . . . du kennst ja meine Einstellung . . . ich will meine Ruhe haben!«

»Trotzdem . . . ein zwanzigjähriges Mädchen zu verführen! Mein Traum!«

»Ich habe niemanden verführt!« widersprach Christopher gereizt. »Sie hatte einfach mit ihren Freundinnen gewettet, daß sie mich rumkriegen würde, so auf die Schnelle!«

Christopher schnippte zur Illustration seiner Worte mit den Fingern. Der Kellner mißverstand diese Geste und eilte mit der Rechnung herbei.

Jean-Pierre schüttelte bewundernd den Kopf.

»Ah, mir passiert so etwas nie . . . Weißt du, Chris, ich werde dir etwas Schreckliches gestehen, das ich einem Franzosen um nichts in aller Welt anvertrauen würde . . . Ich habe meine Frau niemals betrogen!!!«

Jean-Pierre sah so niedergeschlagen drein, daß Christopher unwillkürlich lachen mußte. Er hörte allerdings sofort wieder auf: seine Rippen schmerzten wesentlich mehr als am Vortag.

»Und ... ich glaube, daß ich sie auch in Zukunft nie betrügen werde!« fügte Jean-Pierre mit tragischer Miene hinzu.

»Na, na ...«

Christopher klopfte ihm freundschaftlich auf die Schulter.

»Wer weiß schon, wo die Wildgans vorbeifliegen wird!«

Jean-Pierre runzelte verwirrt die Stirn, doch dann begriff er den Sinn dieser ins Französische übersetzten amerikanischen Redensart und lachte schallend.

»Ah, mein lieber Chris ... mein Guter ... die Wildgans! Das ist ja köstlich ... ja ... wer weiß schon, wo die Wildgans vorbeifliegen wird ...«

Vor Lachen verschluckte er sich an seinem Kaffee.

Als die beiden Freunde das Restaurant verließen, fiel ein leichter Sprühregen. Christopher spannte seinen Schirm auf. Der Taxistand am Quai Voltaire war leer.

»Sollen wir ein Stückchen laufen?« schlug Jean-Pierre vor.

Christopher warf einen Blick auf seine Uhr.

»Okay, ich habe in einer halben Stunde eine geschäftliche Besprechung ... und anschließend muß ich nach Genf fliegen.«

»Glaubst du, daß du das mit deinen angeknacksten Rippen schaffst?« fragte Jean-Pierre besorgt.

»Ich werd's schon überleben ...«

»Weißt du ... wir müssen wirklich möglichst oft zusammen zu Mittag essen ... eine Männerfreundschaft ist im Grunde das einzig Wahre!«

Jean-Pierre legte seine Hand auf Christophers Arm. Eine Passantin warf den beiden Männern unter dem Regenschirm einen entrüsteten Blick zu. Christopher rückte sofort etwas von seinem Freund ab, dessen typisch romanische Vorliebe für demonstrative Gesten ihm oft etwas peinlich war. Trotzdem hatte auch er Jean-Pierre aufrichtig gern. Der Franzose war sogar sein einziger richtiger Freund.

Christopher hatte viele gute Bekannte in New York, in seiner Heimatstadt Philadelphia und in Kanada, wo er sechs Jahre gearbeitet hatte, aber seltsamerweise war Jean-Pierre immer sein engster Freund geblieben, obwohl ein Ozean sie trennte und sie sich nur selten bei Geschäftsreisen sahen.

»Ich liebe meine Frau ... Sie ist eine gute Hausfrau, eine gute Ehefrau und Mutter ... Aber, na ja, du verstehst schon ...«

Jean-Pierre schien in redseliger Stimmung zu sein.

Die Ampel schaltete auf grün. Die beiden Freunde überquerten rasch die belebte Kreuzung vor dem Abgeordnetenhaus und betraten die Seinebrücke, die zur Place de la Concorde führt.

Jean-Pierre fuhr fort:

»Verstehst du ... als ich Madeleine geheiratet habe ...«

Christopher warf seinem Freund einen flüchtigen Blick zu. Jean-Pierre hatte sich seit damals, als sie sich kennengelernt hatten, sehr verändert. Seine braunen lockigen Haare lichteten sich an Stirn und Schläfen, und die Kochkünste seiner Frau Madeleine hatten ihm einen Bauch beschert. Aber wenn äußerlich von dem schlanken jungen Mann alter Zeiten nicht mehr viel übriggeblieben war, so hatte er doch sein heiteres Naturell und seine Gutmütigkeit und Freundlichkeit nicht eingebüßt.

Christopher hatte ihn an der Sorbonne kennengelernt, als Senator Bergman auf die Idee gekommen war, die französischen Sprachkenntnisse seines einzigen Sohnes in Frankreich vervollkommnen zu lassen.

Die Professoren hatten diesen jungen Amerikaner in den Hörsälen allerdings nur selten zu sehen bekommen. Dafür hätten sie ihn allabendlich auf Partys oder in den Lokalen von Saint-Germain antreffen können, wo Jean-Pierre und er sich höchst angenehm die Zeit vertrieben.

Dieses Jahr in Paris war für Christopher stets als selige Zeit in Erinnerung geblieben, als unwiederbringlicher schöner Traum: einundzwanzig Jahre alt zu sein, in Paris absolute Freiheit zu genießen, sich nach Herzenslust zu amüsieren, mit Mädchen zu flirten und keinen Gedanken an die Zukunft zu verschwenden.

Und dann hatte Senator Bergman diesem paradiesischen Leben durch seinen Blitzbesuch in Paris ein jähes Ende bereitet, als die beiden jungen Männer gerade in einem Werbefilm für eine berühmte Parfummarke mitwirkten, um ihr Taschengeld aufzubessern: an der Brücke zur Place de la Concorde angeseilt, mußten sie zu einem Schleppkahn auf der Seine hinabklettern . . .

»Ach, was war ich damals sportlich!« seufzte Jean-Pierre. »Du bist in Form geblieben, du würdest es auch heute noch schaffen . . . Weißt du noch, hier an dieser Stelle war es!«

Jean-Pierre beugte sich über das Brückengeländer.

Es hatte aufgehört zu regnen. Christopher klappte seinen Schirm zusammen und nahm die Brille ab.

»Nein . . . ich glaube, es war dort drüben . . .«

Er deutete auf einen anderen Brückenpfeiler und deklamierte:

»›Mit Tamaris werden die Frauen der ganzen Welt den Duft von Paris genießen können!‹ Das war's doch, was wir zu sagen hatten, wenn wir auf dem Schleppkahn dem Fotomodell zu Füßen fielen.«

Die beiden Freunde brachen in schallendes Gelächter aus.

»Und wie der Senator uns den Kopf gewaschen hat! Harvard ... Harvard ... jedes zweite Wort deines Vaters war Harvard ... Erinnerst du dich noch? Ach, waren das schöne Zeiten!« schwärmte Jean-Pierre. »Aber am Tag deiner Abreise waren alle todtraurig ...«

»Weißt du eigentlich, was aus Diane Le Ba ...«

Ein mit Schrott beladener Lastwagen verschluckte den Rest von Christophers Satz.

»Welche Anne?« rief Jean-Pierre, während sie die Straße überquerten.

»Nicht Anne – Diane! Sie hatte lange blonde Haare und ...«

Jean-Pierre fiel ihm ins Wort.

»Ach ja, die hübsche kleine Diane ... dein bevorzugter Flirt von damals ... Ich weiß nur, daß sie einen Anwalt geheiratet hat ... Weißt du, Chris, von dem Tag an, als ich Madeleine kennenlernte, habe ich alle anderen Bekannten völlig aus den Augen verloren ... dir ist es mit Majorie vermutlich ähnlich ergangen ...«

»Ja ... und zum Dank hat sie später sogar meinen Sohn gegen mich aufgehetzt!« murmelte Christopher voller Bitterkeit.

»Ach, weißt du ... die Kinder von heute ... mein jüngster Sohn hat nur Saxophonspielen im Kopf ... Da waren wir doch ganz anders ...«

Jean-Pierre verlieh seinen Worten durch lebhaftes Gestikulieren Nachdruck.

Christopher hörte ihm nicht mehr zu.

Warum mußte er plötzlich an Diane denken ... an jenes kurze Abenteuer, das seinem Gedächtnis völlig entschwunden gewesen war?

An Dianes Gesichtszüge konnte er sich nicht mehr genau erinnern, aber sie war ihm damals wie eine anmutige goldene Blume vorgekommen.

Er hatte sie auf einer jener Partys kennengelernt, wo er stets wie ein Pfau Räder geschlagen hatte, und zwei verliebte zärtliche Monate lang hatte sie ihn in eine ganz andere Welt eingeführt: in das Paris der Museen und Theater, in das Frankreich der Loireschlösser und der grauen Felsen der Bretagne.

Wie alt mußte sie jetzt sein? Einundvierzig ... zweiundvierzig ... ›Manche Frauen sind in reiferem Alter noch schöner als in der Jugend‹, dachte Christopher.

Nostalgisch überlegte er, ob aus Diane eine kleinliche Bürgerin wie Madeleine d'Orval geworden war, die ihren Mann und vier oder fünf Kinder herumkommandierte ... oder eine trockene, kalte Geschäftsfrau ... oder eine fanatische Feministin ... oder ob sie, wie durch ein Wunder, schlank, hübsch und charmant geblieben war.

Im Grunde genommen war es besser, daß Jean-Pierre sie aus den Augen verloren hatte. Man konnte seine Jugend nicht zurückholen, indem man die Vergangenheit heraufbeschwor.

Wenn er Diane jetzt wiedersehen würde, hätten sie einander vermutlich nichts mehr zu sagen, und auf der Straße würden sie vielleicht aneinander vorbeilaufen, ohne sich zu erkennen ...

»Ah, mein lieber Chris ... alles wäre ganz wunderbar, wenn Madeleines Charakter sich nur mit zunehmendem Alter etwas besserte ... Erinnerst du dich noch an Gisèle? Ich sah sie oft in jener Zeit, als du mit Diane liiert warst ... Na ja, manchmal frage ich mich, ob es nicht besser gewesen wäre ... obwohl Madeleine auch ihre Vorzüge hat ...«

Plötzlich kam Christopher sich albern vor. ›Wir führen uns ja wie zwei weinerliche Tatterkreise auf, die in Erinnerungen an die gute alte Zeit schwelgen!‹ dachte er gereizt und hielt ein vorbeifahrendes Taxi an.

»Entschuldige bitte, Jean-Pierre, aber ich komme sonst noch zu spät . . . Willst du mitfahren?«

»Nein, ich muß in der Rue de la Paix einen Klienten aufsuchen, der eine Versicherung abschließen möchte.«

»Ich rufe dich an, sobald ich aus Genf zurück bin«, versprach Christopher beim Einsteigen.

»Komm am Sonntag zu uns . . . da hat Juliette Geburtstag . . .«

»Wie alt wird deine Tochter?« rief Christopher durch das offene Fenster.

»Achtzehn . . . Madeleine wird eine riesige Torte . . .«

Den Rest konnte Christopher nicht mehr hören, weil das Taxi anfuhr.

»Lassen Sie mich auf der Höhe der George-V aussteigen!«

An der Ampel vor den Springbrunnen bremste der Fahrer etwas scharf ab.

»Idiot!« brüllte jemand hinter ihnen laut, um sein knatterndes Fahrzeug zu übertönen.

Christopher drehte sich rasch um. Ein bärtiger Riese auf einem schweren schwarzen Motorrad wäre um ein Haar auf das Taxi aufgefahren.

Der Austausch von Beschimpfungen zwischen dem Taxichauffeur und dem Motorradfahrer endete erst, als die Ampel auf grün schaltete.

»Es ist eine Schande, Monsieur«, klagte der Chauffeur im Weiterfahren. »Unsere Champs-Elysées werden immer mehr zum Tummelplatz dieser Dreckskerle . . . Die Polizei müßte wirklich . . .«

Der gehässige Ton des Mannes reizte Christopher, der seine eigene Aversion gegen die heutige Jugend und insbesondere gegen Motorradfahrer völlig vergaß.

›So ein blöder alter Schwätzer!‹ dachte er und hatte ein schlechtes Gewissen, weil er dem Fahrer nicht widersprach. Er holte seinen Notizkalender aus der Tasche und überflog seine Termine.

Genau um fünf Uhr kam er vom Konferenzsaal in sein Büro zurück.

»Ich habe gerade noch Zeit, um zu meiner Wohnung zu fahren und mein Gepäck zu holen ... Haben Sie mir ein Zimmer reserviert, Isabelle?«

»Suite 242 im Inter-Continental.«

»Großartig. Falls irgend etwas Wichtiges sein sollte, können Sie mich früh morgens dort anrufen, ansonsten in der Bank Gromber ... Okay?«

Während des Redens schob Christopher Akten in seine schwarze Mappe.

»Werden Sie im Flugzeug mit Ihren angeknacksten Rippen nicht große Probleme haben?« fragte Isabelle besorgt, aber Christopher hätte schwören können, daß sie nur mit Mühe ein amüsiertes Lächeln unterdrücken konnte.

»Mir geht es ausgezeichnet!« erwiderte er trocken.

Die ganze Bank wußte über seinen ›Unfall‹ Bescheid, und niemand sparte mit guten Ratschlägen oder völlig überflüssigen Kommentaren. Christopher schloß seine Aktentasche und griff nach seinem grauen Jackett, das über einer Stuhllehne hing. Das Telefon auf seinem Schreibtisch klingelte.

Ginette meldete sich, hielt gleich darauf die Hörmuschel zu und verkündete:

»Mademoiselle Clémentine Bonnet!«

Christopher blickte auf und fing den leicht ironischen Blick auf, den Isabelle und Renée tauschten.

Er wandte sich ab und sagte in eisigem Ton:

»Ich bin schon abgereist ... Sie soll ihre Telefonnummer hinterlassen.«

Während er seine Weste und sein Jackett zuknöpfte, konnte Christoph nicht umhin, dem Gespräch zu lauschen.

»Monsieur Bergman ist verreist«, erklärte Ginette auftragsgemäß. »Würden Sie Ihre Telefonnummer hinterlassen, Mademoiselle?«

Christopher nahm sich die Zeit, vor dem Spiegel seine Krawatte zurechtzurücken. Ginette war verstummt. Offenbar redete jetzt Clémentine.

Christopher war drauf und dran, doch noch nach dem Hörer zu greifen. Zu spät!

»Ah, das weiß ich nicht, Mademoiselle«, sagte Ginette. Gleich darauf legte sie auf.

Christopher griff nach seiner Aktentasche und ging auf die Tür zu, wobei er das sichere Gefühl hatte, daß die Blicke seiner drei Sekretärinnen ihm folgten. Er drehte sich abrupt um. Sie waren scheinbar ganz in ihre Arbeit vertieft.

»Was hat Mademoiselle Bonnet Sie gefragt, Ginette?« fragte er möglichst gleichgültig.

»Wann Sie zurückkommen, Monsieur Bergman ...«

»Hat sie ihre Nummer hinterlassen?«

»Nein, sie hat aufgelegt.«

Christopher schlug verärgert die Tür hinter sich zu.

Die Bar des Hotels Inter-Continental war mit Gästen aus aller Welt bevölkert.

Christopher putzte seine Brille und warf automatisch einen Blick in die Runde: an einem Tisch im Untergeschoß des prächtigen Hotels saßen Emire vom Persischen Golf; den Nebentisch besetzten Filmproduzenten mit einigen Damen lockerer Moral; ebenso gab es da den

Tisch der Fernsehstars, den Tisch der Italiener, die wie Mafiosi aussahen, sowie den Tisch der Mafiosi, die aussahen wie brave Bürger Luxemburgs; außerdem hielten sich in dem schummrig beleuchteten auf: Mannequins der Haute Couture, Journalisten, Japaner, zwei englische Herzöge, die ihr Gespensterschloß zu verkaufen versuchten, und nicht zuletzt – Schweizer Bankiers.

Das war Christophers Tisch.

Er setzte seine Brille wieder auf und wandte seine Aufmerksamkeit seinen Gästen zu. In den vergangenen zwei Tagen hatte er die Grombers praktisch nur verlassen, um schlafen zu gehen. Der Weg zum Vertragsabschluß war schwierig gewesen, aber nun konnte das unterzeichnete Abkommen mit einem Glas Champagner gefeiert werden.

Christopher streckte seine langen Beine unter dem Tisch aus. Er war müde, aber zufrieden.

»Wir haben gute Arbeit geleistet, Monsieur Bergmann!« sagte Gromber Junior.

»Ja, wir haben wirklich gute Arbeit geleistet, Monsieur Bergman!« wiederholte Gromber Senior, an dem besonders bemerkenswert war, daß ihn jeder für den Sohn von Gromber Junior hielt.

»Würden Sie uns die Freude machen, eine Einladung zum Abendessen in Gesellschaft unserer Frauen anzunehmen?« fragte Gromber Junior.

»Ja, wir würden uns sehr freuen, wenn Sie unsere Einladung annähmen«, bekräftigte Gromber Senior.

Christopher zögerte kurz. Er hatte gehofft, mit dem letzten Flugzeug nach Paris zurückkehren zu können. Aber andererseits waren diese beiden Schweizer nicht nur ausgesprochen sympathische Menschen, sondern nun auch wichtige Geschäftspartner der California New York Bank.

»Nun . . . ich nehme Ihre Einladung mit Freuden . . .«

Ein Page unterbrach Christopher. Der Hotelbedienstete ging von Tisch zu Tisch und rief:

»Monsieur Bergman . . . Monsieur Bergman . . .«

Christopher stand auf.

»Ein dringender Anruf, Monsieur Bergman.«

Vermutlich der Bankpräsident, der wissen wollte, ob der Abschluß gelungen war! Christopher entschuldigte sich bei seinen beiden Gästen.

»Ich bin gleich wieder da . . .«

Er folgte dem Pagen zu einer Telefonzelle.

»Hallo . . . Ist dort Christopher Bergman?« fragte eine Frauenstimme.

»Ja, am Apparat.«

»Guten Abend . . . Wie geht es Ihnen?«

Clémentine!

»Danke, gut«, erwiderte Christopher reserviert.

»Aber . . .«

Es schien sie völlig aus dem Konzept zu bringen, daß er keinen Freudenschrei ausstieß.

»Hier ist Clémentine . . . Clémentine Bonnet . . . Sie haben mich doch hoffentlich nicht schon vergessen?«

Christopher betastete seine immer noch schmerzenden Rippen.

»Wie könnte ich das?«

Am anderen Ende der Leitung erklang ein fröhliches Lachen.

»Wo sind Sie?«

»Wenn Sie mich hier anrufen, wissen Sie doch genau, wo ich bin.«

»Nein . . . ich meine . . . sind Sie auf Ihrem Zimmer?«

So eine Frechheit! Was ging sie das an?

»Ich befinde mich mitten in einer Konferenz!« erklärte Christopher würdevoll.

»Oh, es tut mir leid, Sie gestört zu haben . . .«

Schön und gut! Trotzdem mußte diese Göre erzogen werden!

»Wenn es Ihnen lieber ist, rufe ich später noch einmal an«, schlug sie zögernd vor.

»Das geht nicht, weil ich nachher ausgehe.«

Befriedigt registrierte er, daß das junge Mädchen nun doch nicht wußte, was es darauf erwidern sollte. Aber nach kurzem Schweigen faßte es sich wieder und fragte:

»Fliegen Sie bald nach Paris zurück?«

»Ja . . . morgen früh.«

»Wissen Sie, was Sie tun sollten?«

»Nein . . .«

»Sich ein Taxi nehmen . . .«

»Soll ich etwa mit dem Taxi nach Paris fahren?« spöttelte Christopher verwundert.

»Aber nein«, lachte Clémentine. »Ich bin im Gebirge . . . ganz in der Nähe von Genf . . . Wie wäre es, wenn Sie mit einem Taxi herkämen und sich am Wochenende beim Wintersport etwas erholen würden?«

Er schwieg so lange, daß sie schließlich beunruhigt rief:

»Hallo . . . sind Sie noch am Apparat?«

»Sie sind sehr liebenswürdig«, begann Christopher langsam, »aber . . . im Büro wartet viel Arbeit auf mich, und außerdem . . .«

Er dachte an die Konsequenzen, die ein solches Wochenende haben könnte. Aber Clémentine unterbrach seine Einwände:

»Wissen Sie, es würde Ihnen bestimmt sehr gut tun . . . Sie wären am Montag im Büro in bester Form . . . Freunde haben mir ihr Chalet überlassen . . . es heißt ›Chalet der Edelweiß‹, und es ist einfach herrlich ... Ich kann das ganze Tal überblicken ... Also, es ist kinderleicht zu finden ...«

Die Scheinwerfer beleuchteten den verschneiten Weg.

Christopher war mehrmals nahe daran gewesen, den Chauffeur umkehren zu lassen. Zum einen kam es ihm lächerlich vor, in Regenmantel, grauem Anzug und schwarzen Schuhen zum Wintersport zu fahren, zum anderen war er alles andere als sicher, ob er drei Tage mit Clémentine verbringen wollte, mochte die Aussicht auf das Tal noch so überwältigend sein.

Aber alles schien sich gegen ihn verschworen zu haben. Nach seinem Gespräch mit Clémentine hatte er den Bankpräsidenten zu Hause angerufen und ihm von dem erfolgreichen Vertragsabschluß mit den Grombers berichtet.

»Falls Sie mich morgen nicht benötigen, Tom«, hatte er hinzugefügt, »würde ich gern im Gebirge etwas Luft schnappen ...«

»Eine großartige Idee, Chris«, hatte ›Tom‹ begeistert zugestimmt. »Sie haben hervorragende Arbeit geleistet ... gönnen Sie sich ein langes Wochenende ... Ich will Sie erst am Montagnachmittag in der Bank sehen, und das ist ein Befehl! Es wird Ihnen sehr gut tun ... Sie werden in bester Form zurückkommen!«

Er hatte genau wie Clémentine dahergeredet!

Es war Christopher gelungen, die Einladung der Grombers zum Abendessen diplomatisch abzusagen, ohne sie zu verstimmen, und nun saß er im Taxi, und der Chauffeur hatte sich in dem schlafenden Dorf schon wiederholt verfahren, denn Clémentines Angaben waren natürlich ungenau, kompliziert und verschwommen gewesen, und weit und breit war keine Menschenseele zu sehen, die man nach dem Weg hätte fragen können.

»Ich glaube, hier sind wir richtig, Monsieur!« rief der Fahrer so begeistert, als hätte er soeben die Amazonasquellen entdeckt.

Er hatte vor einem Chalet mit hell erleuchteten Fenstern angehalten, und während Christopher noch skeptisch hinausspähte, öffnete sich die Tür der Berghütte, und Clémentine lief zum Taxi.

»Hallo ... Wie ich sehe, haben Sie wirklich mühelos hergefunden!«

Wenn dieses ahnungslose Geschöpf nur wüßte! Christopher bezahlte und stieg aus.

»Ich finde es wirklich toll, daß Sie gekommen sind!«

Sie küßte ihn auf die Wangen, wie einen guten Freund.

Christophers Miene verdüsterte sich. Zwei braungebrannte junge Männer, die so aussahen wie Skilehrer in Filmen, waren Clémentine ins Freie gefolgt.

»Hatten Sie eine gute Fahrt? ... Lassen Sie nur ...«

Einer der beiden griff nach Christophers Koffer.

Clémentine hakte sich bei Christopher ein und führte ihn in ein großes rustikales Zimmer, wo ein Holzfeuer im Kamin brannte.

Der gemütliche Raum mit den Deckenbalken gefiel Christopher; dennoch runzelte er sogleich die Stirn. Zwei Paare in Pullis und Skihosen tanzten vor dem Kamin, drei langhaarige Burschen saßen im Schneidersitz auf einem Tierfell.

›Wenn dieses ganze Volk im Chalet haust, wird dieses Wochenende ein wahrer Alptraum werden!‹ dachte Christopher gereizt.

Clémentine übernahm unbekümmert die Vorstellung.

»Das ist Christopher ... Bernard ... Jeannot ... Helène ... Rosie ... Juju ...«

Alle erhoben sich und reichten ihm höflich die Hand.

»Salut ... Hallo ... Also dann, gute Nacht ... Es ist schon spät ...«

Zu Christophers großem Erstaunen schlüpften sie in ihre Anoraks und verabschiedeten sich in Rekordzeit. Clémentine hatte ihnen offenbar genaue Anweisungen erteilt. Plötzlich fand Christopher die jungen Leute ganz sympathisch.

Clémentine schloß hinter ihnen die Tür und wandte sich mit strahlendem Lächeln Christopher zu, der immer noch mitten im Zimmer stand.

Sie betrachteten einander schweigend. Das junge Mädchen trug einen einteiligen Hausanzug aus leuchtend rotem Samt, der ihm gut stand ... sogar sehr gut! Christopher nahm etwas befangen seine Brille ab.

»Soll ich Ihnen das Chalet zeigen?« schlug Clémentine liebenswürdig vor.

»Es ist sehr hübsch«, erwiderte Christopher im gleichen liebenswürdigen Ton.

Ihm war heiß. Er zog seinen Regenmantel aus, knöpfte Jackett und Weste auf und folgte Clémentine, die sich eifrig als Fremdenführerin betätigte.

»Vorsicht, hier ist eine Stufe ... Das ist ein kleines Arbeitszimmer ... Hier ist die Abstellkammer für die Skier ... Und das ist die Küche ... sehr modern und praktisch eingerichtet ... Oh, haben Sie eigentlich Hunger? Ich kann Ihnen ein Omelette machen ...«

Christopher erinnerte sich an ihre Spaghetti und konnte nur mit Mühe ein Lächeln unterdrücken.

»Ich habe vorsichtshalber gegessen, bevor ich losgefahren bin!«

Sie machte einen Schmollmund.

»Welche Undankbarkeit!«

Um sie zu versöhnen, tat Christopher so, als interessiere er sich brennend für das Chalet:

»Und wohin führt diese Tür?«

»In den Keller«, erwiderte sie kurz angebunden, fügte dann aber etwas besänftigt hinzu: »Er ist direkt in den Felsen hineingeschlagen.«

»Ah ... sehr interessant!« murmelte Christopher und strich sich über den Schnurrbart, während er Clémentine unverwandt in die Augen sah. Sie wandte als erste den Blick ab.

»Äh ... dort drüben ... jetzt können Sie natürlich nichts sehen, aber da liegt das Tal ... Morgen früh werden Sie sich davon überzeugen können, daß es wirklich bezaubernd ist ... Meine Freunde sind Fotografen, und sie haben das Grundstück wegen des Ausblicks gekauft und das Chalet ganz im Stil des Landes aus Holz bauen lassen ...«

Sie redete hastig, ein wenig abgehackt, und gestikulierte dabei heftig. Christopher genoß ihre Verlegenheit und schwieg beharrlich. Schließlich fragte sie etwas schüchtern:

»Haben Sie vielleicht Durst? Möchten Sie einen Whisky?«

»Gern«, antwortete Christopher aufrichtig.

Sie schien sehr erleichtert zu sein, daß er auf überhaupt etwas Lust hatte.

»Ich serviere ihn Ihnen nebenan!«

Christopher kehrte ins Wohnzimmer zurück und hörte, wie sie den Kühlschrank öffnete.

»Mit Eis?« rief sie.

»Ja, und mit viel Wasser!«

Seine Aggressivität wich plötzlich von ihm, er entspannte sich, warf sein Jackett auf einen Sessel, krempelte seine Hemdsärmel auf und ließ sich auf das Sofa am Kamin fallen.

»Hier ...«

»Danke.«

Christopher nahm ihr das Glas aus der Hand und trank einen Schluck, ohne sie aus den Augen zu lassen. Sie blieb mit ihrem Glas vor dem Kamin stehen, groß und schlank, mit glühenden Wangen.

»Lieben Sie Sinatra?«

Sie kauerte nieder, um eine Platte auszusuchen. Ihre langen Haare fielen ihr ins Gesicht, so daß Christopher nur noch ihre kecke Nasenspitze sehen konnte.

»Das Dorf ist sehr hübsch . . . klein . . . und nicht mondän . . . aber es gibt gute Abfahrten, Skilifte und überhaupt alles Notwendige . . .«

Sie bückte sich und legte ein Holzscheit ins Feuer, zog die schweren Vorhänge zu und kniete sodann nach japanischer Sitte auf dem Fell gegenüber von Christopher nieder.

»Die Genfer haben wirklich Glück«, murmelte sie, während sie sich nervös eine Zigarette anzündete.

Christopher stimmte ihr zu, und in den nächsten Minuten ließen sich beide darüber aus, wie angenehm es sein mußte, in einer großen Stadt zu leben, von der aus man die Wintersportorte so schnell erreichen konnte.

Sinatra sang sich währenddessen die Seele aus dem Leibe.

Christopher gab dem Gespräch keine neue Nahrung und stellte schweigend sein Glas ab. Zögernd erkundigte sich Clémentine:

»Sind Sie vielleicht müde?«

»Weniger als letzten Sonntag!« erwiderte er mit leichter Selbstironie.

Sie ignorierte seine Anspielung und fuhr fort:

»Wenn Sie möchten, zeige ich Ihnen jetzt Ihr Zimmer . . .«

»Okay!«

Sie standen auf, Christopher griff nach seinem Koffer und folgte Clémentine die Treppe hinauf. Im ersten Stock öffnete sie eine Tür.

»Hier ist das Bad ... Ich selbst schlafe dort drüben, im Zimmer meiner Freunde ... Und hier ist das Gästezimmer ...«

Sie riß die Tür weit auf, schaltete das Licht ein und ließ sodann Christopher den Vortritt, der sich wie in einem Hotel vorkam. Er stellte seinen Koffer auf einen Stuhl und beobachtete Clémentine, die in dem rustikal eingerichteten Zimmer umhereilte, sich – ganz die perfekte Gastgeberin – vergewisserte, daß auf dem breiten Bett eine Daunendecke lag, das Fenster öffnete, um die Läden zu schließen und dabei wie ein Wasserfall redete:

»Die Nächste sind kalt ... aber wenn die Sonne scheint, ist es einfach herrlich ... Von hier haben Sie ebenfalls einen sehr schönen Blick, in Richtung ...«

Sie verstummte mitten im Satz, denn Christopher hatte sich leise genähert und ihr sanft die Hände auf die Schultern gelegt.

Sie stand regungslos da, während seine Finger ihre Brüste streichelten und sanft liebkosend zu ihrer Taille hinabglitten. Ein wollüstiger Schauer überlief sie.

»Weißt du ... auch mir hat deine Art, Baseball zu spielen, ausnehmend gut gefallen!« flüsterte er mit rauher Stimme.

Er drückte seine Lippen auf den zarten Hals unter ihren langen Haaren, die so angenehm nach Geißblatt dufteten.

Sie wandte sich ihm zu. In ihren braunen Augen schimmerten goldene Funken.

»Sie sind so ...«, begann sie, aber er verschloß ihr den Mund mit einem Kuß.

Ihre Lippen saugten sich aneinander fest, während sie

sich leidenschaftlich umarmten. Langsam drängte Christopher sie zum Bett hin, und sie ließen sich zusammen auf die weiche Daunendecke fallen.

Ungeduldig öffneten die Männerhände den Reißverschluß des Samtoveralls, und diesmal war Christopher nicht mehr überrascht, daß sie darunter völlig nackt war.

Sie stöhnte wollüstig, als er an ihren Brustwarzen saugte, doch als er sie vollends entkleiden wollte, machte sie eine Geste, die ihn bei diesem scheinbar so ungehemmten Geschöpf erstaunte: ohne sich aus seinen Armen zu lösen, versuchte sie vergeblich, den Lichtschalter zu erreichen. Christopher richtete sich etwas auf und schaltete leicht gerührt die Lampe aus.

Durch die Fensterläden drang silbriges Mondlicht ins Zimmer.

»Das zweite Mal ist es immer schwieriger«, murmelte Christopher lächelnd, während er sich wieder über Clémentine beugte.

Und dann redeten sie nicht mehr . . . so gut wie nicht mehr . . .

Das wurde ihre erste gemeinsame Nacht.

4

Es gibt im Leben hin und wieder – selten genug – Momente, da die Zeit stillzustehen scheint, da der Mensch vorübergehend aufhört, sich das Gehirn zu zermartern.

Einer dieser seligen Momente war Christopher vergönnt. Noch am Vorabend war er mit dem festen Vorsatz zum Chalet gefahren, kühl, vernünftig und mißtrauisch zu bleiben. An diesem Morgen genoß er einfach das Leben, freute sich am blauen Himmel und an der strahlenden Sonne und verschwendete keinen Gedanken an die Zukunft.

»Möchtest du Toast zum Frühstück?« erkundigte sich Clémentine eifrig. »Und Orangensaft? Trinkst du Tee oder Kaffee?«

»Morgens immer schwarzen Kaffee ...«

»Ich auch!« Sie lächelte erfreut. »Wir haben den gleichen Geschmack!«

»Ja ... genau den gleichen Geschmack«, murmelte Christopher, während er ihre Hüften streichelte.

Sie standen in der Küche, und Clémentine vergaß vorübergehend das kochende Wasser, stellte sich auf die Zehenspitzen und zupfte mit den Lippen an seinem Schnurrbart.

»Du bist ein Macho!« flüsterte sie genießerisch.

Ein Macho! Welcher Mann wäre über diese Bezeichnung nicht in höchstem Maß befriedigt gewesen? Christopher bildete darin keine Ausnahme, obwohl er sich bemühte, seinen Stolz zu verbergen.

Während sie sich wieder ihren hausfraulichen Pflichten zuwandte, beobachtete er sie und dachte daran, daß er in der Nacht eine ganz neue Clémentine entdeckt hatte: nicht die freche Göre, sondern eine zärtliche, hingebungsvolle junge Frau.

»Hör mal . . . du überarbeitest dich ja nicht gerade!«

Es war unverkennbar die altvertraute dreiste Göre, die ihm eine Kaffeekanne in die Hand drückte.

Er folgte ihr auf die Terrasse hinaus. Das reinste Paradies! Noch schöner als Sun Valley. Schneebedeckte Berggipfel. Ein wolkenloser blauer Himmel. Eine Frühlingssonne, die schon kräftig wärmte.

Beim Frühstück plauderten sie ungezwungen, lachten beim geringsten Anlaß und konnten sich – wie alle Paare nach der ersten Liebesnacht – nicht aneinander sattsehen, erstaunt und beglückt über das Wunder, das ihnen widerfahren war.

Clémentine bot ein Bild ungetrübter Lebensfreude und strahlender Jugend, während sie es sich mit leuchtenden Augen und rosigen Wangen schmecken ließ.

»Hallo, wie geht's? Gut geschlafen?«

Es war einer der langhaarigen Burschen vom Vorabend, der seine Skier geschultert hatte und ihnen im Vorübergehen vom Wege her zuwinkte.

»Salut, Juju!« rief Clémentine vergnügt.

»Salut, Juju!« wiederholte Christopher, der an diesem Morgen der ganzen Welt gegenüber nachsichtig gestimmt war, und winkte so heftig mit der Hand, als wäre besagter Juju sein nächster Verwandter.

»Möchtest du noch ein Brot?« fragte Clémentine, während sie ihm zärtlich über den Arm strich. Christopher schüttelte nur wortlos den Kopf und streckte sich genüßlich in seinem Gartensessel. Autsch! Ein dumpfer Schmerz brachte ihm seine angeknacksten Rippen in Erinnerung, die er während der Nacht völlig vergessen hatte.

»Nein, ich bin wunschlos glücklich . . . Ich möchte jetzt nur noch . . .«

Er wollte fortfahren: ›faul in der Sonne liegen und Zeitung lesen.‹ Aber Clémentine sprang plötzlich auf und fiel ihm wie üblich ins Wort:

»Also ... dann gehen wir am besten gleich los!«

»Gehen? Wohin denn?« murmelte Christopher verständnislos. Sie lachte belustigt auf.

»Ooch, nun mach nicht so ein entsetztes Gesicht ... Wir müssen dir doch eine Skiausrüstung besorgen.«

»Meinst du.«

Christophers Begeisterung hielt sich sehr in Grenzen. Sie beugte sich über ihn. Ihr fuchsienroter Morgenrock glitt etwas auseinander und enthüllte ihre apfelförmigen Brüste.

»Es sei denn, daß du viel zu müde für eine kleine Abfahrt bist ...«, bemerkte sie mit wahrer Unschuldsmiene. Unverschämte Göre! Christopher versuchte zu bluffen:

»Aber nein, keineswegs ... ich bin in bester Form ... Aber wir könnten doch auch gemütlich hierbleiben ... und später im Restaurant eine Kleinigkeit essen ...«

Er schob seine Hand in ihren Ausschnitt. Clémentine schloß unter seinen Liebkosungen genießerisch die Augen, doch dann richtete sie sich lachend auf:

»Wir werden ja sehen, ob du auf der Piste genauso tüchtig bist!«

Das war eine offene Herausforderung, und darauf gab es für einen Macho nur eine einzige Antwort:

»Ganz wie du willst ... Du wirst mich noch auf den Knien bitten, eine kleine Ruhepause einzulegen!«

Klare Luft! Sonne! Ein belebendes Klima!

So versprach es jedenfalls das Plakat am Schlepplift, und Christopher hoffte von ganzem Herzen, daß der Werbetext stimmte, denn im Augenblick fühlte er sich noch völlig erschöpft.

»Paß auf, der Lift hat so seine Mucken ... Halt dich gut fest!« empfahl Clémentine.

Sie hatte ihre Strickmütze mit dem lustigen Pompon bis zu den Augenbrauen hinabgezogen. Christopher packte die Metallstange, und sie glitten Seite an Seite bergaufwärts, eine rote und eine blaue Silhouette.

Die Kutte macht noch keinen Mönch! Zwar hatte Christopher jetzt Glasfaserskier an den Füßen (»Mit denen saust man wie der Blitz!« hatte Clémentine ihm im Geschäft zugeraunt) und trug einen schicken Anzug in den Farben der französischen Mannschaft sowie fluoreszierende Stiefel, die der ›letzte Schrei‹ waren, doch trotzdem verspürte er ein Prickeln im Nacken, je höher sie kamen. Er war seit mindestens fünfzehn Jahren nicht mehr auf den Brettern gestanden und auch früher kein Meister in dieser Sportart gewesen.

Würde er mit seiner jungen Gespielin wetteifern können oder sich unsterblich blamieren? Er wußte zwar, daß es albern war, aber er wollte ihr auf jeden Fall imponieren. Im Gegensatz zu ihm schien sie sich pudelwohl zu fühlen und schwatzte ununterbrochen:

»Siehst du den Gipfel dort hinten? Das sind die Rousses, in Frankreich ... Und in dem Chalet dort oben können wir nach vier oder fünf Abfahrten zu Mittag essen, wenn du magst ...«

Christophers anhaltendes Schweigen beunruhigte sie offenbar, denn sie warf ihm einen besorgten Seitenblick zu. »Geht's noch? Wenn du dich nicht fit genug fühlst, kannst du auch oben auf mich warten ... Ich mache nur eine kleine Abfahrt und komme dann zu dir ...«

Sie lächelte mütterlich und ein ganz klein wenig herablassend.

»Tsss ... tsss ... verbrenn dir nur nicht die Zunge, du eingebildeter Grünschnabel!«

Christopher küßte sie auf die rote Mütze. Diese unvorsichtige Bewegung brachte sie beide aus dem Gleichgewicht. Clémentine schrie auf, doch im letzten Moment konnten sie sich wieder an der Stange festklammern.

Beide lachten übermütig, als sie oben am Hang ankamen.

Um noch etwas Zeit zu gewinnen, bückte sich Christopher, um die Bindung zu prüfen. Verdammt, jeder Atemzug tat gemein weh! Er blickte zu Clémentine hinüber, die startbereit am Rand der Piste stand.

»Fahr schon los, ich komme gleich nach!« rief er.

»Okay . . . bis gleich . . .«

Sie warf ihm eine Kußhand zu und fuhr wie der Blitz den Abhang hinab. Christopher richtete sich vorsichtig auf, froh darüber, unbeobachtet zu sein, und stieß sich schließlich energisch mit den Stöcken ab.

Weit vor ihm sauste eine rote Gestalt gekonnt dahin. Er folgte ihr langsamer; er fuhr korrekt, aber besonnen, mit kurzen Schwüngen.

»Ah, das ist herrlich!«

Clémentine hatte angehalten, um auf ihn zu warten. Er spürte ihre kritischen Blicke auf sich gerichtet und rang sich ein munteres Lächeln ab.

»Hallo!«

»Bravo!« rief Clémentine. »Du hältst dich wacker!«

Sie ließ ihm einen Vorsprung, nur um ihn gleich darauf in einem Schneewirbel zu überholen. Man hätte glauben können, sie wäre auf Skiern zur Welt gekommen! Ihre Überlegenheit ärgerte Christopher mächtig.

Allmählich fühlte aber auch er sich etwas sicherer auf den Brettern. Er entspannte sich und steigerte sein Tempo. Sein Ehrgeiz verlangte es, sie einzuholen, ja sie abzuhängen, um ihr die gönnerhaften Bemerkungen heimzuzahlen.

Die Strafe folgte auf dem Fuße! Christopher fuhr direkt in einen Schneewall hinein. Seine Skier sanken ein, er verlor das Gleichgewicht und landete unsanft neben einer Tanne. Vom Sturz halb benommen, hörte er ein fröhliches Lachen. Clémentine stieg zu ihm hinauf.

»Bullshit . . . fucking . . .«

Während er herzhaft in seiner Muttersprache fluchte, kämpfte er mit seinen Skiern, deren Bindungen aufgegangen waren.

»Na komm . . . schön brav aufstehen!«

Clémentine streckte ihm ihre Hand entgegen, um ihm auf die Beine zu helfen.

»Nein . . . w-w-warte . . .«

Christopher bekam plötzlich kaum noch Luft und verspürte einen scharfen Schmerz in der Brust. Clémentine beugte sich über ihn, halb zärtlich, halb spöttisch.

»Armer Liebling! Mein Schatz hat so schlimme Wehweh-Rippen . . .«

Was zuviel ist, ist zuviel! Die Wut verlieh Christopher wundersamerweise neue Kräfte, und er packte Clémentine bei den Beinen.

Durch den plötzlichen Angriff aus dem Gleichgewicht gebracht, fiel sie ihrerseits in den Schnee und hatte alle Mühe, sich aus dem Gewirr von Skiern und Stöcken zu befreien.

Christopher preßte unerbittlich ihren Oberkörper auf die Erde. Sie strampelte und schlug wild um sich.

»Wenn du nicht sofort aufhörst, dich wie eine Raubkatze aufzuführen, vergewaltige ich dich hier mitten auf der Piste!« drohte Christopher.

Sie stellte ihren Widerstand schlagartig ein.

»Das würdest du nie wagen!« provozierte sie ihn mit funkelnden Augen.

Sie brauchte wirklich eine ordentliche Lektion!

Mit einem Aufschrei, der King-Kong alle Ehre gemacht hätte, schob Christopher ihren Anorak hoch, während seine andere Hand sich an ihrer Hose zu schaffen machte. Zusammen mit seinen Fingern gelangte Schnee unter ihre Kleidung. Sie wand sich, zappelte mit den Beinen und stieß schrille Schreie aus, die leicht fehlinterpretiert werden konnten, zumal Christopher rittlings auf ihr saß.

»Ha!«

Dieser empörte Ausruf ließ Christopher und Clémentine die Köpfe heben. Alles ging nun sehr schnell, wie in einer Stummfilmszene.

Eine dicke Skifahrerin war auf der Piste aufgetaucht.

Zugegebenermaßen hat man trotz aller sexuellen Freizügigkeit nicht oft Gelegenheit, ein Pärchen zu sehen, das sich im Schnee vergnügt. Die unfreiwillige Zuschauerin suchte das Weite, drehte sich aber mit offenem Mund immer wieder nach diesen Exhibitionisten um.

Das Unvermeidliche geschah!

Die unglückselige Frau, die von der Weltmeisterschaft ohnehin weit entfernt war, sah eine heimtückische Bodenerhebung viel zu spät, riß verzweifelt die Arme mit den Stöcken hoch und . . . verschwand im Schnee.

Clémentine lachte schallend.

»Da siehst du, was wegen dir alles passiert, du Mörder!«

Sie stieß ihn mit beiden Händen kräftig von sich.

»Ganz wie du willst«, entgegnete Christopher würdevoll, »wenn du keine finnischen Erfahrungen machen möchtest . . .«

Er ließ sich auf die Seite rollen und wollte seine Skier befestigen, kam aber nicht dazu, weil Clémentine ihn wie ein Skorpion ansprang.

»Gib zu, daß ich gut daran getan habe, dich von Genf herzulocken!« rief sie.

Er verzog das Gesicht zu einer zweifelnden Grimasse.

»Dessen bin ich mir gar nicht so sicher . . .«

»Gib es zu . . . sonst vergewaltige ich jetzt dich!«

Clémentine ließ ihren Worten sogleich die Tat folgen, setzte sich ihrerseits rittlings auf Christopher und unternahm einen Angriff auf seinen Skianzug.

»Nein, nein . . . nicht! Hör auf!« schrie Christopher unter dem Schock eiskalten Schnees auf seiner Haut.

»Allmächtiger Himmel!«

Diesmal kam der Ausruf von einem bärtigen Burschen, der bestürzt – oder neidisch! – auf diese Amazone und ihr ›vergewaltigtes Opfer‹ starrte, über diesem faszinierenden Schauspiel ebenfalls die unerwartete Bodenwelle übersah und genauso wie die dicke Dame im Schnee landete.

Clémentine hielt sich vor Lachen den Bauch und ließ sich in den Schnee fallen. Ihre Mütze war beim Kampf heruntergerutscht, aber es schien sie nicht im geringsten zu stören, daß ihre Haare naß wurden. Christopher beugte sich über sie. In ihren langen schwarzen Wimpern hingen Lachtränen. Sie hatte Schnee in der Nase, auf der Stirn, auf den Wangen, in den Ohren. Eine überwältigende Zärtlichkeit für dieses blutjunge Geschöpf überkam Christopher plötzlich, und er begann ihr sanft den Schnee vom Gesicht zu küssen.

»Kleine Xanthippe!« flüsterte er.

Clémentine schloß bei seinen Liebkosungen beseligt die Augen.

»Ich habe Durst!« murmelte sie.

Ihre eiskalten Lippen fanden sich, und sie tauschten einen langen leidenschaftlichen Kuß.

Sie öffnete ihre Augen, betrachtete Christopher und lächelte plötzlich.

»Du hast Sommersprossen . . . da . . .«

Sie deutete auf seine Nasenflügel.

»Du aber auch!« erwiderte Christopher amüsiert.

»Wart mal ... Man sieht sie kaum ... aber sie sind vorhanden ... 1, 2, 3, 4 ... hmmm ... insgesamt sieben ... wie die Wikinger!«

»Die Wikinger hatten sieben Sommersprossen? Welch ein Zufall!« spöttelte Christopher.

»Wie, das wußtest du nicht?« rief sie mit ungläubiger Miene. »Das war sogar das Zeichen ihrer sexuellen Potenz!«

»Ausgerechnet auf der Nase?«

Lachend wollte sie ihre Skier anschnallen.

»Warte ... Jetzt bist du an der Reihe ...«

Mit der grimmigen Miene eines Doktor Mabuse begann er die Sommersprossen auf ihrer Nase zu zählen:

»1, 2, 3, 4, 5 ... äh ... ich würde sagen, es sind acht ... oder nein, genau genommen, siebeneinhalb ... Das ist ...«

Er mußte laut niesen, und plötzlich kam ihm zu Bewußtsein, daß er bäuchlings im Schnee lag und das Gefühl hatte, sich in einen Eiszapfen zu verwandeln.

»Wenn du nicht meinen frühen Tod willst, müssen wir uns beeilen!« sagte er, während er sich mit gespielt wehleidiger Miene aufsetzte.

»Ich werde mir doch nicht selbst schaden!« erwiderte Clémentine schlagfertig. »In gewisser Hinsicht bist du nämlich ganz nützlich.«

Diese kleine Kanaille!

Sie aßen spät zu Mittag, in einem Chalet-Restaurant in zweitausend Meter Höhe.

Clémentine aß mit den Fingern, plauderte, erzählte ...

Christopher erfuhr, daß sie bei ihrer Großmutter aufgewachsen war, einer etwas altmodischen, aber sehr netten Dame, die ein hübsches Haus in der Normandie und eine Wohnung im 16. Arrondissement besaß und ihre einzige Enkelin, deren Eltern früh verstorben waren, sehr verwöhnt hatte.

»Aha, deshalb bist du also so schlecht erzogen!« konstatierte Christopher lächelnd.

Völlig entgeistert über diesen Kommentar, starrte sie ihn mit offenem Mund an.

Er gab ihr lachend einen Nasenstüber, war insgeheim aber doch gerührt. Eine kleine Waise – das erklärte vieles. Ihr hatte stets eine feste Hand gefehlt. Sie brauchte bestimmt etwas Anleitung im Leben, einen Ratgeber und vielleicht auch einen Beschützer.

Er betrachtete sie aufmerksam, als sie aufstand und ihren Anorak anzog. Ihre Bewegungen waren anmutig und zugleich energisch. Aus völlig unersichtlichem Grunde fragte sich Christopher plötzlich, ob sie wohl vor ihm schon viele Liebhaber gehabt hatte.

Es war Spätnachmittag, als sie ins Tal zurückkehrten.

Christopher konnte sich vor Müdigkeit kaum noch auf den Beinen halten. Er hatte einen Sonnenbrand auf der Nase, und er wußte, daß er am nächsten Tag einen fürchterlichen Muskelkater haben würde.

Sie mußte offenbar seinen Tod bereits fest eingeplant haben, denn als sie an der Eisbahn vorbeikamen, schlug sie ganz unschuldig vor:

»Sollen wir noch ein bißchen Schlittschuh laufen? Oder bist du vielleicht viel zu müde?« fügte sie mit vampirhaftem Lächeln hinzu.

Christopher war nahe daran aufzugeben und sich einfach auf den nächstbesten Schneehaufen fallen zu lassen, um dort auf den Herzinfarkt zu warten, aber Clémentines herausfordernd funkelnde Augen verliehen ihm plötzlich neue Kräfte. Das würde sich erst noch herausstellen, ob diese Kanaille es mit einem alten Hasen wie ihm aufnehmen konnte!

»Eine ausgezeichnete Idee«, lobte er. »Das wird unsere Beine wieder gelenkig machen.«

Sie bewegte sich sehr anmutig auf dem Eis – und das wußte sie auch genau!

Christopher schaute ihr zu, während er ohne Hast seine Schlittschuhe anschnallte. Nach einem fast perfekten Kreis hielt sie direkt vor ihm an.

»Du kannst wirklich in aller Ruhe eine Tasse Tee trinken, wenn dir das lieber ist«, schlug sie mit einem wahren Engelsgesicht vor.

Wie außerordentlich gnädig von ihr! Er würdigte sie nicht einmal einer Antwort; nur seine Augen verengten sich wie bei einer Katze zu Schlitzen.

Sie legte sein Schweigen fälschlich als Verlegenheit aus und fuhr beharrlich fort:

»Ich möchte auf gar keinen Fall, daß du dich verpflichtet fühlst . . . In deinem Alter ist Schlittschuhlaufen vielleicht überhaupt viel zu anstrengend . . .«

Das entscheidende Wort war gefallen. Christopher zog seelenruhig seine Handschuhe an, deutete mit dem Mund einen Kuß an und . . . schoß mit dem Elan eines ehemaligen Eishockeyspielers davon.

Er umrundete die Bahn blitzschnell dreimal, wich geschickt einem Pärchen und zwei Kindern aus, beschrieb einen vollendeten Kreis um eine verdutzte Dame und kam in einem Wirbel von Eiskristallen vor Clémentine zum Stehen.

Die hübsche Göre war völlig sprachlos. Sehr zufrieden mit sich, lehnte sich Christopher lässig an die Einfriedung.

All die blauen Flecke, die er sich einst an der Universität von Harvard beim Eishockeyspielen zugezogen hatte, waren also doch zu etwas nützlich gewesen. Er hatte diesem unverschämten Frauenzimmer gehörig das Maul stopfen können!

»Weißt du, daß Paul Newman schon über fünfzig ist, mein kleines Küken!« grinste er. »Also komm . . .«

Ein Walzer erklang aus den Lautsprechern. Christopher griff nach der Hand der lammfrommen Clémentine, und gleich darauf wirbelten sie eng aneinandergeschmiegt übers Eis, zuerst langsam, dann immer schneller, während die untergehende Sonne die Berggipfel in rotes Licht tauchten.

Im Chalet nahm Christopher als erstes eine heiße Dusche. Dann streckte er sich erschöpft auf seinem Bett aus.

»Sollen wir im ›Fondue Royale‹ zu Abend essen?« rief Clémentine aus dem Bad.

»Okay«, murmelte Christopher, der nur noch seine müden Knochen ausruhen wollte.

»Und anschließend könnten wir tanzen gehen!«

Tanzen! Christopher enthielt sich jeder Antwort. Sie war wirklich unverwüstlich.

»Chris?«

Sie klopfte an seine Tür. Dieses Taktgefühl gefiel ihm.

»Ja . . . komm herein . . .«

Sie gingen weder zum Abendessen noch zum Tanzen . . .

»Chris . . . das war . . . noch . . .«, seufzte sie lange Zeit später.

»Noch – was?«

Bei Clémentine konnte man vor Überraschungen nie sicher sein. Er stützte sich mißtrauisch auf einen Ellbogen auf.

»Noch schöner!«

Am Montagvormittag um elf stieg Christopher in Orly allein aus der Caravelle.

5

»Guten Tag, Isabelle! Guten Tag, Renée! Guten Tag, Ginette! Hatten Sie ein schönes Wochenende?«

Wenn anstelle von Christopher ein mit grünen Schuppen bedecktes Wesen von einem anderen Stern das Büro betreten hätte, hätten die drei Sekretärinnen auch nicht perplexer sein können. Sie starrten ihn mit offenen Mündern an, bis sie sich endlich an ihre gute Erziehung erinnerten und im Chor erwiderten:

»Guten Tag, Monsieur Bergman!«

Unter normalen Umständen hätte sich Christopher über die unverhohlene Neugier in den Blicken seiner Mitarbeiterinnen bestimmt geärgert, aber an diesem Nachmittag war er trotz des Heftpflasters, unter dem seine rechte Augenbraue nicht zu sehen war, viel zu gut gelaunt.

Als Isabelle sich mit der Postmappe näherte, entging ihm nicht, wie interessiert sie sein gebräuntes Gesicht, noch mehr aber seine neue modische Kleidung betrachtete.

Das war natürlich Clémentines Idee gewesen. Sie hatte keine Ruhe gegeben, bis er schließlich eingewilligt hatte, einen Einkaufsbummel durch die drei Geschäfte des kleinen Ortes zu machen, wo sie dieses karierte Sakko mit aufgesetzten Taschen und Rückengürtel, das hellblaue Hemd, die hellblaue Hose und einen Seidenschal mit rosa Punkten gekauft hatten.

Christopher warf rasch einen Blick in den Spiegel. Nicht schlecht! Er sah aus wie fünfunddreißig ... höchstens achtunddreißig.

Die hübsche Kanaille hatte recht gehabt, als sie ihm im letzten Laden zugeflüstert hatte:

»Man könnte wirklich meinen, daß du mit deinen schrecklich altmodischen grauen Anzügen absichtlich alt aussehen willst ... Und dabei siehst du so phantastisch aus ... so jung ...«

Wer hätte da noch widerstehen können?

»Hat in der Angelegenheit Gromber alles geklappt?« erkundigte sich Isabelle.

»Großartig! Ein Erfolg auf der ganzen Linie ... Und was gibt es hier Neues?«

Christopher öffnete pfeifend seine Mappe und holte seine Dossiers heraus.

»Was den Vertrag mit Mayer betrifft, Monsieur Bergmann, so haben wir aus Los Angeles einen Bericht erhalten ... bezüglich der Devisen von ...«

»Zeigen Sie mal!«

Christopher setzte seine Brille auf und überflog die Aufstellung.

»Ausgezeichnet, ich werde Ihnen nachher einen Brief an die Bank in den Niederlanden diktieren ... Und was haben wir sonst noch Wichtiges?«

»Mister Parker hat aus New York angerufen ... Ich habe den Antwortbrief schon entworfen ... aber da wäre noch die Bilanzanalyse ...«

»Die werde ich heute abend fertigstellen ... Renée kann sie morgen abtippen.«

Christopher drückte das Pflaster an, das sich über der Braue von der Haut gelöst hatte. Isabelle konnte ihre Neugier einfach nicht mehr bezähmen.

»Haben Sie sich verletzt, Monsieur Bergman?«

»Ach, das ist nur eine Kleinigkeit ... eine Bananenschale auf einer Eisplatte«, lachte er.

Wozu sollte er ihnen erzählen, daß er am Vorabend seine Hockey-Demonstration etwas übertrieben hatte und daraufhin auf dem rechten Augenbrauenbogen über die ganze Eisbahn geschlittert war.

Erschrockene Schreie, Apotheker, Arzt, Klinik, eine

Spritze vor dem Nähen. Christopher begann sich allmählich schon an Unfälle zu gewöhnen. Clémentine ebenfalls. Sie hatte ihn gepflegt, geneckt, ausgeschimpft und verhätschelt.

Heute morgen hatten sie voneinander Abschied genommen, und er war vor dem Chalet in ein Taxi gestiegen. Clémentine wollte noch einige Tage im Gebirge bleiben und anschließend in Genf für Werbefotos posieren.

Erst im Flugzeug hatte Christophers Gehirn wieder normal zu arbeiten begonnen. Zuerst hatte ihn der Gedanke gequält, daß sie vielleicht nur wegen eines Mannes im Chalet zurückgeblieben war – wegen dieses Juju oder irgendeines anderen jungen Burschen! Er hatte diesen Verdacht möglichst schnell verdrängt und den Entschluß gefaßt, die Dinge einfach auf sich zukommen zu lassen und abzuwarten, ob die Liaison mit Clémentine in Paris eine Fortsetzung finden würde.

Sie war amüsant, charmant und hübsch, und sie war eine wundervolle Geliebte ... Aber irgendwelche Versprechen oder Fragen nach der Zukunft hatte es nicht gegeben.

Im übrigen schien auch Clémentine Wert auf ihre Unabhängigkeit zu legen, denn es war Christopher nicht entgangen, daß trotz ihrer Zärtlichkeit und sexuellen Hingabe kein einziges sentimentale Wort über ihre Lippen gekommen war.

Fast zu schön, um wahr zu sein!

Das Telefon läutete auf Christophers Schreibtisch.

»Wer ist es, Ginette?«

»Monsieur d'Orval fragt, ob Sie zurück seien ...«

Christopher gab ihr mit einer Geste zu verstehen, daß er seinen Freund sprechen wollte. Er machte es sich in seinem Sessel bequem und nahm den Hörer ab:

»Salut, Jean-Pierre!«

»Na endlich . . . ich dachte schon, du wärest verschollen . . . Was machen deine Rippen?«

Christopher holte tief Luft.

»Ich spüre fast nichts mehr . . . Ah, mein Lieber, das Klima in der Schweiz ist einfach großartig . . . du müßtest für ein Weilchen hinfahren, um die Wildgänse vorbeifliegen zu sehen!« lachte Christopher.

Die drei Sekretärinnen taten zwar so, als wären sie in ihre Arbeit vertieft, ließen sich aber kein Wort der Unterhaltung entgehen. Es bereitete Christopher großen Spaß zu sehen, daß seine Erwähnung von Wildgänsen sie verwirrte und leicht enttäuschte.

Am anderen Ende der Leitung pfiff Jean-Pierre anerkennend.

»Olàlà . . . Alles klar . . . ich verstehe . . . Sag mal, ich hoffe, daß du mir bald Näheres erzählen wirst . . . Ist es eine Neue . . . oder noch dieselbe Gans?«

»Ja«, lautete Christophers knappe Antwort.

»Was – ja?«

»Es handelt sich um dieselbe Gattung . . . in zweitausend Meter Höhe wirklich eine Seltenheit . . .«

Die Schreibmaschinen begannen zu klappern. Für die Jagd auf Wildgänse interessierten sich die drei Grazien nicht im geringsten!

»Sollen wir am Donnerstag zusammen zu Mittag essen?« schlug Jean-Pierre vor.

Christopher warf einen Blick in seinen Terminkalender.

»Okay!«

»Hör mal, ich möchte sie kennenlernen . . .«

»Wir werden sehen . . .«

»O nein, Chris, ganz im Ernst . . . sei so nett . . . oder hast du Angst, daß ich sie dir ausspanne? Komm mit ihr zu uns aufs Land ... oder wir treffen uns einmal am Abend, zu viert ... mit Madeleine ... wäre dir das recht?«

»Darüber reden wir noch am Donnerstag ... bye bye ...«

Christopher legte pfeifend den Hörer auf. Nicht einmal Jean-Pierres Neugier vermochte seiner guten Laune etwas anzuhaben. Mit dem Dossier Gromber in der Hand ging er auf die Tür zu.

»Falls etwas sein sollte ... ich bin beim Präsidenten ... Isabelle, mit dieser neuen Frisur sehen Sie wirklich hinreißend aus ...«

Er kniff Ginette im Vorbeigehen leicht in die Wange, fuhr sich vor dem Spiegel mit dem Kamm noch einmal durchs Haar und tänzelte aus dem Büro, als hielte er sich plötzlich für Fred Astaire.

Er wußte genau, daß die drei Frauen jetzt sofort allerlei Vermutungen über seine Veränderung anstellen würden. Mit spitzbübischem Lächeln wartete er einige Sekunden, dann riß er die Tür schwungvoll auf und eilte mit großen Schritten auf seinen Schreibtisch zu, so als hätte er etwas vergessen.

»Verdammt! Sie haben doch die gleiche Frisur wie immer, Madame Isa ...«

Renée brach verlegen mitten im Wort ab und beugte sich – wie ihre beiden Kolleginnen – tief über ihre Schreibmaschine.

Christopher griff mit unbewegter Miene nach dem erstbesten Brief auf seinem Schreibtisch und verließ den Raum diesmal sehr würdevoll.

Es waren die Farben, die Christophers Aufmerksamkeit erregten.

Rot. Violett. Orange!

Er betrat die Boutique Saint-Laurent am linken Seineufer, ganz in der Nähe der Bank.

»Ich hätte gern diese Hose und ... äh ... dieses Oberteil, oder wie man das nennt ...«

»Selbstverständlich, Monsieur ... das ist ein Zweiteiler, speziell für uns handbemalt ... Welche Größe?«

»Hmm ... fast so wie Sie ... nur vielleicht etwas ... und hier herum etwas weniger ...«

Die erfahrene Verkäuferin wurde sogar aus Christophers unklaren Angaben und Gesten sofort schlau.

»Ah, für eine große und sehr schlanke Dame? Größe 38 dürfte das Richtige sein ... Soll ich es als Geschenk einpacken?«

»Ja, bitte ... Pardon ...«

Christopher schlüpfte rasch hinter einen Paravent, denn vor dem Schaufenster waren soeben Ginette und Renée stehengeblieben, um die Auslagen zu betrachten.

Er stellte einen Scheck aus und ließ sich von der Verkäuferin zur Tür begleiten.

»Vielen Dank, Monsieur ... Wir bekommen demnächst auch indische Seiden herein ... Herrliche Sachen, die den Damen sehr gefallen ...«

Clémentine stieß einen Freudenschrei aus, als sie das Paket von Saint-Laurent öffnete.

»Oh, das ist ja irre! Meine Lieblingsfarben! Wie hast du das nur erraten?«

Sie biß Christopher zärtlich ins Ohrläppchen, bevor sie im Handumdrehen ihre Hemdbluse und ihre Jeans ablegte, um den neuen Zweiteiler anzuprobieren. Christopher schaute ihr belustigt zu. Was er an ihr mit am meisten liebte, war ihre überschäumende Lebensfreude.

Seit Clémentine vor drei Wochen nach Paris zurückgekommen war, sahen sie sich fast täglich. Oft holte Christopher sie nach Arbeitsschluß in ihrem Apartment im Marais-Viertel ab. Es befand sich im fünften Stock, hatte eine Loggia und war mit niedrigen Möbeln eingerichtet. Überall lagen farbenfrohe Kissen herum.

Sie gingen zusammen ins Kino, frühstückten samstags im Quartier Latin, bummelten durch die Straßen, aßen in den Bistrots von Montparnasse zu Abend. Sie schleppte Christopher zu seltsamen Vorführungen in obskuren Theatercafés, in die er allein nie einen Fuß gesetzt hätte. Manchmal sahen sie sich Ausstellungen abstrakter Gemälde an, von denen Christopher absolut nichts verstand, die aber durch Clémentines Kommentare für ihn lebendig wurden.

Wenn er in Pulli und Sportsakko, Hand in Hand mit Clémentine, durch die Stadt streifte, kam Christopher sich in seine Jugend zurückversetzt vor, in die unbeschwerte Zeit mit Diane.

Ein Wochenende hatten sie in Dieppe verbracht, weil Clémentine das Meer und die großen Schiffe aus dem Chanson sehen wollte. Gesehen hatten sie dann allerdings hauptsächlich das Hotelzimmer!

Während der Autofahrt nach Dieppe war zwischen ihnen eine hitzige Diskussion über Politik in Gang gekommen. »Ich bin total gegen die Konsumgesellschaft«, hatte Clémentine ihm erklärt, während sie sich eine Zigarette anzündete. »Im Grunde genommen bin ich viel linker als alle linken Parteien, die es hierzulande gibt.«

»Na klar – der bürgerliche Marxismus! Man lebt wie die Rechten, man denkt wie die Linken!« hatte Christopher ruhig erwidert.

»Oh, mach nicht so ein herablassendes Gesicht . . . Ob es dir nun gefällt oder nicht . . . dein schändlicher amerikanischer Kapitalismus ist tot! Die Zukunft gehört dem Maoismus!«

Christopher glaubte, seinen Sohn Peter vor sich zu haben, der ständig solche törichten unausgegorenen Meinungen von sich gab. Er hatte mit den Schultern gezuckt und ironisch bemerkt:

»Du wirst in der blauen Einheitsuniform bestimmt phantastisch aussehen, wenn du zusammen mit einer Milliarde kleiner Chinesen ab vier Uhr morgens Jagd auf Heuschrecken machen mußt . . .«

Den Rest der Fahrt hatten sie in verärgertem Schweigen zurückgelegt, doch im Hotel hatten sie sich rasch wieder versöhnt.

Zu ihrem zweiten Streit war es vorgestern abend in einem vietnamesischen Restaurant im Quartier Latin gekommen. Clémentine war sehr stark geschminkt gewesen und hatte lachend von den Modefotos berichtet, für die sie tagsüber posiert hatte.

»Es war wirklich zum Totlachen . . . Mein Kleid war nur mit Stecknadeln drapiert . . . Und da waren zwei Typen, die uns nicht von der Pelle rückten . . . Weißt du, und als sie mich dann in den Tuilerien im BH gesehen haben, dachte ich wirklich, daß ihnen gleich die Hosen platzen würden . . .«

»Ziehst du dich etwa mitten in Paris um?« hatte Christopher schockiert gefragt.

»Selbstverständlich . . . Jedesmal in ein Café zu gehen, dazu ist einfach keine Zeit, verstehst du . . .«

Nein, dafür hatte Christopher absolut kein Verständnis.

»In den Städten wimmelt es doch von perversen Typen, Clémentine . . .«

»Ach, du übertreibst mächtig!«

»Keineswegs . . . Liest du denn keine Zeitungen? Die Vergewaltigungen und Lustmorde nehmen ständig zu . . . Und überhaupt . . . was du da machst, ist doch kein seriöser Beruf!« hatte Christopher gereizt hinzugefügt.

»Oh, das wird ja immer schöner! Es gibt Monate, da mach ich ganz schön viele Mäuse . . .«

»Ja, und in anderen Monaten verdienst du überhaupt nichts . . . Wenn du meine Meinung hören willst – ich finde es höchst bedauerlich, daß ein Mädchen wie du einfach sein Studium aufgibt . . .«

Clémentine hatte mit gelangweilter Miene die Decke betrachtet.

»Puh . . . du hörst dich ja wie meine Großmutter an!«

Sie hatten das Restaurant in ziemlich frostiger Stimmung verlassen, aber Christopher hatte den Abend gerettet, indem er vorschlug:

»Sollen wir noch auf einen Sprung ins ›Castel‹?«

Bei diesem Zauberwort war Clémentines Verärgerung schlagartig verflogen. Sie besuchte leidenschaftlich gern Nachtlokale, die gerade ›in‹ waren.

»Gefällt es dir?« fragte sie jetzt, während sie sich in dem neuen Zweiteiler um die eigene Achse drehte.

»Sehr . . . noch mehr aber das, was sich darunter verbirgt . . . Zieh es gleich morgen an . . . ich habe Freunde zum Abendessen eingeladen . . . das heißt, eng befreundet bin ich eigentlich nur mit ihm . . . und seine Frau ist . . .«

Christopher beschrieb Madeleine d'Orval in groben Zügen.

Es war Jean-Pierre durch Hartnäckigkeit endlich gelungen, Christopher zu einer gemeinsamen Unternehmung zu viert zu überreden. Und nun freute sich Christopher direkt darauf, seinen Freund mit Clémentine beeindrucken – und höchstwahrscheinlich auch etwas neidisch machen – zu können.

Sie trafen sich bei ›Coconas‹, an der Place des Vosges.

Madeleine d'Orval war anfangs etwas reserviert. Jean-Pierres Frau gehörte zu jenen Menschen, die ganz genaue Vorstellungen davon haben, wo jeder seinen Platz hat: die Schwarzen in Afrika, die Juden in Israel, die Waisen im Waisenhaus, die Bergleute im Norden, die Weinbauern im Süden, die Araber in der Wüste ... Vermischungen irgendwelcher Art waren bei Madeleine d'Orval absolut unerwünscht ... Christopher bemerkte ihre kritischen Blicke, die von ihm zu Clémentine und wieder zurück schweiften. Aber der Muskatwein und die nach Art des Hauses zubereiteten Merlane lockerten die Stimmung allmählich auf.

Außerdem benahm sich Clémentine geradezu mustergültig. Sie lauschte, ohne ein einziges Mal zu gähnen, Madeleines ausführlichen Klagen über die schlechten Noten ihres Jüngsten, über die Windpocken der Zwillinge und über die Freundinnen ihrer ältesten Tochter, die ohne Wissen ihrer Eltern die Pille nahmen.

»Was mich betrifft, Mademoiselle, so habe ich Juliette klipp und klar gesagt, daß ich gegen die Pille bin, daß meine Mutter sie nicht genommen hat, daß auch ich sie nie genommen habe, und daß wir eben deshalb normale Frauen sind, die ein geregeltes, konstruktives Leben führen ... Nun, Mademoiselle, Juliette hat das begriffen ... und ihr Vater ist ganz meiner Meinung ... nicht wahr, Jean-Pierre?«

Christopher kam aus dem Staunen nicht heraus, daß Clémentine heldenhaft zu allem Ja und Amen sagte, was Madeleine d'Orval von sich gab.

»Jetzt lade ich euch noch in ein Nachtlokal ein«, erklärte Jean-Pierre, als sie das Restaurant verließen.

»O ja, gehen wir tanzen!« rief Clémentine begeistert.

»Jean-Pierre, es ist schon spät!« mahnte Madeleine.

»Ja, Madeleine hat recht . . . Ein anderes Mal«, wurde sie von Christopher unterstützt.

Aber es war nichts zu machen, denn Clémentine hatte in Jean-Pierre einen mächtigen Verbündeten gefunden.

Rote, grüne und blaue Lampen blinkten im Rhythmus der ohrenbetäubenden Musik.

»Voulez-vous faire l'amour? Oui! Oui! Oui!« schrie Christopher.

Madeleine d'Orval fuhr schockiert zusammen:

»Voulez-vous faire l'amour?« kreischte die Stimme eines Rocksängers.

»Oui! Oui! Oui! Voulez-vous faire l'amour?« brüllte Christopher wieder zusammen mit allen anderen Gästen des Nachtklubs.

Nachdem er nun einmal hier war, machte er auch – eine rote Nelke im Knopfloch seines marineblauen Anzugs – bei dem ausgelassenen Treiben fröhlich mit.

Je mehr er aus sich herausging, desto vorwurfsvoller wurde Madeleines Miene. Sie tanzte mit ihm – oder vielmehr ihm gegenüber. Tanzen war auch nicht ganz der richtige Ausdruck, denn sie trat in ihrem Chanel-Kostüm nur von einem Bein aufs andere, so als wollte sie Trauben stampfen.

»Ich . . . de . . . was . . . aut . . .«

»Oui! Oui! Oui! Verzeihung?« rief Christopher, der von den Worten seiner Partnerin nur Bruchfetzen verstanden hatte.

»Ich sagte, daß ich es hier etwas laut finde!« brüllte Madeleine d'Orval.

»Ja, es ist sehr lustig!« erwiderte Christopher und klatschte in die Hände.

»Oui! Oui! Oui!«

Jean-Pierre und Clémentine näherten sich. Christopher konnte sich nur mit Mühe das Lachen verbeißen. Jean-Pierre verrenkte sich fast die Glieder, um Clémentine zu imponieren, die sich mit der ganzen Anmut ihrer zwanzig Jahre bewegte.

Jean-Pierre bückte sich und brüllte seiner Frau ins Ohr:

»Voulez-vour faire l'amour, chérie?«

Madeleine drehte sich wütend nach ihm um.

»Voulez-vous faire l'amour?« rief Clémentine Christopher zu.

Sie blickten einander tief in die Augen.

»Oui! Oui! Oui!« schrie Christopher.

Er wiegte sich in den Hüften, zuckte mit den Schultern, breitete die Arme aus und schnalzte mit den Fingern – kurz gesagt, er schlug Räder wie ein Pfau für die entzückte Clémentine.

»Voulez-vous faire l'amour?«

Clémentine vollführte für ihn die aufreizendsten Bewegungen.

»Oui! Oui! Oui! Oui! Oui! L'amour! L'amour! L'amour! L'amour!«

Schwarzes Licht machte dem rhythmischen Gekreische aller Tänzer ein Ende. Nach dem Rock folgte nun ein schmachtender Slow.

Christopher legte seine Hand um Clémentines Taille. Sie schlang ihre Arme um seinen Hals. Er liebte diese Geste. Sie tanzten eng umschlugen, und alles versank um sie herum. Als sie nach einiger Zeit zu ihrem Tisch zurückkamen, waren Madeleine und Jean-Pierre nicht mehr dort.

»Wart einen Moment«, sagte Christopher.

Er begab sich zur Bar, wo Jean-Pierre die Rechnung verlangte, während Madeleine laut keifte:

»Das war doch so etwas von unanständig ... Wenn

man fast fünfundvierzig ist, sucht man sich eine Freundin in seinem Alter, keine solche Göre, die . . .«

Christopher wollte nichts weiter hören. Er machte auf dem Absatz kehrt und gesellte sich wieder zu Clémentine.

»Er ist wirklich sehr sympathisch . . . Aber sie – was für eine blöde Kuh!« kommentierte Clémentine im Auto.

Christopher fuhr langsam, einen Arm um ihre Schultern gelegt. Von Zeit zu Zeit hob sie den Kopf und küßte ihn auf den Hals, auf die Wange.

Er brachte seinen BMW vor ihrem Haus zum Stehen und gab ihr einen zärtlichen Kuß.

»Also dann . . . ich rufe dich morgen an, mein Küken!«

»Kommst du nicht noch mit rauf?«

Sie warf Christopher einen erstaunten Blick zu. Er versetzte ihr einen Nasenstüber.

»Weißt du, daß es schon drei Uhr ist . . . Ich habe um neun eine sehr wichtige Besprechung, und ich muß vorher ein Dossier von hundert Seiten noch einmal wenigstens überfliegen.«

»Na und? Ich habe um zehn einen Fototermin!« protestierte Clémentine.

»Du bist doch noch ein richtiges Kind . . . Geh jetzt schön brav schlafen . . . Hör mal, sollen wir morgen bei mir zu Hause etwas zu Abend essen? Du übernachtest dann bei mir, und am Samstag fahren wir, wohin du willst . . . aufs Land . . . ans Meer . . . Hast du Lust?«

Diese Frage erforderte keine sofortige Antwort. Christopher küßte Clémentine noch einmal aufs Haar, dann schob er sie energisch von sich.

Ihre Augen leuchteten in der Dunkelheit. Sie strich mit einem Finger zärtlich über Christophers Schnurrbart.

»Chris . . . Christophe . . . Christopher . . .«

Niemand sprach seinen Namen so aus wie sie ... so zärtlich, so lockend, so verführerisch ...

Besiegt zog Christopher den Zündschlüssel ab.

»Okay ... Aber nur für zehn Minuten ...«

Rituelle Gesten!

Sobald sie in ihre Wohnung kam, zog Clémentine immer Schuhe und Hose aus. Christopher legte Sakko und Krawatte ab und streckte sich auf dem Sofa aus. Er betrachtete sie, wie sie mit nackten Schenkeln herumlief, denn das Oberteil endete direkt unter den Pobacken.

Er liebte ihre Art sich zu bewegen, sich zu bücken, sich wieder aufzurichten. Sie hatte dabei etwas unvergleichlich Anmutiges an sich.

Manchmal saß sie mit bis zum Kinn hochgezogenen Beinen da, die Arme um die Knöchel geschlungen, und nagte an ihren Knien herum. Es war idiotisch, aber diese kindliche Angewohnheit rührte Christopher stets. Jedesmal glaubte er die Stimme seiner Mutter zu hören, die ihn sanft ermahnte:

»Christopher ... in deinem Alter! Hör auf, an deinen Knien zu nagen!«

Abgelegt hatte er diese Unsitte erst, als er im Alter von etwa zehn Jahren seine erste lange Hose bekommen hatte!

Im Augenblick malträtierte Clémentine ihre Knie allerdings nicht, sondern kniete auf dem Boden, um eine Schallplatte mit leiser Musik aufzulegen. Dann zündete sie wie eine Priesterin ein Räucherstäbchen an.

Christopher war von diesen Düften nicht allzu begeistert, hatte inzwischen jedoch gelernt, daß Räucherstäbchen unbedingt dazugehörten, wenn man ›in‹ sein wollte.

»Willst du einen Bourbon, Chris?« erkundigte sich Clémentine.

»Ich will nur dich, und zwar hier!«

Christopher klopfte auf das Polster neben sich. Sie lachte kehlig, nahm sich von einem Tischchen eine Zigarette, zündete sie an und näherte sich Christopher, wobei sie eine Art Bauchtanz vollführte.

»Es ist viel zu spät, Dalila!« sagte er lächelnd.

Clémentine ließ sich bäuchlings dicht neben ihn aufs Sofa fallen. Er streichelte ihren Nacken. Sie begann sein Hemd aufzuknöpfen, küßte ihn auf die Brust. Christopher ließ sie wie ein Pascha gewähren. Er schloß die Augen und zog sie auf sich.

Clémentine warf den Kopf zurück, zog an ihrer Zigarette und schob sie sodann Christopher zwischen die Lippen, der automatisch ebenfalls daran zog. Er öffnete abrupt die Augen, nahm die Zigarette hastig aus seinem Mund und betrachtete sie argwöhnisch.

»Was ist denn das?«

Clémentine nahm sie ihm aus der Hand und zog wieder daran.

»Mach dir keine Sorgen . . . es ist beste Qualität . . .«

Sie wollte ihm die Zigarette wieder zwischen die Lippen schieben. Er richtete sich mit gerunzelter Stirn auf.

»Beste Qualität!«

Genießerisch erläuterte sie:

»Ja . . . Acapulco Gold . . .«

»Bravo! Du rauchst also Hasch!«

Christopher riß ihr den Joint aus der Hand und drückte ihn in einer Muschel am Kopfende des Sofas aus. Clémentine riß vor Verwunderung die Augen weit auf.

»Puh . . . nur hin und wieder mal ein bißchen, wie alle modernen Leute . . .«

Christopher stand abrupt auf, lief im Zimmer auf und ab, blieb sodann vor dem Sofa stehen und blickte auf

Clémentine hinab, die immer noch gemütlich auf den Polstern lag.

»Hör zu, Clémentine ... ich bin vielleicht sehr altmodisch, aber solange wir uns sehen, verbiete ich dir, dieses Dreckszeug auch nur anzurühren! Es ist mein voller Ernst! Wenn ich etwas hasse, so sind es Drogensüchtige!«

Wenn er sanft und liebevoll gesagt hätte: »Mein kleiner Liebling, tu mir den Gefallen ... rauch dieses Zeug nicht mehr ... ich hänge nämlich an dir und habe Angst, daß es schädlich für dich sein könnte«, so hätte Clémentine vermutlich nachgegeben, gerührt über seine Fürsorge.

Christopher hatte jedoch – vielleicht weil er müde war – in schneidend scharfem Ton gesprochen.

Sie zuckte mit den Schultern und versuchte, die Sache ins Lächerliche zu ziehen.

»Olàlà ... Was für ein Aufruhr! Man könnte fast meinen, daß ich mich zutode fixe!«

»Es fängt immer scheinbar harmlos an!«

»O ja, ich weiß, bei euch in Amerika sind alle rauschgiftsüchtig«, sagte sie ironisch, während sie aufstand und Christopher den Rücken zuwandte. Er versuchte sich zu beherrschen.

»Ich weiß wirklich nicht, wo du dieses Zeug herbekommen konntest ...«

Er knöpfte sein Hemd zu. Als Clémentine sich nach ihm umdrehte, band er gerade seine Krawatte um. Sie versuchte einzulenken – allerdings denkbar ungeschickt.

»Um Himmels willen, Chris ... ein bißchen Gras hat noch keinem Menschen geschadet und ...«

Er fiel ihr zornig ins Wort.

»Ich weiß ... ich weiß ... diese Litanei kenne ich zur Genüge ... Marjorie hat sie mir oft genug vorgebetet, und das Resultat ist einfach phantastisch ... Sie ist schon mittags berauscht ... nur ist es bei ihr der Alkohol ... ein Gläschen hat noch keinem Menschen geschadet ... und am Ende blieb uns nur noch die Scheidung ...«

Er hatte einen großen Fehler begangen. Clémentine geriet vor Wut völlig außer sich.

»Wie ungemein zartfühlend von dir, mir mit tränenbelegter Stimme von deiner Ex-Gattin zu erzählen ... Wenn sie dir so wahnsinnig leid tut ...«

Christopher griff nach seinem Jackett.

»Ich habe keine Lust, mich mit dir herumzustreiten ... Du hast die Wahl! Wenn du mich behalten willst, wenn dir an unserer Beziehung etwas liegt ... wirst du mir den Gefallen tun und dieses ganze Zeug wegschmeißen, und zwar schnell!«

Sie maßen sich mit Blicken.

Daß Clémentine nicht rauschgiftsüchtig war, wußte Christopher selbst, aber der Streit war inzwischen fast schon zu einem Generationskonflikt ausgeartet. Aus Stolz war keiner von beiden zum Nachgeben bereit.

»So ein Blödsinn ... so ein hirnverbrannter Blödsinn!« schrie Clémentine mit einer plötzlich schrillen Stimme.

Wütend rannte sie im Zimmer auf und ab und suchte nach einer Bemerkung, die ihn treffen würde.

»Du hast wirklich sehr rückständige Ansichten!« warf sie ihm schließlich an den Kopf. »Aber das ist ja auch kein Wunder ... schließlich bist du nicht mehr der Jüngste ... armer Daddy!«

»Du hast völlig recht!« erwiderte Christopher eisig. »Es ist fast vier Uhr, und dein armer Daddy braucht jetzt seinen Schlaf!«

Er warf demonstrativ einen Blick auf seine Cartier-

Uhr. Diese Geste brauchte Clémentine vollends in Rage.

»Mit meinen anderen Freunden hatte ich viel mehr Spaß! Sie waren nicht ständig müde wie du!«

»Ich glaube dir gern, daß du bei ihnen nicht gezwungen warst, sie fast auf Knien anzuflehen raufzukommen!« zischte Christopher mit verkniffenen Lippen.

»Stimmt genau ... sie kamen liebend gern mit und blieben liebend gern hier!«

»Und teilten sich liebend gern einen Joint mit dir!« höhnte Christopher.

»Genau! Bei uns jungen Leuten ist das nun einmal so!« kreischte Clémentine.

»Nun gut! Wenn zum Jungsein unbedingt derartige Dummheiten gehören, so hast du recht – ich bin es nicht und möchte es auch nicht wieder sein! Ich bin nur ein total altmodischer Daddy! Ein müder armer alter Mann, der morgen früh arbeiten muß und es mehr als satt hat, sich solchen Blödsinn anzuhören!« brüllte Christopher.

Er legte seine Hand auf den Türknopf. Aber trotz seines Zornes drehte er sich auf der Schwelle noch einmal nach Clémentine um.

»Also, es liegt ganz bei dir! Entweder ja oder nein!«

Clémentine senkte den Kopf und starrte mit eigensinniger Miene auf den Teppichboden.

»Gute Nacht!« rief Christopher, aber es klang mehr wie eine Herausforderung.

Als er die Tür öffnete, begann Clémentine zu toben:

»Scheiße ... Scheiße ... verfluchte Scheiße! ... Und grüß deine Frau von mir!«

Christopher eilte schon die Treppe hinab.

6

Christopher brauste durch das nächtlich stille Paris. Er reagierte seine Wut hinter dem Lenkrad ab.

»Das kommt davon!« schimpfte er vor sich hin. »Dieses kleine Mistvieh hätte mich ja noch mit Haut und Haaren verschlungen! Ich kenne genug bedauernswerte Männer, die solchen Kätzchen mit scharfen Krallen völlig hörig sind . . . Diese Biester sind ja total herzlos . . . Uff, bin ich froh, daß ich diese Kanaille los bin!«

Ein Wagen der städtischen Straßenreinigung überquerte die Rue de Rivoli. Christopher mußte scharf bremsen. Hinter ihm quietschten Bremsen. Ein lautes Krachen von Metall . . . Christopher wurde gegen das Lenkrad geschleudert. Er stieg leicht benommen aus und betrachtete den Schaden. Sein BMW war von einem Peugeot hinten stark eingebeult worden.

»Führerschein wohl in der Lotterie gewonnen, Sie Armleuchter!« brüllte der Fahrer des Peugeots.

Das war der berühmte Tropfen, der in dieser Nacht das Faß zum Überlaufen brachte. Christopher sah rot!

»Meinen Wagen ruinieren und dann auch noch unverschämt werden! Steig aus, du verdammtes Arschloch!«

Er schüttelte drohend die Faust. Die Türen des Peugeots öffneten sich gleichzeitig.

»Wie hast du mich genannt? Sag das noch einmal . . .«

Christopher bedauerte plötzlich von ganzem Herzen, daß er seine Beherrschung verloren hatte, denn zwei Riesenkerle kamen auf ihn zu . . .

Am nächsten Tag traute sich kein Mensch, Christopher Fragen zu stellen.

Er betrat das Büro mit eisiger Miene, in anthrazitgrauem Anzug, eine dunkle Sonnenbrille auf der Nase.

Eine Art düsterer Befriedigung verschaffte ihm nur der Moment, als er die Sonnenbrille abnahm, um seine normale Brille aufzusetzen. Sein linkes Auge war blau verfärbt und fast zugeschwollen. Er blickte rasch zu seinen Sekretärinnen hinüber. Sie taten so, als wären sie dermaßen in ihre Arbeit vertieft, daß sie überhaupt nichts bemerkt hatten.

Ein armseliger Triumph!

In den nächsten Tagen nahm Christopher erleichtert sein früheres geregeltes Leben wieder auf. Er beglückwünschte sich dazu, von Clémentine nichts zu hören. Er räumte seine Wohnung gründlich auf, schrieb einen langen Brief voller Ermahnungen und guter Ratschläge an seinen Sohn, vertiefte sich in die diversen Dossiers. Im vergangenen Monat hatte er all diese Dinge vernachlässigt.

Am Samstag nahm er Jean-Pierres Einladung aufs Land an. Ohne auf Einzelheiten einzugehen, setzte er seinen Freund davon in Kenntnis, daß er mit Clémentine Schluß gemacht hatte.

Jean-Pierre eilte sogleich in die Küche, um diese Neuigkeit seiner Frau mitzuteilen, worauf Madeleine triumphierend erklärte: »Habe ich es dir nicht gleich gesagt?«

Beim Mittagessen war sie betont liebenswürdig, und Christopher dachte einige Male, daß die Frau seines Freundes vielleicht gar nicht so unrecht gehabt hatte, ihre Mißbilligung offen zu zeigen. In seinem Alter brauchte er wirklich eine reife Partnerin und keine verzogene, unvernünftige Göre!

Am Sonntagabend entschloß er sich nach kurzem Zögern, Gladys Douglas anzurufen.

»Das ist aber eine Überraschung . . . der verlorene Sohn!«

Christopher erklärte sein langes Schweigen mit Arbeitsüberlastung und zahlreichen Reisen. Ob sie Lust hätte, mit ihm auszugehen?

Gladys war an diesem Abend frei. Sie speisten in einem russischen Restaurant in der Nähe der Place de l'Etoile. Während sie Wodka tranken und Bliny mit Sauerrahm aßen, betrachtete Christopher die junge Frau ... Fünfunddreißig Jahre alt, geschieden, intelligent, schön, begehrenswert ... ein richtiger Glückstreffer!

Er begleitete sie in ihre Wohnung und – benahm sich wie ein richtiger Muffel. Er schlief beim Sex fast ein, brachte die Sache mit Mühe und Not zu Ende und flüchtete gleich darauf.

›Es war wirklich höchste Zeit, Schluß zu machen ... die Kleine hätte mich ja sonst noch impotent gemacht!‹ dachte Christopher, der über sein schmähliches Versagen zutiefst erschüttert war.

Die folgende Woche verbrachte er mit dem Präsidenten in Holland. Wie immer, drehte sich das Gespräch im Flugzeug zunächst nur um Geschäftliches, doch schließlich nahm es eine persönliche Wendung.

»Es wäre mir sehr lieb, wenn Sie Ihren Urlaub im Juli nehmen könnten, Chris«, sagte der Präsident.

Christopher hatte sich darüber überhaupt noch keine Gedanken gemacht.

»Die Blunks haben Eleonor, die Kinder und mich nämlich für den August nach Florenz eingeladen«, fuhr der Präsident fort. »Kennen Sie Florenz, Chris?«

Nein, mußte Christopher zugeben.

»Ah, Chris, das Licht von Florenz ... Fra Angelico ... Donatello ... Wer noch keinen Botticelli gesehen hat ...«

Der Präsident ließ sich lang und breit über die Kunstschätze von Florenz aus.

Um Mitternacht rief Christopher von seinem Hotelzimmer aus in Philadelphie an, wo es durch die Zeitverschiebung erst sechs Uhr abends war.

Marjorie hatte offenbar gerade einen ihrer guten Tage. Sie war so liebenswürdig, daß Christopher einen Augenblick lang befürchtete, sie hätte sich in den Kopf gesetzt, ihn zurückzuerobern. Sie verlangte keinen Scheck von ihm und ließ ihn ohne weiteres mit seinem Sohn sprechen.

»Wie geht's dir, Peter?«

»Gut, Papa.«

»Hör zu, mein Lieber ... Ich habe eine großartige Idee ... Wir sehen uns so selten, und da dachte ich, wenn deine Mutter damit einverstanden ist, schicke ich dir ein Flugticket, und du kommst im Juli zu mir, wenn ich Urlaub habe ... Wir könnten nach Italien fahren ... Venedig, Florenz ... zwei Männer unter sich ...«

»Nein, Papa, das geht nicht ... ich mache mit Freunden eine Motorradtour nach Colorado ... Das wird ganz toll, weißt du, wir ...«

Ein hoffnungsloser Banause! Christopher legte verärgert den Hörer auf. Das Motorrad! Sein sechzehnjähriger Sohn war noch stupider als die meisten seiner Altersgenossen ... Eine Generation von Ignoranten, unfähig, drogensüchtig, verdreckt, eingebildet, unkultiviert ... Zutiefst verletzt, konnten Christopher gar nicht genug abfällige Adjektive einfallen.

Am nächsten Tag luden die holländischen Industriellen den Bankpräsidenten und seinen Stellvertreter zu einer Besichtigung der Stahlhütten bei La Haye ein. Die Straße dorthin war auf beiden Seiten von einem Meer roter Tulpen und gelber Narzissen gesäumt.

Clémentine! Der Gedanke an sie überfiel Christopher urplötzlich mit aller Macht. Wo war sie? Was machte sie in diesem Moment? Sie hatte ihn nicht angerufen. Er machte sich den Vorwurf, viel zu hart und schroff gewesen zu sein. Er hatte die arme Kleine bestimmt völlig verschreckt.

Er hätte sie anrufen müssen . . . hätte ihr sanft erklären sollen, daß zwischen ihnen zwar alles aus sei, daß sie aber trotzdem gute Freunde bleiben und sich hin und wieder sehen könnten . . .

Der Präsident stieß seinen engsten Mitarbeiter mit dem Ellbogen an und versetzte ihn abrupt in die Realität zurück.

»Sehen Sie nur, Chris . . . Der reinste Bruegel . . . M. Baltelbrook sagt, daß die Flügel dieser Windmühlen sich nun schon seit zweihundert Jahren im Wind drehen . . .

Wieder in Paris, widerstand Christopher drei Tage lang der Versuchung, Clémentine anzurufen.

Eines Morgens klingelte das Telefon, als er gerade unter der Dusche stand und nicht an den Apparat gehen konnte. Er war überzeugt davon, daß es Clémentine gewesen war.

Er faßte einen Entschluß. Er würde trocken fragen: »Hallo, hast du gerade bei mir angerufen? . . . Ich wollte nur fragen, ob bei dir alles in Ordnung ist?«

Auf gar keinen Fall würde er sich von ihr wieder einwickeln lassen!

Er wählte ihre Nummer und ließ das Telefon zehnmal klingeln. Ihr Apartment war klein. Sie hätte längst abnehmen müssen. Er versuchte es noch einmal – genauso erfolglos. Und auch spät abends und am nächsten Morgen meldete sie sich nicht.

Nach unzähligen weiteren Anrufen während der folgenden drei Tage war Christopher sehr beunruhigt und suchte im Telefonbuch nach der Nummer ihrer Fotomodellagentur.

»Guten Tag, wissen Sie, wo ich Clémentine Bonnet erreichen könnte?«

»Weißt du, wo Clémentine ist, Liebling?« hörte er seine Gesprächspartnerin rufen, untermalt von Stimmengewirr und Gelächter. Christopher konnte sich lebhaft vorstellen, wie es in dieser Agentur zuging: geschminkte, aufgedonnerte Modelle und dazu jede Menge junger flotter Fotografen . . . Genau das, was er haßte: Schamlosigkeit und Sichgehenlassen.

»Man sagt mir soeben, daß Clémentine sich für die Kollektion von Badeanzügen in der Bretagne aufhält . . .«

Christopher legte wütend auf. Da hatte er sich nun wahnsinnige Sorgen gemacht, und sie vergnügte sich bestimmt nach Herzenslust mit dem Fotografen!

Es war ein total verregneter Juni.

Christopher suchte – wie an jedem Abend seit dem Unfall – auf den Champs-Elysées nach einem Taxi, um von der Bank nach Hause zu fahren.

Eine Gruppe ehemaliger Kriegsteilnehmer zog zum Triumphbogen, um die Flamme am Grabmal des unbekannten Soldaten zu entzünden. Überfüllte Busse brausten vorüber. Die Autos sausten um Haaresbreite an den unglücklichen Fußgängern vorbei, die sich – wie Christopher – unter ihren Schirmen am leeren Taxistand drängten.

Eine Wasserfontäne durchnäßte seine Hosenbeine. Er drehte sich wütend nach dem rücksichtslosen Motorradfahrer um. Trotz des Schutzhelmes erkannte er sie sofort.

Clémentine!

Sie triefte von Regen auf ihrer schweren roten Maschine, schob das beschlagene Visier ihres Helmes hoch und sah Christopher mit ihren großen braunen Augen entwaffnend an.

»Entschuldige bitte, ich habe dich erst im letzten Moment erkannt und ein bißchen scharf gebremst . . . Was für eine Überraschung, sich hier zufällig wiederzusehen . . . Wo hast du denn dein Auto gelassen?«

Auf ihrer hübschen Stupsnase glitzerten Regentropfen.

»Ach . . . ein kleiner Schaden am Getriebe . . .«

Clémentine schüttelte den Kopf.

»Hast du eine gute Werkstatt?« erkundigte sie sich teilnahmsvoll.

»Hmmm . . .«

»Ich frage nur, weil . . . wenn nicht . . . ich kenne einen Spezialisten für BMWs . . .«

»Aha . . .«

»Ja, diese Wagen sind heikel . . . besonders die Vergaser . . .«

»Stimmt . . .«

»Man darf sie nicht irgendeinem Trottel anvertrauen . . .«

»Nein . . .«

Während Christopher seine einsilbigen Antworten gab, betrachtete er Clémentine aufmerksam. Obwohl sie sich um ein ungezwungenes Lächeln bemühte, sah sie alles andere als blühend aus. Die Bretagne mit dem kleinen Kretin von Fotografen war ihr offenbar nicht bekommen. Sie hatte dunkle Ringe unter den Augen. Oder hatte dieser Casanova sie im Gegenteil Tag und Nacht so überstrapaziert?

Sie konnten ihre interessante Konversation im Regen nicht ewig fortsetzen, denn ein wütendes Hupkonzert hatte bereits eingesetzt. Clémentine murmelte etwas zögernd, ohne ihre übliche Selbstsicherheit.

»Wenn du willst, könnte ich einen kleinen Umweg machen . . . und dich nach Hause fahren . . .«

Christopher klappte seinen Regenschirm zu.

»Danke ... das ist sehr nett von dir ...«

Er nahm vorsichtshalber seine Brille ab und schwang sich auf den Rücksitz des Motorrades, wobei er zum Himmel betete, daß ihn keine der drei Grazien aus seinem Büro sehen würde.

»Halt dich gut fest!« empfahl ihm Clémentine.

Christopher mußte zugeben, daß sie sich mit großem Geschick durch den dichten Verkehr schlängelte. Trotzdem schloß er einige Male die Augen. Sie sausten haarscharf an Bussen vorbei, schnitten Lastwagen den Weg ab, vermieden im letzten Moment Zusammenstöße mit Stoßstangen. Christopher hatte seine Arme um Clémentines Taille geschlungen. Seine Aktentasche war zwischen seinem Bauch und ihrem Rücken sicher aufgehoben.

Einige Autofahrer betrachteten erstaunt diesen gut gekleideten, wenn auch durchnäßten Herrn, der weitaus besser ans Lenkrad eines Mercedes als auf den Rücksitz eines roten Motorrades gepaßt hätte.

»Na also, da wären wir!«

Clémentine hielt vor Christophers Haustür. Er stieg vorsichtig ab.

»Ja dann ... danke ...«

Er machte einen zögernden Schritt auf die Tür zu und drehte sich sodann nach Clémentine um. Er wußte genau, daß die Entscheidung jetzt bei ihm lag. Er bemühte sich um eine betont gleichgültige Miene, um seine Frage als reine Höflichkeitsgeste erscheinen zu lassen:

»Möchtest du vielleicht einen Schluck bei mir trinken?«

Sie warf einen Blick auf ihre große Quartzuhr.

»Okay ... aber ich habe nur einen Augenblick Zeit ...«

Im Aufzug herrschte zwischen ihnen bedrückendes Schweigen, das Clémentine schließlich in der fünften Etage brach:

»Und was macht deine Arbeit – ist alles in Ordnung?«

»Ja – und bei dir?«

Christopher schloß seine Wohnungstür auf und ließ sodann – ganz Kavalier! – Clémentine den Vortritt.

»Mach es dir bequem«, sagte er im Wohnzimmer. »Ich bin gleich wieder da.«

Im Schlafzimmer vertauschte er seinen durchnäßten Anzug rasch mit einem blauen Kaschmirpullover und einer trockenen Hose. Er setzte in der Küche Wasser auf und kehrte mit zwei dampfenden Tassen ins Wohnzimmer zurück.

Clémentine hatte ihren Anorak und ihren Helm ausgezogen. Sie stand mitten im Raum. Christopher hatte den Eindruck, daß sie noch schlanker geworden war.

»Oh, ein Grog, was für eine gute Idee!« rief sie in etwas gekünstelter Ungezwungenheit.

Sie fröstelte sichtlich in ihrem T-Shirt und den nassen Jeans.

Christopher reichte ihr eine Tasse.

»Rum ist das beste Mittel, um sich aufzuwärmen ... Willst du einen Pulli?«

»Nein ... es geht schon ...«

Sie nahmen einander gegenüber Platz. Clémentine schlug geziert die Beine übereinander.

»Ich war in der Bretagne ... Fotos für Bademode, weißt du ...«

»Ja, ich weiß!«

Sie blickte erstaunt hoch.

»Woher?«

»Ich habe bei deiner Argentur angerufen«, erwiderte er, als sei das die natürlichste Sache der Welt.

»Aber ...«

Christopher konnte zufrieden sein. Sie wußte offensichtlich nicht mehr, was sie sagen sollte. Schweigend trank sie in kleinen Schlucken ihren Grog, ohne Christopher anzusehen, und als ihre Tasse leer war, starrte sie angestrengt auf die Vorhänge.

»Hast du Hunger?« fragte Christopher plötzlich.

Sie machte eine Kopfbewegung, aus der nicht deutlich zu entnehmen war, ob sie bejahend oder verneinend sein sollte.

Christopher erhob sich und nahm Clémentine die Tasse ab.

»Wenn du willst, kannst du duschen, damit dir wieder warm wird«, sagte er, bevor er das Zimmer verließ.

In bester Laune band er sich eine Schürze um und machte sich mit Feuereifer ans Werk, so als hätte er in einer Snackbar am Broadway sein Handwerk gelernt. Er röstete Toast, schnitt Tomaten, bereitete den Mais zu, würfelte Eier, wusch den Salat, würzte das Hackfleisch, deckte den Tisch . . .

Clémentine mußte seinen Rat befolgt haben, denn im Bad hatte Wasser gerauscht, aber nun war nur noch das Brutzeln in der Pfanne zu hören.

»Oh, das riecht aber gut . . .«

Clémentine steckte ihren Kopf durch den Türspalt.

»Komm rein . . . komm rein!« forderte Christopher sie liebenswürdig auf, ohne sich weiter um sie zu kümmern. Sie blieb unschlüssig auf der Schwelle stehen, mit hochgebundenen Haaren, in Christophers blauen Frottiermorgenrock gehüllt.

»Setz dich doch, das Essen ist gleich fertig.«

Christopher wandte ihr geschäftig wieder den Rücken zu. Sie nahm Platz und sah ihm schweigend bei der Arbeit zu.

Dieses demütige Verhalten war er von ihr gar nicht gewöhnt.

Pfeifend griff er nach ihrem Teller, legte den Hamburger, die Eier, den Mais, die Tomatenscheiben und den Salat hübsch zurecht. Er ließ sich dabei Zeit, offensichtlich bemüht, ihr ein kulinarisches Meisterwerk zu präsentieren.

»Bitteschön, meine Liebe ... Wie in New York!«

Er bediente nun auch sich selbst, zog seine Schürze aus und nahm Clémentine gegenüber Platz.

»Ist es dir nicht zu stark gesalzen und gepfeffert? ... Hmm ... Nicht schlecht ...«

Er ließ es sich schmecken.

»Ich habe ein Geheimnis für die Maiszubereitung ... man darf das Wasser nicht salzen und ihn nicht länger als drei Minuten kochen, das ist sehr wichtig ... Aber ...«

Er blickte überrascht von seinem Teller auf. Clémentine saß regungslos da, ohne das Essen anzurühren.

»Magst du Hamburger etwa nicht? Ich versichere dir, bessere findest du auch auf der Fifth Avenue nicht ...«

Clémentine nagte nervös an ihrer Unterlippe und schwieg beharrlich. Christopher redete fröhlich weiter:

»Weißt du, das einzige, was mir in Frankreich wirklich fehlt, das ist die gute amerikanische Küche mit viel ...«

Er verstummte mitten im Satz. Clémentines lange Wimpern zitterten. In ihren braunen Augen standen Tränen. »Chris ... Chris ... ich ... du ... oh, verdammt ... verdammt ...«

Sie sprang auf und rannte aus der Küche.

Christopher legte bedächtig Messer und Gabel hin, erhob sich, machte einen Schritt auf die Tür zu, blieb stehen, öffnete das Fenster, zündete eine Zigarette an, drückte sie nach wenigen Zügen nervös aus und entschloß sich schließlich Clémentine zu folgen.

Sie lag bäuchlings auf seinem Bett und schluchzte herzerweichend.

»Na, na ...«

Er strich ihr beruhigend über den Kopf, hob sanft die seidigen braunen Haare an, die ihr Gesicht verhüllten. Sie weinte noch heftiger, biß sich in die Faust ...

Ihre Verzweiflung hatte etwas rührend Kindliches an sich, und Christopher war plötzlich nahe daran zu glauben, daß er sich ihr gegenüber wie ein gemeiner Schuft benommen hatte. Er nahm sie in die Arme, flüsterte ihr ins Ohr:

»Du hast mir gefehlt ...«

Er verstummte. O Gott, es war alles andere als einfach, die richtigen Worte zu finden ... Noch leiser fuhr er fort:

»Schrecklich gefehlt ... Ich habe bei dir angerufen ... oft ... jeden Tag ... Na, na, beruhige dich ... Es war unser erster richtiger Streit ... Jetzt ist es aber vorbei ... vorbei ... Wir werden nicht mehr davon sprechen ... Clémentine ... es ist vorbei ...«

Er wiegte sie wie ein kleines Kind in seinen Armen, küßte sie aufs Haar, auf die Stirn, auf die Lider.

Ein Stöhnen entrang sich Clémentines Lippen.

»Nein, nein ... das ist es nicht!«

Christopher erstarrte förmlich. Warum war sie dann mitgekommen?

Sie warf ihm stürmisch ihre Arme um den Hals, lachte und weinte zugleich.

»Chris ... Chris ... es ist total verrückt ... aber ... ich liebe dich ... ich liebe dich! O Chris ... ich liebe dich ... ich liebe dich ... oh, ich liebe dich so!«

TEIL 2

Die blaue Nacht

7

»Tuut ... tuut ... Die Weißen nach vorne ... die Roten nach hinten ... tuut ... die Grünen und die Blauen in die Mitte ... tuut ... tuut ... gehen Sie bitte an Bord.«

Clémentine prustete vor Lachen.

»Was sind wir denn, Chris?«

»Blau, mein Liebling!«

Christopher schwenkte eine azurblaue Karte.

»Oh, wir auch!« rief ein nettes Paar direkt hinter Christopher und Clémentine erfreut. Der Mann, ein kleiner Dicker mit goldgeränderter Brille, holte ebenfalls die Karte hervor, die den Zutritt zum Garten Eden ermöglichte.

»Bravo ... wir Blauen sind die Besten!« erklärte Christopher lachend.

Er griff nach den Reisetaschen und folgte mit Clémentine den anderen Touristen auf das große flache Boot.

Der Organisator war sichtlich darin geübt, Stimmung zu machen:

»Tuut ... tuut ... Sind jetzt alle da? Haha ... unterwegs werden wir Bekanntschaft schließen ... unterwegs auf dem Wasser ... hoho ... unterwegs ins Glück ...«

»Toll! Jetzt geht's los!«

»Schiff ahoi!«

»Wart auf mich, Bernadette ...«

»Schau mal!«

»He, Lucienne ...«

»Ah, wir legen ab!«

Das fröhliche Stimmengewirr auf dem Boot zeugte

von der Vorfreude der sonnenhungrigen Neuankömmlinge auf den Urlaub. Ihr Flugzeug war um 14 Uhr in Paris gestartet, und nach der Landung waren sie zum Hafen gebracht worden – und obwohl die Einheimischen längst an Fremdenverkehr gewöhnt waren, muteten diese blassen Freizeitsommerfrischler in ihrer teilweise sehr offenherzigen Kleidung sie doch immer wieder seltsam – und mitunter befremdend – an.

Clémentine saß dicht neben Christopher auf einer Holzbank nahe am Wasser. Er legte einen Arm um ihre Schultern, und sie blickte ihm zärtlich in die Augen. In seinem leichten khakifarbenen Anzug, ein rotes Seidentuch locker um den Hals geschlungen, sah er sehr jung und unternehmungslustig aus. Christopher!

Es war wirklich töricht, aber sobald sie ihn ansah, wurde sie von ihren Gefühlen überwältigt, verspürte sie ein lustvolles Prickeln am ganzen Körper, begannen ihre Wangen zu glühen . . .

»Zufrieden, mein kleines Küken?« flüsterte Christopher ihr ins Ohr.

Clémentine krauste ihr Stupsnäschen und erklärte ernsthaft, anstatt seine Frage direkt zu beantworten:

»Du bist der schönste Mann auf dem Boot . . .«

»Nur auf dem Boot?«

Christopher runzelte in gespielter Empörung die Stirn.

»Wenn ich nicht gewisse Einschränkungen mache, wirst du noch unerträglich eingebildet werden!« neckte sie ihn lachend.

»Wer ist denn schuld daran, Liebling?« murmelte er.

Clémentine spürte seine Lippen auf ihrer Stirn, auf ihren Haaren.

Langsam glitt das Boot aus dem Hafen hinaus. Eine leichte Brise machte die Sonnenhitze etwas erträglicher.

Noch nie in ihrem Leben war Clémentine so glücklich gewesen. Sie hatte das Gefühl, als pochte ihr Herz im Rhythmus der Schiffsmotoren: Chris . . . Christophe . . . Christopher . . . Chris . . . Christophe . . . Christopher . . .

Sie ließ ihre Hand mit gespreizten Fingern durch die weiße Gischt gleiten und seufzte, vom Glück berauscht wie von zu starkem Wein. Der Himmel war blau, das Meer war blau . . . blau wie Christophers Augen.

Beseligt legte sie ihren Kopf auf seine Schulter und verlor jedes Zeitgefühl.

Die Insel kam allmählich näher.

Clémentine konnte jetzt schon die goldenen Sandstrände und die mit Mandelbäumen bewachsenen Hügel erkennen. Eine leichte Brise trug den Duft von Lorbeerrosen aufs Boot. Ja, dies schien wirklich das Paradies auf Erden zu sein!

Sogar die Ausführungen des Reiseleiters durch den Lautsprecher waren Musik in ihren Ohren:

»In der Antike nahm sich die Königin der Insel jedes Jahr einen neuen Geliebten . . . Am Jahresende wurde der arme Teufel erwürgt . . . und die Priesterinnen verzehrten sein Fleisch . . . sparsame Hausfrauen, was? Hahaha!«

»Oh!« riefen die Damen entsetzt.

»Das hätte dir doch gefallen, stimmt's?« flüsterte Christopher.

Sein Schnurrbart kitzelte Clémentine an der Schläfe. Er ließ seine Hände durch ihre langen braunen Haare gleiten, die vom Wind zerzaust waren.

Clémentine schnappte mit dem Mund nach seinem kleinen Finger und biß spielerisch hinein.

»Kannibalin!«

Ohne sich von ihren Reisegefährten stören zu lassen, tauschten sie einen langen Kuß. Clémentine löste sich schließlich aus seiner Umarmung.

»Sieh mal, Chris . . . wie hübsch!«

Das Boot steuerte auf eine Bucht zu. Rote, grüne, blaue und weiße Bungalows standen verstreut am Ufer zwischen den Mandelbäumen am Abhang. Das war das Feriendorf des Klubs.

Clémentine bemerkte, daß Christopher ihr Profil studierte. Sie warf den Kopf zurück und tat so, als interessierte sie sich brennend für die Möwen. Ein angeborener weiblicher Instinkt sagte ihr, daß es klüger war, ihre leidenschaftliche Liebe mitunter nicht zu zeigen.

Sie hatte solche Angst gehabt, Christopher für immer verloren zu haben!

Allerdings nicht in den ersten drei Tagen nach dem heftigen Streit. Damals hatte sie ihre Wut auf Christopher immer aufs neue entfacht und sich eingeredet, daß sie heilfroh war, diesen alten Langweiler los zu sein. Sie war sogar mit Marco ausgegangen, der ihr seit sechs Monaten den Hof machte! Aber als er sie dann küssen wollte, war etwas Eigenartiges geschehen – sie hatte in plötzlich aufsteigendem Widerwillen ihren Kopf abgewandt!

Und dabei war Marco wirklich ein flotter Bursche! Vierundzwanzig Jahre alt, muskulös, sympathisch, Medizinstudent. Er hatte offenbar geglaubt, sie wolle nur etwas kokettieren, und sie mit seinem Gewicht in die Polster gedrückt. Aber als er den Reißverschluß ihrer Jeans öffnete und seine Finger zwischen ihre Schenkel zu schieben versuchte, hatte Clémentine gegen ihren Willen wild aufgeschrien und war zitternd aufgesprungen, selbst in höchstem Maße erstaunt über ihre heftige Reaktion.

Marco hatte sie verwirrt angestarrt und bestimmt für völlig hysterisch gehalten. Mit einer vagen Entschuldigung hatte sie ihn kurzerhand vor die Tür gesetzt.

Nach seinem Weggang hatte sie sich erschüttert eingestehen müssen, daß sie stärker an Christopher hing, als sie es je für möglich gehalten hätte. Sie liebte ihn wie wahnsinnig!

Das war für Clémentine eine völlig neue Erfahrung. Ihre bisherigen Freundschaften waren relativ unkompliziert verlaufen. Aber mit Christopher war alles ganz anders. Alles ... auch die Sinnenlust ... obwohl sie schon einige Erfahrungen auf diesem Gebiet gemacht hatte ...

Der allererste war Bernard gewesen, ein junger Mann, der seine Ferien wie sie alljährlich am Strand des kleinen Hafens in der Normandie verbrachte. Nach Ansicht ihrer Freundinnen war Clémentine ein ›Spätzünder‹, vermutlich weil ihre Großmutter sie noch immer wie ein kleines Kind behandelte.

Dabei war sie schon fast siebzehn. Bernard war sehr nett gewesen. Weil sie noch nicht die Pille nahm, hatte er die ganzen Ferien über gut aufgepaßt.

Clémentine hatte in seinen Armen keine sinnliche Lust erfahren, von dem vielgerühmten Orgasmus ganz zu schweigen. Sie war nur außerordentlich befriedigt gewesen, endlich keine belächelte Jungfrau mehr zu sein.

Wieder in Paris, hatte sie sich sehr einsam gefühlt. Mehr denn je hätte sie jetzt eine Mutter gebraucht. Mit ihrer Großmutter wagte sie nicht über solche Themen zu sprechen; die alte Dame hätte derart ›lose Sitten‹ bestimmt scharf mißbilligt.

Es war Valéries Mutter gewesen, eine sehr kluge und tolerante Frau, die mit ihrer eigenen Tochter und mit Clémentine zu einer Gynäkologin gegangen war. Die beiden jungen Mädchen waren wegen ihrer Unvorsichtigkeit gründlich abgekanzelt worden und hatten Rezepte für die Pille erhalten.

Ein Jahr lang hatte Clémentine nicht einmal Gebrauch

davon gemacht, aber bei der Feier anläßlich ihres achtzehnten Geburtstages hatte sie Georges kennengelernt . . . Er war Kunststudent, und ihre Liaison hatte fast ein Jahr gedauert.

Clémentine war in Georges wirklich verliebt gewesen. Er überredete sie dazu, aus der Wohnung ihrer Großmutter auszuziehen und sich ein eigenes Apartment zu mieten. Er machte ihr klar, daß sie lernen müsse, ihr Leben selbst in die Hand zu nehmen.

Georges war Maoist. Er nahm Clémentine zu unzähligen politischen Diskussionen und Konzerten mit asiatischer Musik mit. Ganz allmählich hatten sie sich entfremdet und schließlich getrennt, ohne Bitterkeit und Schmerz.

Danach hatte Clémentine ein Abenteuer mit Paul gehabt, einem jungen Architekten, der aber schon bald nach Brasilien gereist war, um dort eine Brücke zu bauen. Er hatte Clémentine nachkommen lassen wollen, und vielleicht wäre sie ihm auch gefolgt, wenn nicht Robert aufgetaucht wäre. Er war Modefotograf und half ihr sehr dabei, sich in der Welt der Mannequins und Fotomodelle zurechtzufinden. Er brachte ihr bei, sich richtig zu kleiden und geschickt mit Schminke umzugehen.

Sie war noch mit Robert befreundet gewesen, als sie Christopher bei Isabelle kennengelernt hatte. Wenn sie jetzt daran zurückdachte, wußte sie, daß sie sich auf den ersten Blick in ihn verliebt hatte, als sie ihn so würdevoll im Treppenhaus hatte stehen sehen, seine Geschenke in der Hand.

Hinzugekommen war dann natürlich jene idiotische Wette mit Valérie.

»Hör mal, er ist gar nicht so übel, dieser Chef von Isabelle«, hatte die Rothaarige konstatiert, während sie am Buffet ein Stück Kuchen verspeisten.

»Nicht so übel ist stark untertrieben«, hatte Clémentine erwidert. »Weißt du, er hat etwas Besonderes an sich ... so etwas ... so etwas ...«

Ihr hatten die richtigen Worte gefehlt, um ihre Gefühle auszudrücken. Valérie hatte mit der Zunge geschnalzt:

»Meine Liebe, er mag ja ganz reizvoll sein, dein Don Juan, aber er ist mindestens vierzig! Und er sieht nicht gerade umgänglich aus ...«

»Ich ziehe reife Männer vor!« hatte Clémentine geflunkert.

»Glaub mir, dieser Kerl ist eine harte Nuß ... Wollen wir um deine roten Stiefel wetten, daß du es nicht schaffst, ihn zu becircen?«

»Abgemacht!«

Clémentine hatte viel List und Tücke anwenden müssen, damit Christopher ihr Beachtung schenkte, aber als sie dann miteinander tanzten, hatte sie sich am Ziel geglaubt. Nach seinem plötzlichen Aufbruch hatte sie nicht nur Valéries sarkastische Bemerkungen über sich ergehen lassen müssen, sondern auch noch ihre geliebten roten Stiefel eingebüßt!

Trotzdem hatte sie gleich am nächsten Tag etwas völlig Verrücktes getan – sie hatte mit Robert gebrochen ... aus heiterem Himmel ... Er war natürlich aus allen Wolken gefallen und hatte bestürzt gefragt:

»Hast du einen anderen?«

»Nein, niemanden ... Hör zu, es tut mir schrecklich leid, Robert ... aber ich hab dich einfach satt ...«

Sie hatte gewußt, daß sie gemein zu ihm war. Sie hatte ihm alle Fotoapparate zurückgebracht, die in ihrem Apartment herumlagen, und nachdem sie wieder ein völlig freier Mensch war, hatte sie ihr Wiedersehen mit Christopher ›organisiert‹. Wie er richtig vermutete, war es ein Kinderspiel gewesen, Isabelle zum Reden zu bringen. Sie hatte sodann an einem Wochentag in Bagatelle die genaue Stelle erkundet, wo die Amerikaner sonntags Baseball spielten. Was sie allerdings nicht hatte vorhersehen können, war Christophers Sturz über ihr Motorrad! Nun ja, und danach . . . danach hatte sie ihn nur noch begehrenswerter gefunden.

Zum erstenmal in ihrem Leben hatte Clémentine es mit einem richtigen Mann zu tun, und trotz ihrer Liaisons war sie sich mit einem Male sehr jung und unerfahren vorgekommen und hatte deshalb versucht, ihre Unsicherheit hinter einem besonders dreisten Auftreten zu verbergen.

Nie zuvor war sie so unglücklich gewesen wie bei den Aufnahmen in der Bretagne, nach der Trennung von Christopher . . .

»Du bist so still, mein Liebling«, stellte Christopher plötzlich beunruhigt fest.

Sie kehrte in die Wirklichkeit zurück und küßte ihn zärtlich auf die Wange, genau auf die Stelle, wo er eine winzige Falte hatte. Dann deutete sie auf die Einfahrt des kleinen Hafens:

»Hast du die Tümmler gesehen, Chris?«

Etwa ein Dutzend dieser Wale spielte in den kleinen Wellen; sie sprangen fröhlich aufeinander.

»Haben die ein Glück!« flüsterte Christopher. »Stell dir nur mal vor, was für einen Skandal es gäbe, wenn ich das hier vor aller Augen mit dir täte!«

Clémentine lachte schallend. O Chris! Seit sie sich versöhnt hatten, seit sie ihm schluchzend ihre Liebe gestanden hatte, war auch er ganz verändert. Er sprach zwar nie von Liebe, aber seine Zärtlichkeit machte Worte überflüssig.

Er hatte sie an jenem Abend gefragt:

»Was machst du im Juli?«

»Na ja . . .«

»Das hört sich nicht sehr interessant an . . . Wenn du Lust hast, könnten wir zusammen in Urlaub fahren . . .«

Und ob sie Lust dazu hatte! Sie hatten beschlossen, zuerst irgendwohin ans Meer und in die Sonne zu fahren und anschließend eine Besichtigungstour durch Italien zu machen . . . Florenz, Venedig, Rom . . .

Ein Monat . . . ein langer Monat . . . fast eine Ewigkeit! Clémentine wußte, daß sie ihn mit jedem Tag noch mehr lieben würde, und sie hoffte, daß er genauso empfinden würde.

Die Dinge hatten sich etwas kompliziert, als sie erfahren hatten, daß es so kurzfristig – sie wollten in vierzehn Tagen aufbrechen – kein einziges freies Hotelbett am Meer gab.

Es war Jean-Pierre gewesen, der nach einem Mittagessen zu dritt alles arrangiert hatte.

»Meine Kinder . . . ich werde euch zu Roger bringen . . .«

Das hatte sich fast so angehört, als wollte er sie zum Kaiser höchstpersönlich bringen.

Roger leitete die ›Agence du Soleil‹. Wie ein General am Vorabend der Schlacht, so hatte er auf eine große Weltkarte an der Wand gedeutet, die an diversen Stellen mit kleinen Fähnchen gespickt war.

»Olàlà«, hatte er geseufzt. »Du verlangst von mir etwas fast Unmögliches, Jean-Pierre! Na ja, schauen wir mal . . . für deine Freunde werde ich mein Bestes tun . . . Hmmm . . . die Balearen sind ausgebucht . . . von Sardinien und Griechenland ganz zu schweigen . . . aber hier . . . hmmm . . .«

Er genoß es sichtlich, Christopher und Clémentine auf die Folter zu spannen, doch schließlich klopfte er mit dem Zeigefinger auf einen fähnchengeschmückten Punkt seiner Karte.

»Hier wäre eventuell noch etwas frei ... ein außergewöhnliches Mikroklima ... ein wahres Paradies, mitten im Meer ... eine kleine Insel ... eine Insel für Verliebte, ausschließlich belegt vom ›Club du Bonheur‹ ... hmm ... ich hoffe, Sie haben nichts gegen Klubferien einzuwenden ...«

Christopher und Clémentine hatten einen Blick getauscht. Aber nein, wie sollten sie etwas dagegen haben, nachdem sie keine Ahnung hatten, was bei Klubferien so alles auf sie zukommen würde ...

Und so hatten sie heute den ›Charter du Bonheur‹ – den Charterflug ins Glück – angetreten.

Insgeheim hatte Clémentine doch ein wenig befürchtet, daß diese Gruppenreise Christopher auf die Nerven gehen könnte. Aber sobald das Flugzeug in Paris gestartet war, schien Christopher seine alte Haut völlig abgestreift zu haben. Der Vizepräsident der California New York Bank war verschwunden. Ein entspannter und fröhlicher Christopher plauderte angeregt mit ihren Sitznachbarn, lachte, drückte Clémentine an sich, war zärtlich und verliebt und sichtlich fest entschlossen, den gemeinsamen Urlaub von ganzem Herzen zu genießen.

»Tuut ... tuut ... alles aussteigen! Aber bitte geordnet ... nur keine Hetze! Zuerst die Weißen ... so ist's recht! Jetzt die Roten! Und jetzt sind die Blauen an der Reihe!«

Christopher nahm Clémentine bei der Hand.

»Komm, mein blaues Küken ...«

Clémentine ließ sich von ihm an Land helfen. Sie liebte es seit neuestem, die schwache schutzbedürftige

Frau zu spielen und sich bei Christopher geborgen zu wissen. Eng umschlungen, folgten sie der Gruppe, die zum Feriendorf hinaufstieg.

Befriedigt stellten sie fest, daß die Insel aus der Nähe betrachtet genauso hübsch war wie vom Boot aus. Die weiträumige sternförmige Anlage harmonierte mit der üppigen Vegetation. Eine Bar unter Palmen, ein Restaurant mit großer Terrasse, ein Nachtlokal unter freiem Himmel und ein großer Swimmingpool bildeten den Mittelpunkt, während die bunten Bungalows zackenförmig in der Landschaft angeordnet waren.

»Herzlich willkommen!«

Ein Empfangskomitee hatte auf die neue Reisegruppe gewartet. Es bestand aus sechs schönen Najaden, braungebrannt von Kopf bis Fuß. Ihre ›Uniform‹ bestand aus einem durchsichtigen Röckchen über einem winzigen Bikini.

»Wenn du sie weiterhin so mit Blicken verschlingst, erdolche ich dich!« drohte Clémentine.

»Du machst mir Angst, du gräßliche Xanthippe ... Aber mit dir kann es ohnehin keine von ihnen aufnehmen ...«

Christophers Schnurrbart kiztelte Clémentine im Nakken.

Ein Neuankömmling unterbrach ihr Geturtel. Es handelte sich um einen großen, schlanken jungen Mann Mitte zwanzig, muskulös, mit kupferfarbener Haut wie ein Irokese. Seine Kleidung bestand aus ausgefransten Shorts aus Jeansstoff. Dazu trug er einen großen grünen Ohrring; orangefarbene Ketten baumelten auf dem breiten Brustkorb.

»War die Reise angenehm, Freunde?« rief er.

»Jaaa!« brüllten die Klubgäste im Chor.

»Uuund hopp!«

Der Irokese sprang behende auf einen Stuhl und gebot mit einer energischen Geste Schweigen.

»Achtung ... Tarzan ergreift das Wort!« murmelte Christopher halblaut.

»Du ... schönstes Mann von Insel«, erklärte Clémentine in gebrochenem Französisch.

»Du dich sehr in acht nehmen, Jane ... wenn du frech ... ich dich prügeln!«

Sie lachten laut auf.

»Psst!« wurden sie von den Umstehenden ermahnt.

Alle lauschten in andächtigem Schweigen der Ansprache des Irokesen.

»Ich bin der Chef des Dorfes ... Man nennt mich Le Sauvage ... Der Wilde ... Für die Neuen im ›Club du Bonheur‹ – im ›Klub des Glücks‹ – hier noch einige Erklärungen ... Wir, die Mädchen und ich, sind die C. A., was soviel heißt wie ›Charmante Animateure und Animatrices‹ ... Wir sind zu Ihrer Unterhaltung hier ... Und Sie sind die C. U. – die ›Charmanten Urlauber‹ ... Sie sind hier, um sich zu erholen ... Sie sind auf dieser Insel die Könige und Königinnen ... Hier amüsiert man sich, man vergißt den Alltag, man duzt sich ... Weg mit dem förmlichen ›Sie‹! Also dann, wir wünschen allen C. U. einen schönen Urlaub auf der Insel der Küsse! Und vergeßt nicht den Slogan, den wir jetzt alle zusammen wiederholen wollen: ›Wer im Klub des Glückes ist, alle Sorgen rasch vergißt!‹«

Nachdem sie gehorsam mit allen anderen C. U. den intelligenten Spruch gebrüllt hatten, tauschten Christopher und Clémentine einen komplicenhaften Blick. Sie verstanden sich ohne Worte: sie waren hier auf einem anderen Planeten gelandet!

»Uauauauuuuh!«

Dieser wilde Schrei kam von der Terrasse, wo Christopher eine Art barbarischen Tanz vollführte, eine Blume hinter dem Ohr, einen Lendenschurz um die Hüften.

Clémentine hielt beim Auspacken der Koffer inne und lächelte mit jener zärtlichen Nachsicht, die nur sehr verliebten Frauen eigen ist.

»Badabum-bum-bum!«

Christopher paßte sich dem Klubleben offenbar mit überraschender Leichtigkeit an.

»Das müßtest du jeden Morgen für deine Bankkunden machen«, riet Clémentine ihm lachend. »Du hättest einen überwältigenden Erfolg.«

»Eine ausgezeichnete Idee! Ich werde darüber nachdenken ... Badabum-bum-bum!« Bist du fertig, mein C. U.-Liebling? Mich ruft das Meer!«

Der Bungalow, in dem Christopher und Clémentine sich gerade häuslich einrichteten, lag zwischen Palmen und Mimosen, ganz in der Nähe des Meeres, das genauso blau wie der Himmel war, und Christopher konnte seine Ungeduld kaum noch zügeln, ein erfrischendes Bad zu nehmen.

»Geh doch ruhig schon vor, Liebling, ich komme auch gleich!« rief Clémentine diesem großen Kind fast mütterlich zu.

Das ließ sich Christopher nicht zweimal sagen!

»Bis bald, gnädige Frau! Hocherfreut, Ihre Bekanntschaft gemacht zu haben!«

Er rannte auf den Strand zu. Clémentine stützte sich auf die Terrassenmauer und blickte ihm nach. Sie hätte ihn stundenlang beobachten können. Sie liebte seine männlichen Bewegungen, seine kraftvolle Geschmeidigkeit. Seine muskulösen Beine schienen den Sand kaum zu berühren. Clémentine stellte sich die harten Schenkel unter dem Lendenschurz vor ... Sie schloß die Augen und dachte an den Ambraduft der blonden Haare, an denen sie so gern mit den Lippen zupfte ...

Ihr Mund wurde plötzlich trocken. Sie öffnete rasch wieder die Augen. Christophers Kopf wurde zeitweilig von den Orangenbäumen verdeckt, die den schmalen Pfad säumten. Gleich darauf tauchte er am Strand auf und riß sich im Laufen den Lendenschurz von den Hüften. Clémentine lächelte, als sie sah, daß er darunter eine leuchtend rote Badehose trug. Er wußte, daß Rot ihre Lieblingsfarbe war ... Mit einem eleganten Kopfsprung tauchte er in die Wellen ein, schüttelte sich wie ein Seehund, kraulte, drehte sich auf den Rücken, spielte ›toter Mann‹. O Chris ... Christopher!

Clémentine ging in den Bungolow zurück, packte rasch vollends aus und überlegte sodann, welchen ihrer drei Bikinis sie anziehen sollte. Sie entschied sich für den korrektesten – den grünen. Den fast durchsichtigen roten Häkelbikini würde sie aufheben, bis sie braungebrannt war. Sie setzte einen mit Blumen geschmückten Strohhut auf, der eher als Zierde denn als Sonnenschutz gedacht war, stopfte zwei Handtücher in eine Tasche und rannte auf den Pfad zum Strand hinaus.

»Kuckuck! Wir sind Nachbarn!«

Das nette Ehepaar, das während der Fahrt neben ihnen gesessen hatte, bewohnte den nächsten Bungalow.

»Seid ihr gut untergebracht?« erkundigte sich Clémentine höflich.

»Ausgezeichnet – und du?«

»O ja ...«

»Ist dein Mann schon im Wasser?« fragte die Frau, eine kleine Brünette, mit offenem Lächeln.

Clémentine erwiderte ihr Lächeln. Sie war sehr stolz darauf, daß man Christopher und sie für ein Ehepaar hielt!

»Ja, weißt du, er ist Amerikaner und sehr sportlich, und das fehlt ihm in Paris ... Er liebt das Meer über alles ...«

Über das Thema Christopher hätte sich Clémentine stundenlang auslassen können.

»Oh, das sieht man«, meinte der Mann, der eine Stirnglatze hatte, eine Brille mit Goldfassung trug und in seinem geblümten Hemd ziemlich rundlich aussah.

»Also dann – bis später!« rief Clémentine und hob grüßend die Hand.

»Wir heißen Gaston und Bernadette – Und du ... oder vielmehr ihr beide?«

»Clémentine und Christopher«, erwiderte Clémentine und lief leichtfüßig weiter.

Ihr Herz hüpfte vor Freude, und am liebsten hätte sie laut gejubelt ... Christopher ... dein Mann ... dein Ehemann ... dein Mann ...

»Huhu, Chris!«

Sie winkte ihm fröhlich zu, während sie anmutig über den heißen Sand rannte. Christophers Antwort bestand aus jämmerlichen Lauten:

»Aua ... aua ... oh ... aua ...!«

Er hinkte mühsam aus dem Meer ans Ufer. Clémentine stürzte zu ihm hin, und er stützte sich schwer auf ihre Schulter, seine Beschwerden zweifellos noch um einiges übertreibend. Sie war schon fast daran gewöhnt, bei ihm Krankenschwester zu spielen. Diesmal war ihr Held auf einen Seeigel getreten!

Sie half ihm, sich im Sand auszustrecken. Er hielt sich den Fuß und stöhnte herzerweichend.

»Wart mal ...«

Clémentine kramte in ihrer Tasche und brachte mit triumphierender Miene eine Pinzette zum Vorschein.

»Ooooh!«

Clémentine packte mitleidlos seinen Fuß.

»Also, schauen wir mal ... aha, ich sehe schon ... ich liebe dich ... von Herzen!«

Klack! Mit einem Ruck zog sie einen Stachel heraus.

»Aua!« rief Christopher mit einer Grimasse, als hätte sie ihm den ganzen Fuß abgerissen.

Ohne sich um sein Gejammer zu kümmern, konzentrierte sich Clémentine auf ihre chirurgische Tätigkeit.

»Mit Schmerzen ... klack! ... ein wenig ... klack! ... und gar nicht ... klack! ... oh, verdammt, jetzt sind keine mehr da!«

»Wieso verdammt?« protestierte der unglückliche Patient.

»Ah! Doch, da ist noch einer!« triumpierte Clémentine. »Ich liebe dich ... klick! ... das war wirklich der letzte Quälgeist ... fertig! Also – ich liebe dich!«

Sie biß ihn zärtlich in die Zehe, während er erschöpft aufatmete.

»Das hat dir wohl Spaß gemacht, du Tigerin, was?« murmelte er lächelnd und ließ seine Finger über ihre Wirbelsäule gleiten. Sie erbebte, hielt aber immer noch seinen Fuß fest, der sie sehr zu faszinieren schien.

»Wie eigenartig, Chris ... deine große Zehe ist viel länger als die anderen Zehen ... wie bei mir! Sie steht etwas ab und ist mindestens einen Zentimeter länger ... das ist wirklich komisch ... außer bei uns beiden habe ich das noch nie bei jemandem gesehen ...«

»Was bei einer professionellen Fußpflegerin wie dir in der Tat erstaunlich ist!« spöttelte Christopher.

»Nein, nein, weißt du, was ich irgendwo gehört oder gelesen habe ... die gleiche Fußform zu haben, bedeutet, vom Schicksal füreinander bestimmt zu sein ... es ist ein Zeichen von ...«

»Wie deine Wikinger?«

»Lach nicht ... wir haben Zehen wie ...«

Christopher packte sie bei den Haaren und zog sie zu sich hinab.

»Es sind aber nicht deine Zehen, die mich interessieren!« brummte er.

Er hatte salzige Lippen ... Das war angenehm!

Vier Tage später waren sie fast so braungebrannt wie der ›Irokese‹.

Clémentine war sich bewußt, daß sie auf dieser Insel mit Christopher eine einzigartig schöne, scheinbar von den Göttern selbst gesegnete Zeit durchlebte.

Jeder Tag verging wie im Fluge, völlig ausgefüllt mit Nichtstun! Sie sonnten sich, schwammen, spielten, redeten, liebten sich ...

Ihr gegenseitiges Vertrauen wuchs. Sie erzählten einander Dinge, über die sie normalerweise mit niemandem sprachen. Clémentine schilderte nach und nach ihre ziemlich einsame Kindheit bei der zwar liebevollen, aber in vieler Hinsicht doch sehr altmodischen Großmutter. Christopher lauschte gerührt ihren Geständnissen, während er Sand zwischen seinen Fingern herabrieseln ließ. Aber auch er selbst überwand seine Hemmungen und berichtete von seiner Ehe mit Marjorie, von der Scheidung und von den ständigen Enttäuschungen, die er mit seinem Sohn erlebte.

Sie hörte ihm mit großem Ernst zu, pflichtete ihm bei, gab Kommentare ab. Sie spürte, daß sie eine wichtige Schwelle überschritten hatten, daß ihre Liebe eine neue Dimension angenommen hatte.

Jeden Vormittag liefen sie – wie auch andere C.U. – in der Bucht Wasserski.

Christopher, der diese Sportart früher im Michigansee meisterhaft beherrscht hatte, nahm zunächst immer neben Le Sauvage im Motorboot Platz und rief Clémentine gute Ratschläge zu, die auf dem Wasser weniger geübt war als im Schnee, jedoch eine gelehrige Schülerin war und gute Fortschritte machte. Danach kletterte sie ins Boot, und Christopher demonstrierte sein Können, vollführte – um Clémentine zu imponieren – komplizierte Figuren und balancierte geschickt auf einem Bein über die Wellen, ohne daß er bisher gestürtzt war. Clémentine, deren lange Haare im Wind wehten, applaudierte begeistert, um schließlich – am Ende von Christophers Runde – mit einem Kopfsprung vom Boot ins Wasser zu springen und zu ihm zu schwimmen.

Sie hatten es nie eilig, ans Ufer zu gelangen, ließen sich auf den Wellen treiben, neckten und bespritzten sich und ruhten sich schließlich im nassen Sand und auf den Algen aus.

Wie alle Verliebten, so stapften auch sie Hand in Hand am Ufer entlang und suchten nach besonders schönen, ausgefallenen Muscheln.

Clémentine las in Christophers Augen, daß er es liebte, sie mit nackten Brüsten über den Strand laufen zu sehen. Sie machte übermütige Luftsprünge wie ein junges Reh, stolz darauf, daß er sie begehrte. Sie ließ sich absichtlich von ihm fangen und ins tiefe Wasser ziehen.

Sie zog ihr Bikinihöschen aus und umschlang mit ihren Beinen Christophers Hüften. Er tauchte und knabberte an ihren Brustwarzen. Sie spürte sein wachsendes Begehren, schlüpfte rasch wieder in ihren Slip und schwamm lachend ans Ufer.

Hinter den Felsen des Kaps waren sie vor Blicken geschützt. Ihre Lippen saugten sich aneinander fest. Berauscht von Luft und Sonne, berauscht vom Glück, ließen sie sich auf den heißen Sand fallen und vergaßen alles um sich herum.

Jeder Tag brachte neue Freuden, neue Genüsse.

Manchmal zogen sie sich in den Kiefernwald zurück oder aber sie kamen mit brennender Haut in ihren Bungalow zurück und nahmen zusammen eine lauwarme Dusche. Christopher löste mit sanften Händen den feuchten Sand von Clémentines Haut, wickelte sie in ein großes Handtuch, frottierte sie wie ein kleines Mädchen ab, und sie verbrachten einen großen Teil des Nachmittags mit einer verliebten Siesta, die Clémentine seit neuestem ›Kreuzworträtselpartie‹ getauft hatte.

Diese Bezeichnung war entstanden, als sie sich am Vortag vor dem Bungalow gesonnt hatten. Clémentine lag gemütlich auf einer Luftmatratze, mit halb geschlossenen Augen, und hätte am liebsten wie eine Perserkatze geschnurrt. In Reichweite neben ihr stand ein großes Glas ›Glückssaft‹ – ein köstliches eisgekühltes Getränk aus Mandarinen, Pampelmusen und Pfefferminzblättern, das Christopher an der Klubbar geholt hatte.

»Rrrrrr . . .«

Ein wohliger Laut kam aus Clémentines Kehle. Sie hatte ihr Bikinioberteil ausgezogen, und Christopher rieb ihr sanft den Rücken mit Sonnenöl ein. Zu ihrem größten Bedauern wurde er bei dieser Tätigkeit plötzlich gestört.

»Huhu! Hallo, Chris! Spielst du eine kleine Partie mit?«

Clémentine öffnete mißmutig die Augen und sah Le Sauvage auf dem Pfad auftauchen, begleitet von Mimi, einer der ›charmanten Animatrices‹. Sie warfen sich geschickt beim Laufen einen Ball zu.

»Salut, Le Sauvage! Wie geht's, schöne Mimi?« rief Christopher winkend.

»Los, ihr C. U.! Bewegt euch mal, ihr Faulpelze! Es geht um die Revanche beim Volleyball . . . Wer mich liebt, der folgt mir und . . . juhe! . . . Wer im Klub des Glückes ist, alle Sorgen . . .«

Le Sauvage und Mimi rannten auf den nächsten Bungalow zu, und Clémentine sah gleich darauf, daß ihre Nachbarn Gaston und Bernadette gehorsam zum Strand trabten, wo ein Netz gespannt war.

»Rrrrrr!«

Clémentine stieß Christopher zärtlich mit dem Kopf an, damit er sich wieder mit ihr beschäftigen sollte.

»Was meinst du? Sollen wir eine kleine Partie spielen, mein Schatz?« erkundigte sich Christopher zweideutig, während seine Finger Clémentines Nacken streichelten.

Mit leuchtenden Augen rief sie:

»Ich denke an nichts anderes, mein Liebling . . .«

Christopher stützte sich auf einen Ellbogen und schüttelte schockiert den Kopf.

»Das ist nun wirklich nicht seriös . . . In deinem Alter solltest du am Strand mit Sandförmchen spielen . . . und ich sollte auf der Terrasse Kreuzworträtsel lösen . . .«

»Ich liebe Kreuzworträtsel!« erklärte Clémentine genießerisch und zog ihn mit sich, um es ihm zu beweisen . . .

Du bist Lawrence von Arabien!« entschied Clémentine.

»Du mußt es ja wissen!« lachte Christopher zufrieden.

Le Sauvage hatte für diesen Abend eine ›orientalische Nacht‹ angekündigt, mit einem Hammel am Spieß und Preisen für die besten Kostüme. Clémentine war mit großem Eifer dabei, ihren Partner zu verkleiden.

Er ließ sie huldvoll gewähren. Sie hatte für ihn eine bonbonrosa ›Djellaba‹ aufgetrieben, wickelte ihn kunstvoll einen geblümten Baumwollschal um den Kopf, schmückte seine Ohren mit langen Perlenclips, umrahmte seine Augen mit schwarzen Lidstrichen, schminkte ihm die Lippen leuchtend rot, musterte ihn prüfend mit schiefgelegtem Kopf und nickte schließlich befriedigt.

»O Gott, ich sehe eher wie ein Transvestit aus!« rief er entsetzt, als er sich im Spiegel betrachtete.

»Nein, du bist perfekt! Einfach hinreißend!«

Christopher glättete seinen Schnurrbart – eine Geste, die Clémentine besonders liebte. Ohne auf seine Proteste zu achten, griff sie nach seiner Hand und zog ihn einfach mit sich.

Während sie zwischen den Tamarisken dahinschlenderten, las sie in seinen Augen, daß auch er sie schön fand. Sie hatte sich mit wenigen Accessoires sehr sexy als Bauchtänzerin verkleidet.

An einem knappen Bikinihöschen hatte sie mit Sicherheitsnadeln unsichtbar bunte Halstücher befestigt; ein weiteres Tuch war geschickt um das winzige Oberteil drapiert, und ein durchsichtiger blauer Schleier verhüllte den unteren Teil ihres Gesichts. Der Clou ihres Kostüms war jedoch zweifellos eine goldfarbene Muschel, die sie mit Hilfe eines Kaugummis an ihren Nabel geklebt hatte.

»Stimmung . . . Stimmung!« brüllte Le Sauvage anfeuernd ins Mikrofon, umgeben von seinem Bataillon hübscher Mädchen.

Es wurde ein sehr gelungener Abend. Der Hammel war schmackhaft, der Sangria floß in Strömen. An den Tischen für acht Personen bewarf man sich mit Konfetti und Luftschlangen. Sorglose Ferienstimmung!

Christopher und Clémentine erhielten den zweiten Preis für ihre Kostümierung. Der erste Preis wurde der drallen Lucienne und ihrem Ehemann, einem Apotheker aus Dijon, zugesprochen, die ›ihren großen Einfallsreichtum bewiesen‹, indem sie sich einfach in ihre Bettüberwürfe gehüllt hatten. Der dritte Preis fiel an Gaston und Bernadette, die sich mit Lendenschurzen geschmückt hatten! Alle Gewinner erhielten T-Shirts mit dem Emblem des Klubs – einem lachenden Leoparden.

An diesem ausgelassenen Abend spielten die Erwachsenen wie Kinder, und Clémentine und Christopher ließen kein einziges Spiel aus.

Clémentine hätte es nie für möglich gehalten, daß Christopher eine solche Stimmungskanone sein konnte. Alle C. U. kannten ihn, riefen ihn beim Vornamen. Es war unglaublich! Der steife Bankier war völlig verschwunden. Clémentine entdeckte einen ganz anderen Christopher, fröhlich, entspannt, lebenslustig. Zweifellos war das sein wahres Wesen.

Um zwei Uhr morgens ließ sich Clémentine erschöpft auf einen Stuhl neben Gaston und Bernadette fallen.

Christopher sang auf der kleinen Bühne aus voller Kehle im Duett mit Le Sauvage:

»Oh, my darling . . . oh, my darling . . . oh, my darling Clementine . . .«

»Wie ausgelassen dein Mann ist! Seid ihr schon lange verheiratet?« erkundigte sich Bernadette freudlich.

So direkt gefragt, wollte Clémentine nicht lügen. Sie erklärte deshalb:

»Na ja, eigentlich sind wir erst verlobt . . . aber dies ist für uns so eine Art Hochzeitsreise . . .«

»Oh, hast du gehört, Gaston?« Bernadette klopfte ihrem Mann auf den Arm. »Unsere charmanten Nachbarn sind verlobt und wollen nach dem Urlaub heiraten . . .«

Gaston zwinkerte Clémentine beifällig zu. Christopher kam an den Tisch und zog Clémentine mit sich. Ein letzter langsamer Tanz drehte sich auf dem Plattenteller. Frankie Laine sang mit schmachtender Stimme den romantischen großen Hit dieses Sommers:

»L'amour dingue . . . c'est la fièvre dingue . . . l'amour dingue . . . c'est l'amour dingue . . .«

Lustvolle Schauer liefen Clémentine über den Rücken, während sie eng umschlungen tanzten.

»Chris . . . Chris . . .«

»Ja, mein Liebling . . . mein kleiner Liebling«, murmelte Christopher.

Auf dem Rückweg zum Bungalow gingen sie Hand in Hand ein Stück am Strand entlang. Über ihnen wölbte sich der Nachthimmel mit Milliarden kleiner Lichter.

Clémentine hatte das Gefühl, als wären sie zum Greifen nahe, als bräuchte sie nur die Hand ausstrecken, um einen Stern vom Himmel zu pflücken, einen wunderschönen Stern nur für sich allein . . . nein, als Geschenk für Christopher!

Sie spürte, daß der große Augenblick gekommen war.

Die Nacht war blau . . .

8

Clémentine lag mit offenen Augen da. Sie wollte nicht einschlafen, aber sie wollte sich auch nicht bewegen.

Sie fühlte sich wohl, leicht betäubt von den starken Düften der Eukalyptusbäume und der Lorbeerrosen. Ihr Kopf ruhte auf dem Kissen, dicht neben Christopher. Sie hörte seine regelmäßigen Atemzüge. Auch er bewegte sich nicht. Vielleicht schlief er schon.

Durch die angelehnte Balkontür konnte Clémentine den bläulich schimmernden Nebelschleier sehen, der nachts vom Meer heraufzog. Vereinzelt drangen gedämpfte Geräusche an ihr Ohr. Irgendwo fiel eine Tür zu. Die leise Musik aus einem Radio verstummte. Die Lichter in den Bungalows erloschen nach und nach.

Clémentine streckte sich mit einem wohligen Seufzer unter dem Laken. Ihre Füße berührten Christophers Knöchel. Ein leichter Druck seines Knies verriet ihr, daß auch er noch wach war. Sie lagen regungslos nebeneinander, mit schweren Gliedern, wie Statuen aus Stein. Clémentine schloß die Augen und tastete nach Christophers Hand. Sie fand sie neben seinem Kopf auf dem Kissen, führte sie an ihre Lippen, küßte seine Finger, biß spielerisch hinein und legte sie auf ihren Brustansatz.

Langsam kam Christophers Hand Clémentines stummer Aufforderung nach, glitt sanft über ihre Brüste zur Schulter empor, vergrub sich in ihren Haaren.

Sie bettete ihren Kopf auf seiner Brust, nahm seinen Geruch wahr, jene Mischung aus Ambra und hellem Tabak, die auf sie genauso berauschend wirkte wie der Duft der Eukalyptusbäume.

Dicht an ihrem Ohr hörte sie seinen Herzschlag, und dieses leise, regelmäßige Geräusch vermittelte ihr ein Gefühl der Geborgenheit.

Halb wachend, halb träumend, ließ Clémentine ihrer Fantasie freien Lauf. Das Bett war ein Floß . . . sie trieben auf den Wellen dahin, einzige Überlebende einer schrecklichen Katastrophe . . . füreinander geboren . . . noch im Tode vereint . . .

Sie erschauderte plötzlich und schlug die Augen auf. Ganz in der Nähe schrie ein Nachtvogel, vermutlich eine Schleiereule, schlug draußen auf der Terrasse mit den Flügeln, warf eine Sekunde lang einen dunklen Schatten im unwirklich anmutenden Mondlicht.

So albern es auch sein mochte, aber diese Vogellaute kamen Clémentine irgendwie unheimlich vor – ja sogar unheilverkündend. Sie wollte aufstehen und die Vorhänge schließen.

Christophers Arme hinderten sie daran, dieses Vorhaben auszuführen.

»Frierst du, mein Küken?« flüsterte er.

Sie spürte seine Wimpern an ihrer Schläfe und schüttelte den Kopf. Nein, ihr war plötzlich sehr heiß. Sie hob etwas den Kopf. Ihr Mund traf auf Christophers Kinn, und ihre Lippen glitten über die rauhen Stoppeln seines sprießenden Bartes.

Christophers Hand strich über ihren Rücken, auf und ab, in einer unglaublich sanften Liebkosung. Clémentines Haut begann zu prickeln. Seine zweite Hand lag regungslos auf einer ihrer Brüste, hielt sie fest umfangen, drückte fester zu, gab sie frei und wanderte tiefer . . .

Clémentines Haut war jetzt gleichsam elektrisiert. Sie registrierte selbst die kleinste Bewegung seiner Finger, die jetzt um ihren Nabel kreisten, von dem sie die Muschel zu entfernen vergessen hatte.

»Du hängst wohl sehr an deinem wertvollen Schmuckstück, Liebling?« murmelte Christopher belustigt.

Sie sah ihn im Halbdunkel lächeln. Sie lachte leise,

schloß die Augen, spürte seine Lippen auf ihren Lidern, an ihrer Schläfe.

»Du warst heute nacht sehr schön«, flüsterte er ihr ins Ohr, »sehr verführerisch ... Ich war stolz ... ich bin immer sehr stolz auf dich, mein Liebling ...«

Seine Stimme war ganz leise, fast nur ein Hauch. Ein grenzenloses Glücksgefühl überkam Clémentine. Endlich ... endlich war es soweit ... er überwand seine Hemmungen ... er brachte es über die Lippen ... er faßte seine Gefühle in Worte ... Chris ... Christophe ... Christopher ...

»Du machst mich sehr glücklich, mein kleines Küken ... sehr glücklich ... Ich hätte nicht mehr geglaubt, daß es ein solches Glück gibt, mein Liebling ... Du gibst mir sehr viel ... ich ...«

Er verstummte plötzlich. Sein Mund bemächtigte sich ihrer Lippen, seine Zunge schob sich zwischen ihre Zähne. Noch nie hatte er sie mit solch wilder Leidenschaft geküßt. Ihr schwindelte. Heiße Schauer überliefen sie. Sie fühlte seine Hände auf ihrer Haut, zwischen ihren Schenkeln. Er spreizte mit dem Knie grob ihre Beine. Sie gab bereitwillig nach. Er lag mit seinem ganzen Gewicht auf ihr. Gleich ... gleich würde er sie nehmen wie ein Barbar. Sie bewegte provozierend ihre Hüften, lechzte danach, von ihm ›vergewaltigt‹ zu werden.

Sie stöhnte vor Enttäuschung, als er sie plötzlich freigab und sich neben ihr ausstreckte. Auf einen Ellbogen gestützt, heftig atmend, betrachtete er sie aufmerksam, vergrub seine freie Hand in ihren Haaren, breitete die langen seidigen Strähnen behutsam auf dem Kissen aus wie eine Aureole

Sie warf mit geschlossenen Augen den Kopf zurück, wollte ihn wieder auf sich ziehen.

»Komm ...«

Er widerstand diesem ewigen Lockruf der Frau.

Sie schlug die Augen wieder auf. Ein Lächeln spielte um Christophers Lippen. Er beugte sich zu ihr hinab, knabberte an ihrem Ohrläppchen, leckte an der Ohrmuschel.

»Heute nacht«, flüsterte er, »sollst du vor Lust vergehen, mein Kleines . . .«

Schier unerträglich langsam zog er ihr das durchsichtige Nachthemd aus, warf das Bettlaken beiseite. Sie kam sich plötzlich nackt vor, fröstelte leicht, verschränkte unwillkürlich ihre Arme über der Brust. Christopher ließ das jedoch nicht lange zu, und mit einem girrenden Laut ergab sie sich schließlich. Seine Lippen saugten sich an ihren Brustwarzen fest . . .

Clémentine erbebte unter seinen Liebkosungen. Sein Mund glitt tiefer, seine Zunge spielte jetzt mit der Muschel auf ihrem Nabel. Sie stieß einen leisen Schrei aus. Christophers Hände streichelten die Innenseite ihrer Schenkel, drangen immer weiter vor. Sie stöhnte unter seinen kundigen Fingern. Sie hätte vor Glück weinen mögen . . . Er liebte sie . . . Wie sehr er sie lieben mußte!

Sie begriff, daß Christopher jetzt nicht an sich dachte, daß es ihm in erster Linie darauf ankam, ihr größtmögliche Lust zu bescheren, und dazu war nur ein sehr verliebter Mann bereit. Seine Hände und seine Lippen waren am Ziel angelangt, an ihren empfindlichsten Stellen. Clémentine keuchte, stöhnte, warf den Kopf hin und her, biß sich in die Faust. Christopher reizte sie unerbittlich fast bis zum Höhepunkt, hielt inne, setzte sein Spiel an anderen Stellen ihres Körpers fort, kehrte zum Lustzentrum zurück, selbstsicher, fest entschlossen, sie seinem Willen zu unterwerfen . . .

Sommernacht ... Liebesnacht ... Blaue Nacht ...

Um Clémentine etwas abzukühlen, haucht er auf ihren perlmuttschimmernden Bauch, auf ihre Brüste. Er richtet sich auf und betrachtet die Frau, die er zwischen seinen Knien gefangenhält. Auch ihm schwindelt vor Glück, vor Begehren, vor Liebe. Sein Unterleib scheint in Flammen zu stehen. Aber er spielt weiter mit Clémentine wie mit einer Puppe, die ihm gehört. Er dreht sie um, spreizt sie, will jede – aber auch jede – Stelle ihres Körpers kennenlernen.

Für Christopher legt sie jegliches Schamgefühl ab, wird zur gefügigen Haremsdame ... Doch dann rebelliert sie plötzlich, gibt ihre Passivität auf, geht ihrerseits zum Angriff über ... Er bäumt sich unter ihren Liebkosungen auf ... Ihre Lippen saugen sich an ihm fest, sie entlockt ihm Seufzer, läßt ihn aufstöhnen ... Er schiebt sie von sich ... Er will den Augenblick der Vereinigung noch etwas hinauszögern ...

Nun ergreift er wieder die Initiative ... Sie schreit auf ... Dieser Schrei steigert seine Erregung ins schier Unerträgliche ... Er errät, daß er sie ganz neue Genüsse lehrt, und dieses Wissen berauscht ihn genauso wie der Geruch ihrer Haut an den empfindsamsten Stellen ... Er will alles über sie wissen ... sie gehört ihm ... seine Finger dringen in sie ein ... sie windet sich, stöhnt, wirft den Kopf zurück ...

Er reagiert noch rechtzeitig, zieht sich abrupt zurück ...

Das Blut hämmert in seinen Schläfen, er muß erst wieder zu Atem kommen. Aber Clémentine läßt ihm dazu keine Zeit ... schon ist sie auf ihm, beißt ihn, provoziert ihn ... Noch nicht! Er stößt sie von sich ... sie lacht nur ... legt sich auf ihn ...

Er läßt sie gewähren ... er kann nicht mehr kämpfen ... er läßt sich bereitwillig von ihr vergewaltigen ... läßt die wilde Amazone auf sich reiten ...

Sie blicken einander tief in die Augen. Clémentine stöhnt lustvoll, wartet auf den Höhepunkt ... Dieses letzte Innehalten ist fast schmerzhaft ...

Clémentine zieht Christopher an sich. Er versucht noch, seine Begierde zu beherrschen, dringt sanft in dieses wie für ihn gemachte warme Nest ein, verharrt dort regungslos ... Sie glüht ... glüht ... fordert ihn heraus, indem sie sich ihm entgegenwölbt ... Er bewegt sich in ihr, zuerst ganz langsam, dann immer schneller ... Seine Lippen suchen Clémentines Mund ... sie tauschen einen leidenschaftlichen Kuß ... Sie reizt ihn wieder mit ungeduldigen Bewegungen ... Er kommt ihrem Wunsch nach ... Seine Stöße werden immer kraftvoller ... Er spießt sie förmlich auf ...

Clémentine stößt einen heiseren Schrei aus, als sie gemeinsam den Gipfel der Lust erreichen.

Clémentine brauchte eine Weile, um wieder richtig zu sich zu kommen. Sie bewegte sich benommen und flüsterte seufzend:

»Warum ist es nur so wundervoll, Chris?«

Mit einer zärtlichen und zugleich besitzergreifenden Geste strich Christopher ihr über den Kopf:

»Weil wir uns sehr lieb haben ... sehr, mein Liebling ...«

Ein seliges Lächeln verklärte Clémentines Gesicht. Er hatte ›wir‹ gesagt ... Christopher!

Er stand auf. Draußen neigte sich die blaue Nacht ihrem Ende zu. Eine rote Sonne ging soeben auf. Ihre Strahlen fielen auf das zerwühlte Bett. Über dem Meer flog eine Schar wilder Vögel dahin.

Clémentine sah, daß Christopher ihnen mit den Blikken folgte. Dann schloß er die schweren Vorhänge, kehrte ins Bett zurück, nahm Clémentine in seine Arme, und sie schlief an ihn geschmiegt ein, mit der Hoffnung auf eine glückliche gemeinsame Zukunft.

Morgens kamen sie sehr spät zur Frühstücksterrasse.

»In fünf Minuten hätte es keinen Kaffee mehr gegeben!« drohte Le Sauvage, der hinter seiner Bar stand und den Espresso ausschenkte.

»Ach, sei doch nicht so garstig!« schmollte Clémentine lachend.

Wie immer wählte sie am Selbstbedienungsbuffet das Frühstück aus, während Christopher wie ein Pascha unter einem Sonnenschirm saß und den Wirtschaftsteil einiger wichtiger Zeitungen überflog.

»Guten Morgen!« rief Clémentine.

»Guten Morgen! Gut geschlafen?« erwiderten Gaston und Bernadette, die soeben ihr Frühstück beendet hatten.

Clémentine glaubte, in der Frage und dem scheinbar unschuldigen Lächeln eine Spur von Ironie erkennen zu können. Vermutlich hatten ihre Nachbarn ungewollt etwas von den Vorgängen dieser Nacht gehört, was Clémentine allerdings nicht im geringsten peinlich war. Sie spürte immer noch Christophers Küsse auf ihrer Haut, und die dunklen Ränder, die ihre Augen umgaben, waren ein beredtes Zeugnis ihrer Leidenschaft. Als Clémentine mit dem vollen Tablett wieder an der Bar vorbeikam, pfiff Le Sauvage anerkennend – ihr durchsichtiger roter Bikini war wirklich sehr effektvoll! Clémentine ignorierte ihn vollständig und schritt betont würdevoll zu ihrem Tisch.

Sie frühstückten mit großem Appetit. Clémentine leckte sich etwas Marmelade von den Fingern und erklärte plötzlich:

»Ich will mal sehen, ob ich telefonieren kann . . .«

Erstaunt ließ Christopher seine Zeitung sinken, und Clémentine las in seinem Blick eine Spur von Beunruhigung.

»Wen willst du denn anrufen?« rutschte ihm unwillkürlich heraus.

Sie lachte fröhlich. Christopher war eifersüchtig! Das war fast zu schön, um wahr zu sein.

»Meine Großmutter, du dummer Kerl!«

Clémentine erhob sich anmutig und versetzte Christopher einen liebevollen Nasenstüber, während sie hinzufügte:

»Es ist wirklich schlimm . . . Ich habe ihr kein einziges Mal geschrieben, seit wir hier sind . . . Die Ärmste wird sich schreckliche Sorgen machen . . .«

Beruhigt vertiefte sich Christopher wieder in seine Zeitung, und Clémentine begab sich zur Bar.

»Hör mal, Le Sauvage, ich möchte nach Aix-en-Provence telefonieren, Nummer 32-13-18«, erklärte sie, während sie auf einem der hohen Hocker Platz nahm und graziös die Beine übereinanderschlug.

Le Sauvage zwinkerte ihr komplicenhaft zu.

»Ich kann dir das Gespräch auch in die Kabine legen lassen, falls es sich um etwas Vertrauliches handeln sollte«, sagte er leise.

Sein Ton ärgerte Clémentine. Was glaubte dieser Jüngling mit seinem grünen Ohrring und seinem dümmlichen Grinsen eigentlich?

»Aber nein, das ist völlig überflüssig«, erwiderte sie kühl und warf einen demonstrativen Blick zu Christopher hinüber, der immer noch lesend unter dem Sonnenschirm saß.

Mit einer Miene, die ›ganz wie du willst‹ besagte, meldete Le Sauvage das Gespräch bei der Vermittlung an, und während sie auf das Zustandekommen der Verbindung warteten, tauschten sie einige nichtssagende Bemerkungen über die Wassertemperatur, das Klima dieser Insel und die Freuden des Wasserskilaufens.

»Ah, das dürfte dein Gespräch sein!« sagte Le Sauvage, als das Telefon läutete.

Clémentine nahm den Hörer ab.

»Hallo ... ja ... ja ... die 32-13-18 ... ich warte ... ja, ich warte ...«

Die Verbindung war so schlecht, daß Clémentine schreien mußte, um sich verständlich zu machen. Christopher nickte ihr von seinem Platz aus ermutigend zu, und Clémentine warf ihm eine Kußhand zu, nicht zuletzt, um Le Sauvage zu ärgern.

»Ah ... ist dort das Hotel Beau Soleil? ... Ja, verbinden Sie mich mit Madame L'Baratier ... aber nein ... nein ... Madame Germaine Le-Ba-ra-tier!« brüllte Clémentine den Namen in einzelnen Silben.

Christopher hob den Kopf und betrachtete Clémentine mit plötzlicher Bestürzung, während sie einen Freudenschrei ausstieß.

»Ah, Mamita! Ja ... ausgezeichnet ... Ich bin seit acht Tagen hier ... Ja, ja, ich verspreche es dir ... Ich habe dir eine Ansichtskarte geschickt ... Das muß an der Post liegen ... Und wie geht es dir? ... Ah, ich freue mich für dich ... Gut ... gut ... Ich werde frühestens in drei Wochen wieder in Paris sein ... Ja ... Ich küsse dich ganz viele Male ...«

Clémentine legte in bester Stimmung den Hörer auf.

»Danke, Le Sauvage!«

Sie wollte von ihrem Barhocker steigen, aber der junge Mann hielt sie am Handgelenk fest.

»Stets zu deiner Verfügung, C. U.!« flüsterte er mit anzüglicher Miene.

Clémentine zuckte mit den Schultern, entzog ihm lachend ihre Hand und ging an ihren Tisch zurück. Christopher hatte seine Brille abgenommen.

»War das deine Großmutter?« fragte er mit einer seltsamen Stimme.

Clémentine zauste ihm zärtlich das Haar.

»Ich schwöre dir, daß es kein Kerl war! Komm, gehen wir an den Strand . . .«

Sie griff vergnügt nach ihrer Badetasche.

Christopher faltete sichtlich verstört seine Zeitung zusammen und fuhr sich mit der Hand über die Stirn, so als wollte er einen Gedanken verscheuchen, bevor er Clémentine langsam folgte.

9

Ein Sandfloh sprang auf das Badetuch. Christopher schien seine ganze Aufmerksamkeit darauf zu konzentrieren, ihn zu fangen.

»Und . . . waren sie auf der Stelle tot?« fragte er mit unbeteiligter Stimme.

Er warf einen flüchtigen Blick zu Clémentine hinüber, die neben ihm am Strand saß, mit bis zum Kinn hochgezogenen Knien, an denen sie wieder einmal wie ein kleines Kind herumnagte.

Sie nickte bejahend.

»Ja . . . Und ich . . . als man mich aus dem Autowrack befreite, stotterte ich mit einem Mal . . . Kannst du dir das vorstellen? Ich habe ein Jahr lang schrecklich gestottert . . .«

Lachend beugte sie sich zu Christopher hinüber:

»Ich habe mich seitdem ganz gut gefangen, findest du nicht? Gib's zu, Liebling . . . Gib's zu!«

Sie küßte ihn auf seinen Schnurrbart. Christopher wich etwas zurück. Seine Augen waren jetzt auf ein weißes Segelflugzeug gerichtet, das über dem Meer elegant seine Bahnen zog. Er schien nachzudenken, dann setzte er seine Fragen fort, immer noch in jenem betont gleichgültigen Ton:

»Und nach diesem Unfall hat sich deine Großmutter um dich gekümmert?«

»Nein, zuerst Geneviève Bonnet, Papas Schwester . . . Erst nachdem sie nach Australien geheiratet hat, bin ich zu Mamita gekommen, zu Madame Germaine La Baratier, Mamas Mutter . . . Nur, sie ist jetzt schon sehr alt . . . Weißt du, es fällt ihr schwer, das moderne Leben zu verstehen, sie hält mich immer noch für ein zehnjähriges Kind und macht sich ständig Sorgen um mich . . .«

»Dein Anruf wird sie bestimmt beruhigt haben!« sagte Christopher kühl.

Sein trockener Ton entging Clémentine. Sie legte den Kopf auf Christophers Schulter.

»Außer ihr habe ich keinen Menschen auf der Welt, mein Liebling. Ich bin ganz allein ... mutterseelenallein ... für dich, Chris ... du bist jetzt alles für mich ... absolut alles!«

Clémentine schloß die Augen, aber als von Christopher überhaupt keine Reaktion kam, hob sie verwundert den Kopf. Er sah plötzlich trotz seiner Bräune sehr erschöpft und elend aus. Mit einem gezwungenen Lächeln rückte er etwas von ihr ab und streckte sich im Sand aus. Clémentine war plötzlich beunruhigt. Sie legte ihm eine Hand auf die Stirn – sie fühlte sich sehr heiß an.

»Hast du Kopfschmerzen, Chris?« erkundigte sie sich teilnahmsvoll.

Er setzte sich abrupt auf.

»Nein, nein ... Mir geht es ausgezeichnet ...«

»Komm, wir gehen ins Wasser, das wird dir gut tun«, beharrte Clémentine.

»Später ...«

Christopher zog sich unter den Sonnenschirm zurück, schirmte seine Augen mit den Händen gegen die Sonne ab und starrte zum Horizont hinüber.

Clémentine konnte sich nur mit Mühe ein Lachen verbeißen. Aber natürlich! Warum war sie nicht gleich darauf gekommen? Sie hatten in der vergangenen Nacht nicht viel geschlafen, Christopher war ganz einfach müde, und sein männlicher Stolz verbot ihm, das zuzugeben.

Clémentine machte sich heftige Vorwürfe. Das war einzig und allein ihre Schuld. Sie hatte ihn am Anfang ihrer Liaison so mit dem Altersunterschied aufgezogen, daß er sich nichts von seiner Müdigkeit anmerken lassen wollte.

»Ruh dich aus, mein Schatz!« flüsterte sie verständnisvoll.

Sie warf einen Blick in die Runde. Es war Mittagszeit, und der Strand war menschenleer. Sie zog rasch ihren Bikini aus und beugte sich nackt noch einmal zu Christopher hinab, um ihn zart auf den Mund zu küssen.

Sie hatte das Gefühl, eine Marmorstatue zu umarmen!

›Wenn er nur nicht krank ist!‹ dachte sie, während sie zum Meer hinabstieg. Sie hoffte immer noch, daß er ihr folgen würde, aber Christopher bewegte sich nicht einmal unter dem Sonnenschirm. Um ihre Besorgnis zu vergessen, schwamm sie ziemlich weit hinaus und stellte sich dabei vor, sie wäre eine Sirene, die aus dem Salzwasser neue Kräfte schöpft. Plötzlich schoß ihr jedoch eine so schreckliche Idee durch den Kopf, daß sie in aller Eile kehrt machte.

Sie hatte von Fällen gehört, wo vierzigjährige Männer nach allzu großen sexuellen Anstrengungen einen Herzanfall erlitten hatten. Mein Gott, wenn nun Chris einen Infarkt hätte, während er ganz allein am Strand war!

Als sie nahe am Ufer war, stieß sie einen Seufzer der Erleichterung aus. Christopher lebte! Er lag immer noch unter dem Sonnenschirm, auf einen Ellbogen gestützt, und zeichnete oder schrieb etwas in den Sand.

»Komm! Komm doch! Es ist herrlich!« rief Clémentine einladend und hüpfte nackt im seichten Wasser auf und ab.

Christopher zuckte erschrocken zusammen und strich hastig den Sand glatt. Dann hob er den Kopf und betrachtete Clémentine nachdenklich, ohne ein Wort zu sagen.

Im Laufe des Tages gewann Clémentine immer mehr die Überzeugung, daß sie irgend etwas falsch gemacht haben mußte.

Christopher schien ihr zu grollen. Er hatte sie kein einziges Mal geküßt. Er gab einsilbige Antworten, wich ihrem Blick aus und suchte nach Vorwänden, um allein sein zu können.

Clémentine zerbrach sich den Kopf über einen Grund für seine plötzliche Veränderung. Christopher war ganz offensichtlich nicht krank, sondern verärgert. Nein, es war sogar noch schlimmer – er schien ihre Gegenwart nicht mehr ertragen zu können!

Dieser Umschwung war so plötzlich gekommen, daß sie sich einzureden versuchte, es handle sich um eine vorübergehende Verstimmung. Bestimmt würde Christopher gleich wieder der alte sein, zärtlich, verliebt, ausgelassen. Er konnte diese herrlichen Urlaubstage und vor allem die letzte Nacht doch nicht schlagartig aus seinem Gedächtnis gelöscht haben!

»Sollen wir Le Sauvage suchen und etwas Wasserski laufen?« schlug sie vor und griff zärtlich nach Christophers Hand. Er zog sie sogleich zurück, so als hätte er sich verbrannt.

»Geh doch! Le Sauvage kann dir ja nichts abschlagen!« erwiderte er trocken.

Er lief – in weißer Hose und mit nacktem Oberkörper – nervös auf der Terrasse auf und ab. Als er ihren forschenden Blick bemerkte, drehte er ihr rasch den Rücken zu.

Ein erleichtertes Lächeln huschte über Clémentines Gesicht. Jetzt glaubte sie endlich zu wissen, warum Christopher so verstimmt war.

»Nein, Chris, ohne dich habe ich nicht die geringste Lust dazu! Weißt du, ich will mit Le Sauvage nicht allein sein . . . Dieser Junge ist mir etwas zu aufdringlich!«

Clémentine drückte ihre Lippen flüchtig auf Christophers Rücken, dann lief sie in den Bungalow, sehr zufrieden mit ihrem Einfühlungsvermögen in die männliche Psyche.

Es war ganz offensichtlich – Chris war eifersüchtig! Er mußte die Geste dieses Idioten von Le Sauvage falsch interpretiert haben, als der junge Animateur sie nach dem Telefonieren am Handgelenk festgehalten hatte. Sie hätte diesem kleinen Kretin eine kräftige Ohrfeige geben sollen! Das wäre ihm eine Lektion gewesen!

Christophers Schweigen bewies ihr, daß sie mit ihrer Vermutung ins Schwarze getroffen hatte. Sie seufzte erleichtert auf. In fünf Minuten würden sie zusammen lachen und ihre Versöhnung mit einer köstlichen ›Kreuzworträtselpartie‹ feiern!

Um Christopher etwas Zeit zum Nachdenken zu geben, duschte Clémentine ausgiebig, betupfte sich sodann mit einigen Tropfen Parfum und trat, nur in ein Handtuch gehüllt, auf die Terrasse hinaus.

Christopher war nicht mehr da! Sie entdeckte seine Silhouette bei den Felsen am Strand.

Er stapfte um Ufer entlang, ohne einen Blick für den prächtigen Sonnenuntergang zu haben.

Clémentine wurde plötzlich sehr beklommen zumute. Sie kam sich jung und unerfahren vor. Sie konnte Christophers Verhalten beim besten Willen nicht verstehen. Ob alle Männer so waren? Leidenschaftlich verliebt an einem Tag, und am nächsten von eisiger Kälte?

Sie biß sich auf die Lippen. Aber warum . . . warum floh er förmlich vor ihr? Hatte er vielleicht schlechte Nachrichten über seine schrecklich Ex-Frau und seinen mißratenen Sohn erhalten?

Sie hätte zehn Jahre ihres Lebens dafür gegeben zu wissen, was Christopher in diesem Augenblick dachte.

Er hob den Kopf und sah Clémentines zarte Gestalt auf der Terrasse. Ihm war klar, daß sie ihn suchte.

Er stieß einen tiefen Seufzer aus. Es war wirklich furchtbar! Ihre ständige Gegenwart hinderte ihn daran, in Ruhe nachzudenken. In Ruhe? Das sagte sich so leicht, aber woher sollte er diese Ruhe nehmen?

Er erinnerte sich an einige Yogaübungen und atmete tief ein und aus – jedoch völlig ergebnislos.

»Ich bin ja verrückt . . . total verrückt . . . Es ist unmöglich . . . und doch . . .«

Er preßte seine Hände an die glühenden Schläfen.

»Also . . . noch einmal ganz von vorne«, murmelte er beim Gehen und zählte an den Fingern ab: »Juni – eins . . . Juli – zwei . . . August – drei . . . September – vier . . . Oktober – fünf . . . Verdammt!«

Ein Ball hatte ihn mit ziemlicher Wucht getroffen.

»Sorry, Chris . . . wirf ihn uns her . . . und mit einem strahlenden Lächeln, wenn ich bitten dürfte!«

Es war natürlich der unermüdliche Animateur, der mit der dicken Lucienne, Gaston, Bernadette und einigen anderen Urlaubern ein Volleyballmatch austrug. Alle brüllten nun im Chor:

»Und juhe! Chris . . . Wer im Klub des Glückes ist, alle Sorgen schnell vergißt!«

Christopher bedachte die Gruppe mit einem wenig freundlichen Blick. Plötzlich fand er diese Leute unerträglich, allen anderen voran diesen idiotischen ›Wilden‹ mit seinen albernen Spielen und dummen Sprüchen. Er kickte den Ball mit aller Kraft in Richtung des Spielfeldes und machte wortlos kehrt. Hinter sich hörte er Luciennes Stimme: »Oh, was hat er denn? Sonst ist er doch immer so fröhlich!«

»Konzentrier dich jetzt lieber auf unser Spiel!« rief Le Sauvage.

Um dem entnervenden Geschrei der Spieler zu entkommen, verschwand Christopher hinter den Felsen, wo er sich auf den trockenen Sand fallen ließ und seine Litanei von neuem begann:

»Juni – eins... nein, verdammt, das stimmt nicht!... Juli – eins... August – zwei... September – drei... Oktober – vier...«

»Und auf geht's zum Rundtanz der Küsse, C. U.!« kündigte Le Sauvage an.

Fast alle ›charmanten Urlauber‹ sprangen unter Beifallrufen auf. Für Clémentine war es ein gräßlicher Abend. Christopher rührte sich nicht von seinem Platz weg. Er saß mit finsterer Miene da, zupfte nervös an seinem Schnurrbart und rauchte eine Zigarette nach der anderen.

Clémentine erinnerte sich daran, daß er ihr einmal gesagt hatte:

»Ich rauche nur dann viel, wenn ich sehr große Sorgen habe...

Sie mußte sich eingestehen, daß sie so gut wie nichts von ihm wußte. Hatte er vielleicht in einem seiner Finanzblätter etwas von einem katastrophalen Börsensturz oder etwas Ähnlichem gestanden? Oder war er gar plötzlich entlassen worden?

Orchester und Tänzer versuchten sich gegenseitig an Lärm zu überbieten. Clémentine beugte sich zu Christopher hinüber:

»Weißt du, Chris, wenn du Sorgen hast, so würde ich sie gern mit dir teilen...«

Er sah sie schweigend an, und in seinem Blick lag Trauer und zugleich Schwermut. Sie hätte ihm am liebsten zugeraunt: ›Chris, du bist doch nicht allein! Ich liebe dich, Chris!‹

Statt dessen streichelte sie zärtlich seine Wangen und wollte ihre Arme um ihn legen. Er schob sie heftig von sich:

»Hör doch mit diesem albernen Getue auf, Clémentine!«

Seine ungerechten Worte trieben ihr die Tränen in die Augen. Sie warf sich in ihrem Stuhl zurück und versuchte verzweifelt, sich zu beherrschen.

»Juhe! ... Tsch ... tsch ... tsch ... die Lokomotive!«

Die Schlange der Tänzer kam vergnügt angehüpft, allen voran Le Savauge mit seinen hübschen Kolleginnen. Mimi griff nach Christophers Hand und wollte ihn in die Reihe ziehen, aber er riß sich mit wütender Miene los.

»Oh, my darling ... oh, my darling Clémentine!« brüllte Le Sauvage und packte Clémentine am Handgelenk. Im Gegensatz zu Christopher leistete sie keinen Widerstand. Schließlich war alles andere besser als dazusitzen und wie ein kleines Kind zu heulen!

»Rockie ... rock ... tsch ... tsch ... tsch ... rokkie ... rock ...«

Clémentine stimmte in die Rufe der anderen Urlauber ein. Mit funkelnden Augen hüpfte sie lachend herum, um Christopher zu demonstrieren, daß sie sich auch ohne ihn glänzend amüsieren konnte. Aber unwillkürlich schweiften ihre Blicke immer wieder zu ihm hinüber. Er saß nach wie vor am Tisch, und seine Miene verdüsterte sich zusehens.

Eine Sekunde lang kreuzten sich ihre Blicke.

Clémentine zwang sich zu einem fröhlichen Lachen. Christopher wandte sich rasch ab.

›Sie amüsiert sich ... na, umso besser!‹ dachte er.

Er schob seine Zigaretten in die Tasche und wollte gerade aufstehen, als Bernadette sich vom Nebentisch zu ihm herüberbeugte und lächelnd rief:

»Oh, es ist schön, ein so verliebtes Paar wie euch beide zu sehen ... Und ihr heiratet also gleich nach dem Urlaub?«

Heiraten! Christopher erbleichte unter seiner Sonnenbräune.

»Davon kann überhaupt keine Rede sein!« erwiderte er trocken.

Wütend schob er seinen Stuhl zurück und lief in die Nacht hinaus.

»Und jetzt ... ein kleine Erholungspause für die Beine ... ein Slow ... Also los, jetzt heißt's Gefühle zeigen! He, du kannst mich doch nicht jetzt im Stich lassen!« fügte Le Sauvage halblaut hinzu.

Er hielt Clémentines Hand fest. Sie warf einen Blick über ihre Schulter hinweg. Christopher saß nicht mehr am Tisch. Er war nirgends zu sehen. Nach kurzem Zögern ließ sich Clémentine von dem jungen Mann in den Arm nehmen, der Christophers Abwesenheit ebenfalls bemerkt hatte und rasch ausnutzen wollte. An allzu leichte Erfolge bei den Urlauberinnen gewöhnt, tanzte er Wange an Wange, eng umschlungen, während er Clémentine ins Ohr flüsterte:

»Wir machen nachher noch eine kleine ›Rauch-Party‹ im kleinen Kreis ... Mimi und drei oder vier andere ... in meinem Bungalow ... das ist der letzte hinten am Strand ... Kommst du? Einverstanden?«

In ihrem Unglück fand Clémentine es tröstlich, daß ein so schönes Exemplar des anderen Geschlechts sie begehrte. Le Sauvage legte ihr Schweigen als Zustimmung aus und preßte sie noch fester an sich.

»Weißt du, du bist wirklich super! Heute morgen an der Bar hast du mich ganz schön heißgemacht ... Sag mal, ganz im Vertrauen ...« – er knabberte an ihrem Ohrläppchen – »hast du wirklich deine Großmutter angerufen ... oder einen Kerl!«

Clémentine hob verblüfft den Kopf. Aber natürlich! Das war's! Warum war sie nicht schon längst daraufgekommen? Sie lachte laut auf.

»Danke, Le Sauvage!«

Sie ließ den völlig verdutzten jungen Mann mitten auf der Tanzfläche stehen und rannte auf ihren Bungalow zu.

Christopher saß rauchend auf der Terrasse, ohne von Clémentines Ankunft auch nur die geringste Notiz zu nehmen.

Sie lief ins Haus und zog rasch Rock und T-Shirt aus. Nur mit einem kleinen orangefarbenen Slip bekleidet, trat sie hinter Christophers Stuhl und schlang ihre Arme um seinen Hals.

Er versuchte sich zu befreien, aber sie hielt seinen Kopf fest an ihre Brust gedrückt.

»Nein ... bleib sitzen ... ich weiß genau, was du hast, Chris!« flüsterte sie.

Christopher erstarrte und hielt vor Schreck den Atem an.

»Du wirst mich jetzt anhören, Chris«, fuhr Clémentine, sehr mit sich zufrieden, fort. »Erstens – falls dir etwas von der ›Rauch-Party‹ zu Ohren gekommen sein sollte, so schwöre ich dir, daß ich kein Gras angerührt habe ... Ich weiß ja, wie sehr es dir zuwider ist ... und wenn wir schon einmal bei diesem Thema sind ... im Grunde genommen habe ich mir aus diesem Zeug nie etwas gemacht ...«

Christopher stieß einen tiefen Seufzer aus und wollte aufstehen, aber sie ließ ihn nicht los.

»Ich bin noch nicht fertig ... Ich muß dir auch noch etwas anderes sagen ... Ich habe heute morgen im Scherz von einem anderen Freund gesprochen ... und du hast dir daraufhin bestimmt in den Kopf gesetzt, daß es nicht meine Großmutter war, die ich angerufen habe ... Stimmt's? Weißt du, was wir tun werden? Wir werden sie gemeinsam anrufen ... Du kannst selbst mit ihr sprechen, wenn du willst ... Und dann werden wir die ganze Sache vergessen, mein Liebling ... Du bist müde, nervös ... Ich werde dich pflegen ... auf meine Art ...«

Clémentine erläuterte ihre Vorstellungen mit einem Kuß, ging um den Stuhl herum und wollte sich auf Christophers Schoß setzen.

Er erhob sich abrupt.

»Laß mich ... Es ist alles in Ordnung, Clémentine ...«

Aber seine harte Stimme strafte seine Worte Lügen. Clémentine wich bestürzt zurück. Als Christopher ihre verständnislose Miene und ihre schreckensweit geöffneten Augen sah, fügte er etwas sanfter hinzu:

»Mach dir keine Sorgen, mein Kleines ... Geh jetzt schön schlafen ...«

Er drückte seine Zigarette aus und eilte in Richtung Meer davon.

»Ich hab's satt ... satt ... hast du verstanden? Ich hab' die Schnauze gestrichen voll!« brüllte Clémentine ihm nach.

Die Tür des Bungalows wurde laut zugeschmettert.

»Pardon ...«

Christopher war auf dem Pfad direkt in Gaston und Bernadette hineingelaufen, die zu ihrem Bungalow unterwegs waren.

Christopher konnte an ihren verlegenen Mienen ablesen, daß sie Clémentines Wutausbruch ebenfalls gehört hatten.

»Gute Nacht!«

»Gute Nacht!«

Christopher entfernte sich hastig. Sein Herz hämmerte in der Brust.

Er lief lange am Ufer entlang, ohne dadurch ruhiger zu werden.

Das Meer schillerte im Licht des Vollmondes. Eine leichte Brise bewegte die Palmblätter. Eine Traumlandschaft ... das reinste Paradies ...

›Mein Gott, das ist ja die Hölle!‹ dachte Christopher.

Er kehrte erschöpft in den Bungalow zurück, ohne eine Lösung gefunden zu haben.

Clémentine schlief.

Sie hatte ihre Wut abreagiert, indem sie im Bad einen Tiegel Nachtcreme gegen die Wand geknallt hatte, und danach hatte sie sich verzweifelt aufs Bett geworfen, geschluchzt und in die Kissen gebissen. Wider besseres Wissen hatte sie zunächst immer noch gehofft, daß Christopher zurückkommen und sich entschuldigen würde, aber mit der Zeit hatte sie sich in einen regelrechten Haß hineingesteigert und Rache geschworen.

Sie war nahe daran gewesen, aus purem Trotz zu der ›Rauch-Party‹ zu gehen, aber als sie ihr verheultes Gesicht im Spiegel sah, hatte sie doch lieber darauf verzichtet.

Sie konnte Christophers Verhalten beim besten Willen nicht verstehen – dieses Schweigen, diese ausweichenden Blicke ... Es war unfair, in höchstem Maße unfair und gemein! Plötzlich war ihr ein schrecklicher Gedanke gekommen: wenn er sie nun einfach nicht mehr liebte? Er hatte offenbar genug von ihr, er konnte sie nicht mehr ertragen ... Aber warum nur, warum? Noch gestern, noch in der letzten Nacht, hatte er sie leidenschaftlich begehrt ... ach, seine Küsse ... seine Liebe ... Chris ... Christophe ... Christopher!

Schließlich weinte sie sich – wie ein unglückliches kleines Kind – in den Schlaf.

Die ersten Sonnenstrahlen weckten Clémentine. Sie hatte vergessen, die Vorhänge zu schließen. Ihr erster Blick galt Christopher.

Das Bett war auf seiner Seite leer und unbenutzt!

Clémentine sprang auf und machte einige Schritte auf die Terrasse zu. Christopher schlief im Bademantel auf einer Luftmatratze; seine Beine waren mit einem großen Handtuch zugedeckt.

Er schien sehr unruhig zu schlafen. Seine Hände zuckten nervös.

›Na, hoffentlich hatte er lauter Alpträume und wurde von den Moskitos ordentlich zerstochen!‹ dachte sie rachsüchtig.

Trotzdem trat sie in ihrem durchsichtigen Nachthemd langsam näher an ihn heran.

Einerseits riet ihr verletzter Stolz ihr, sich im Bungalow einzuschließen, um Christopher eine Lektion zu erteilen. Er hatte sie gedemütigt, und sie war viel zu nett gewesen, viel zu gefügig, viel zu verliebt ...

Aber andererseits fühlte sie sich unwiderstehlich zu ihm hingezogen, liebte ihn nun einmal leidenschaftlich ...

Sie schwankte noch, was sie tun sollte, als sie bemerkte, wie schwermütig Christopher sogar im Schlaf aussah. O Chris! Sie konnte einfach nicht anders – sie hob das Handtuch etwas an und schlüpfte zu ihm auf die Luftmatratze.

Christopher bewegte sich und murmelte etwas Unverständliches. Clémentine glaubte aber, ›kleiner Liebling‹ gehört zu haben. Gleichzeitig legte er einen Arm um sie, zog sie fest an sich und lag sodann wieder regungslos da.

Clémentine kuschelte sich an ihn und schloß die Augen ... Sie war so glücklich ... Mein Gott, wie schön es war, neben ihm zu liegen und seinen Geruch einzuatmen! Es war richtig gewesen, daß sie ihren Stolz überwunden hatte. Jetzt würde alles wieder gut werden! Sie fühlte sich so geborgen, daß sie fast wieder eingeschlummert wäre.

Auch Christopher schien jetzt ruhiger zu schlafen. Er lächelte sogar im Traum. Clémentine legte ihren Kopf auf seine Schulter. Ihre Lippen glitten sanft über seinen Hals, an jene Stelle hinter dem Ohr, wo seine Haut so zart war.

Ihr kurzes Nachthemd ließ die Beine frei. Ein harter Schenkel schob sich dazwischen. Eine Hitzewelle überkam Clémentine. Sie öffnete seinen Morgenrock, streichelte seine Brust, umschlang ihn, küßte ihn auf den Mund.

Immer noch schlummernd, schob Christopher seine Hände unter Clémentines Hemd, ließ sie über ihren Körper gleiten, über ihren Bauch, ihre Hüften, ihre Brüste. Ihr Atem ging immer schneller, sie öffnete sich ihm bereitwillig ...

Er schob sie unter sich, öffnete die Augen und ... wurde schlagartig wach.

Er starrte Clémentine an, und sie las in seinen Augen zunächst Erstaunen und gleich darauf Entsetzen!

Er stöhnte laut auf und wich abrupt zurück.

»Nein ... laß mich! Geh ... geh weg!«

Er sprang hastig auf. Clémentines gellender Schrei zerriß ihm fast das Herz:

»Aber was habe ich denn getan? Mein Gott, kannst du mir nicht wenigstens sagen, was ich dir eigentlich getan habe? Was? Was?«

10

»Ich muß unbedingt nach Paris zurück!« knurrte Christopher.

»Was hast du gesagt?« Le Sauvage gähnte laut.

Christophers Nerven drohten zu versagen, aber es gelang ihm mit großer Mühe, sich zu beherrschen.

»Gib mir einen Kaffee!«

Le Sauvage schaltete wortlos die Espressomaschine ein. Es war noch sehr früh, und in der Snackbar war kein einziger Urlauber zu sehen. Christopher setzte sich auf einen Hocker.

Die Spiegelwand hinter den Flaschen zeigte ihm ein schlecht rasiertes Individuum mit dunklen Ringen unter den Augen, in einem zerknitterten Hemd. Er fuhr sich mit den Fingern durch die wirren Haare. Sein Kopf drohte vor Schmerz zu zerspringen.

»Hast du ein Aspirin?« fragte er.

»Ah! Du auch?«

Le Sauvage stellte Christopher mit einer Grimasse ein Glas Wasser und eine Tasse Espresso hin, gab ihm eine Tablette und schluckte selbst ebenfalls eine. Auch er sah alles andere als blühend aus. Schweigend tranken die beiden Männer ihren Kaffee.

Das starke Getränk tat Christopher gut. Er stellte die leere Tasse ab und fragte:

»Also, was ist?«

»Was meinst du damit?«

Christopher ballte die Fäuste. Stellte dieser Schönling sich absichtlich dumm?

»Du hast doch gehört ... ich muß nach Paris zurück ... dringend!«

»Ah!« Le Sauvage gähnte wieder. »Aber ihr beide gehört doch zu der Gruppe, die am 21. abreist und ...«

»Nein!« fiel Christopher ihm ins Wort. »Sie bleibt hier ... Nur ich muß unbedingt nach Hause ... noch heute! Hör zu, Le Sauvage« – Christopher schlug einen freundlicheren Ton an – »du mußt eine Möglichkeit finden ... ich bezahle natürlich extra dafür ...«

Seine Stimme hatte einen fast flehenden Klang. Le Sauvage drehte ihm den Rücken zu und begann Flaschen abzuwischen.

»Das ist leicht gesagt ... aber alles ist überfüllt ... Erstens kommt das Boot erst in sechs Tagen wieder her ... Aber selbst wenn wir ein anderes auftreiben könnten ... alle Flüge sind total ausgebucht ... Du kannst schließlich nicht im Gepäckraum reisen!«

»Die Organisation dieses Klubs ist wirklich großartig!« rief Christopher erbittert. »Im 20. Jahrhundert sind wir hier also Gefangene!«

Le Sauvage wandte sich ihm grinsend wieder zu.

»In gewisser Weise – ja!«

Christopher hätte ihm am liebsten in die Fresse geschlagen, damit diesem Kretin das provozierende Lachen gründlich verginge! Statt dessen schlug er nur mit der Faust auf die Theke, tat sich dabei sehr weh und warf das Wasserglas um.

»Und wenn hier jemand im Sterben läge ... der mußte dann also krepieren!« zischte er mit zusammengebissenen Zähnen.

»Aber nein! Das wäre ein Notfall!« erklärte Le Sauvage liebenswürdig, während er das Wasser aufwischte. »Wenn jemand krank wird, wird er von einem Hubschrauber abgeholt und aufs Festland gebracht.«

Christopher öffnete den Mund. Er war gern bereit, sich krank zu stellen ... Außerdem hatte er das Gefühl, bald tatsächlich eine Zwangsjacke zu benötigen.

Le Sauvage schüttelte den Kopf.

»Tsss . . . tsss . . . du bist nicht krank, und du hast auch keine schlechte Nachricht erhalten. Da ist nichts zu machen . . . Sei doch mal vernünftig: wohin kämen wir denn, wenn hier jedem einfiele, daß er plötzlich nach Hause will? Ich darf den Rettungsdienst nur anrufen, wenn mir eine dementsprechende Anordnung des Artzes vorliegt, der sich ständig hier aufhält . . .«

»Dieser gottverdammte Klub!« fluchte Christopher, außer sich vor Wut.

Er hatte das Gefühl, einen Alptraum zu erleben . . . er saß auf dieser verfluchten Insel fest, in ein Drama verwickelt, das er niemandem erklären konnte.

»Hör zu, mein Lieber«, sagte Le Sauvage, umso konzilianter, als Christophers Abreise seinen Absichten mit Clémentine sehr gelegen käme. »Hab ein wenig Geduld, heute ist es völlig unmöglich . . . Gib mir zwei oder drei Tage Zeit . . . oder, noch besser, bis zum Ende der Woche . . . am 14. habe ich einen Charterflug . . . Mit etwas Glück könnte ich dich vielleicht unterbringen . . .«

Christopher rechnete rasch nach . . . Das würde noch sechs Tage mit Clémentine bedeuten . . . Unmöglich!

»Ich werde schon eine Möglichkeit finden, dieses trostlose Loch zu verlassen . . . Verbinde mich mit der Air France!« befahl er.

Le Sauvage zuckte mit den Schultern, und seine beredte Miene drückte aus: »Ich kann dich nicht daran hindern, es zu versuchen . . .«

Er nahm den Hörer ab.

»Nein . . . leg's mir in die Kabine«, flüsterte Christopher.

Er hatte im Spiegel gesehen, daß Clémentine sich der Snackbar näherte.

Als sie Christopher entdeckte, wandte sie den Kopf zur Seite.

»Jean-Pierre! Jean-Pierre! Telefon für dich!« brüllte Madeleine d'Orval, um den Lärm zu übertönen.

»Wer ist es denn?« schrie Jean-Pierre zurück.

Madeleine war schon wieder in der Küche verschwunden. Jean-Pierre legte seinen Pinsel weg, wischte sich die Hände an seiner alten farbbekleckten Hose ab und stieg langsam die Treppe hinab. Auf Wunsch von Madeleine war er dabei, die Fensterläden grün zu streichen!

Und so etwas nannte sich nun Urlaub!

Jean-Pierre war erschöpft und nahe daran, sein schönes Landhaus zu hassen. Während andere sich an Sandstränden sonnten, pflanzte er Begonien, mähte den Rasen, jätete Unkraut, reparierte Zäune, reinigte verstopfte Abflüsse ...

Vor zehn Jahren, als Madeleine und er dieses alte Bauernhaus gekauft hatten, hatte er begeistert jedes Wochenende hier gearbeitet. Und er selbst hatte damals verkündet: »Von nun an werden wir uns in den großen Ferien nicht mehr wie all diese Vollidioten in den Verkehrsstaus auf den Straßen ärgern ... Wir werden zu Hause bleiben!«

Inzwischen bereute er diese großen Worte von ganzem Herzen. Madeleine hatte ihn in einen Schwerarbeiter verwandelt, und seine Kinder schienen dieses Haus mit einem Asyl für Jugendliche jeden Alters und aller Nationalitäten zu verwechseln. Zur Zeit hielten sich hier zwei Engländer, eine dicke Holländerin, ein Deutscher, eine große Dänin und sogar ein kleiner Japaner auf! Letzterer mußte zusammen mit der Dänin in der Garage schlafen, weil alle Betten belegt waren ...

Jean Pierre zog seine mit Farbe beschmierten alten Latschen aus und betrat seine ›Jugendherberge‹. Er stieß einen schweren Seufzer aus. Zu allem übrigen hatte seine älteste Tochter Juliette an diesem Morgen auch noch Besuch von ihrem großen Freundeskreis bekommen. Die Teenager flegelten sich auf den schönen weißen Sofas im Wohnzimmer und lauschten mit verzückten Mienen einem Plattenstar, der hysterisch kreischte:

»Hoomie ... hoom ... et mourir à Hongkong ... Kong ... Kong ... Kong ... hoomie hoom ... et mourir à Hongkong ... Kong ... Kong ... Kong ...«

»Wenn der Kerl in Hongkong nur wirklich verrecken würde, dann wäre ein für allemal Ruhe!« brummte Jean-Pierre vor sich hin.

»Guten Tag, Monsieur ...«

Einige der jungen Leute standen höflich auf, als Jean-Pierre ins Zimmer trat. Er gab ihnen mit Gesten zu verstehen, daß sie sich wieder hinsetzen sollten, und nahm den Hörer ab.

»Hallo ... hallo ... wer ...«

Er stieß einen Freudenschrei aus.

»Ach, du bist das, mein lieber Chris! Wart mal einen Moment ... ich kann nichts verstehen ...«

Jean-Pierre flüchtete mit dem Apparat in den Flur.

»Papa, Papa, er zwickt uns!«

Das waren die Zwillinge, die von dem kleinen Japaner verfolgt wurden.

Jean-Pierre stieß mit dem Ellbogen die Küchentür auf.

»Ah, Jean-Pierre, komm und hilf mir mal! Ich hab' schon ganz lahme Arme!«

Madeleine rührte mit einem riesigen Löffel in einem dampfenden Kupfertopf die Konfitüre um, die sie aus den von Jean-Pierre gepflückten Pfirsichen gekocht hatte.

Er zog sich hastig zurück. Im Arbeitszimmer spielte sein jüngster Sohn Robert mit seinen beiden englischen Freunden Scrabble.

»Verdammt, Papa ... der Kerl schummelt!«

Verzweifelt schloß Jean-Pierre sich in der Toilette ein und stellte das Telefon auf den Klodeckel.

»Ja . . . ja, ich bin's . . . Wie geht's dir, Chris? Es ist wirklich nett, daß du mich nicht vergessen hast. Na, ist es schön? Du amüsierst dich bestimmt prächtig! Äh . . . was?«

Die Verbindung war sehr schlecht. Er mußte brüllen, um sich verständlich zu machen, und er konnte Christopher kaum hören.

»Was hast du gesagt? Ich habe es nicht verstanden . . . Ich sagte, ich habe dich nicht verstanden! . . . Ja, es ist sehr laut, und es knackt in der Leitung . . . So red doch lauter! . . . Was?«

Völlig perplex, wiederholte Jean-Pierre.

»Du rufst mich an, weil du wissen möchtest . . . wann du damals abgereist bist . . .«

Obwohl Christophers Stimme nur sehr undeutlich und verzerrt zu hören war, begriff Jean-Pierre doch, daß sein Freund außergewöhnlich erregt und verstört war.

»Das ist doch eine ganz einfache Frage . . . Denk doch mal nach, Jean-Pierre . . . Streng dein Gehirn an!«

»Hmmm . . . im Juli . . . nein, im Juni!« antwortete Jean-Pierre.

»Bist du sicher, daß es nicht im April oder Mai war?«

»Ganz sicher!« brüllte Jean-Pierre.

Seine Auskunft schien Christopher nur noch mehr aus der Fassung zu bringen, denn er kreischte wie ein Wahnsinniger:

»Aber nein, unterbrechen Sie nicht, Mademoiselle! . . . Bist du noch da, Jean-Pierre? Hör zu, denk noch einmal in aller Ruhe über meine Frage nach . . . Es ist von größter Bedeutung!«

»Was wollte er denn von dir, daß er extra aus dem Urlaub

hier anruft?« rief Madeleine, als er seinen Zufluchtsort verließ.

»Eine Auskunft!« erwiderte Jean-Pierre kurz angebunden.

Er stieg wieder auf die Leiter und kratzte sich nachdenklich am Kopf, bevor er nach dem Pinsel griff. Dieser Anruf war wirklich sehr seltsam gewesen!

Eine halbe Stunde später brüllte Madeleine wieder:

»Jean-Pierre ... Jean-Pierre ... Telefon!«

Er eilte ins Haus. Diesmal reichte Madeleine ihm den Apparat, wobei sie sich eine spitze Bemerkung nicht verkneifen konnte:

»Dein Freund Christopher sollte einmal zum Psychiater gehen!«

Der Lärm im Wohnzimmer hatte immer noch nicht nachgelassen. Jean-Pierre schloß sich mit dem Telefon wieder an seinem einzigen Zufluchtsort ein. Das Gespräch dauerte ziemlich lange.

Madeleine blieb im Flur stehen und spitzte die Ohren. Wenn jemand ihr gesagt hätte, daß ihre despotische Neugier unerträglich sei, hätte sie ganz erstaunt protestiert, denn – so seltsam es sich auch anhören mag – sie liebte ihren Mann sehr und war geradezu lächerlich eifersüchtig. Jean-Pierre zu ärgern, anzuschnauzen, zu schikanieren und seine Taschen zu durchsuchen gehörte zu Madeleines Alltag und war ihre ganz persönliche Art, ihm ihre Liebe zu beweisen. Sie konnte ihn einige Male ins Telefon schreien hören:

»Und andere Gesellschaften? ... Keine anderen Flüge? ... Nichts? ... Unglaublich! ... O ja, ich habe eine Idee ... Gut, du kannst dich auf mich verlassen ...«

Als Jean-Pierre herauskam, versperrte Madeleine ihm den Weg, fest entschlossen, Näheres über diese mysteriösen Anrufe zu erfahren.

»Also, was wollte er?« fragte sie süßsauer.

Jean Pierre betrachtete seine Frau. Nach sekundenlangem Zögern wagte er den Sprung ins kalte Wasser.

»Ich fahre für zwei Tage fort!«

»Ah! Das ist doch die Höhe!« begann Madeleine zu keifen. »Das kann doch nicht dein . . .«

Jean-Pierre wußte selbst nicht, woher er den Mut nahm, aber plötzlich straffte er sich und schnitt den Redeschwall seiner Frau mit einer energischen Geste und den scharfen Worten ab:

»Schluß jetzt, Madeleine! Hier geht es um Leben und Tod!«

Er schob sie beiseite und schritt – triumphierend wie ein römischer Imperator – die Treppe hinauf, während Madeleine d'Orval ihm mit offenem Mund nachstarrte.

Nach zwei weiteren Telefongesprächen mit Jean-Pierre hatte Christopher sich stundenlang im Kiefernwäldchen versteckt. Als er die Pferde des Klubs wiehern hörte, spähte er vorsichtig zwischen den Bäumen hindurch und sah, daß Clémentine an dem Ausflug teilnahm.

Sie ritt mit wehenden Haaren neben Le Sauvage einher, gefolgt von einer etwa zwanzigköpfigen Herde ›charmanter Urlauber‹.

Christopher hörte sie fröhlich rufen:

»Wohin soll's eigentlich gehen, Le Sauvage?«

»Auf die andere Seite der Insel, zum erloschenen Vulkan . . . Wir werden die Höhle besichtigen, in der die Priesterinnen die Männer umbrachten . . .«

»Phantastisch!« Clémentines Lachen schnitt Christopher ins Herz. »Sag mal, Le Sauvage, werden wir . . .«

Ihre Stimme war durch das Traben der Pferdehufe nicht mehr verständlich.

Die Gruppe entfernte sich. Christopher kam aus dem

Wald hervor. Er war einerseits erleichtert darüber, daß Clémentine nicht mehr unglücklich aussah, aber andererseits war er traurig, weil sie so glücklich aussah!

»Ich weiß selbst nicht mehr, was ich will!« murmelte er vor sich hin. »Das ist ja zum Wahnsinnigwerden!«

Er schlenderte ziellos dahin und landete schließlich in der Snackbar, wo an diesem Nachmittag Mimi Dienst hatte. Sie war Christopher von allen ›charmanten Animatrices‹ am sympathischsten. Die Blondine mit den krausen Haaren war fröhlich und dynamisch, und ihre herzliche Art hatte nichts Aufgesetztes an sich. Während Christopher zerstreut mit ihr plauderte, ließ er seine Blicke immer wieder ungeduldig über den Horizont schweifen.

Gegen fünf Uhr zerriß das Dröhnen eines Flugzeugs über der Bucht die Stille dieser paradiesischen Insel.

Christopher sprang auf.

»Ah, endlich!«

Er rannte auf den Bootssteg zu.

»Was ist denn los?« rief Mimi, die ihm atemlos folgte.

»Ein Besuch!« antwortete Christopher.

Er sprang in ein Boot und paddelte, so schnell er nur konnte, aufs Meer hinaus. Der Punkt am Himmel wurde zusehens größer. Es war ein Wasserflugzeug der Luftwaffe, das schließlich geschickt auf den Wellen aufsetzte.

Die hintere Tür öffnete sich, und Jean-Pierre kam zum Vorschein.

»Hallo, Chris!«

»Oh, mein Lieber . . . ich hatte die Hoffnung schon fast aufgegeben!« schrie Christopher, während er an das Flugzeug heranpaddelte.

Jean-Pierre trug einen dunklen Anzug mit weißem Hemd und gestreifter Krawatte. Er hielt eine Reisetasche in der Hand und kniff geblendet die Augen zusammen.

»Salut! Also, ich lasse Ihnen wie abgemacht Jean-Pierre hier ... Morgen hole ich Sie ab ... Ciao!« rief der Pilot aus dem Cockpit.

Jean-Pierre ließ sich ins Boot hinab, und Christopher paddelte wieder aus Leibeskräften los, weil sein Gefährt beim Start des Flugzeuges nicht kentern sollte.

»Ah, mein lieber Chris! Welch ein Abenteuer!« rief Jean-Pierre begeistert.

»Konntest du sie wirklich nicht überreden, uns gleich mitzunehmen?« fragte Christopher mit dem Egoismus der Menschen, die nur noch ihre eigenen Probleme im Kopf haben.

»Nein, das war ganz unmöglich«, erwiderte Jean-Pierre. »Der Mann transportiert Impfstoffe, die dringend benötigt werden ... Aber mach dir keine Sorgen, er kommt morgen wieder her ... Weißt du, es ist überhaupt ein Glück, daß ich bei der Luftwaffe einen guten Kumpel habe ... leicht war das nämlich nicht, so auf die Schnelle etwas zu organisieren ...«

Christopher verstand sofort den versteckten Vorwurf.

»Ja, ja, das ist mir klar ... Entschuldige bitte, ich bin völlig durcheinander!«

Es war Jean-Pierre bereits aufgefallen, daß Christopher trotz seiner Sonnenbräune sehr schlecht aussah. Er klopfte ihm verständnisvoll auf die Schulter, betrachtete sodann die Insel und pfiff anerkennend:

»Hör mal, das ist ja ganz toll!«

Es war nicht ganz klar, ob seine Bewunderung der Landschaft galt oder aber Mimi in ihrem knappen Bikini, die auf dem Bootssteg stand, umgeben von einigen neugierigen Touristen, die wissen wollten, was es mit diesem mysteriösen Neuankömmling auf sich hatte.

Christopher zog Mimi jedoch sofort beiseite.

»Ich möchte dir meinen Freund Jean-Pierre vorstellen.

Sag mal, Mimi, hast du ein Zimmer für ihn – nur für eine Nacht?«

»Olàlà, wir sind völlig ausgebucht, mein Guter«, jammerte Mimi. »Aber, nun ja, um dir einen Gefallen zu tun, Chris ... er kann meinen Bungalow haben ... ich werde vorübergehend zu Ursula ziehen.«

Christopher trat ungeduldig von einem Bein aufs andere. Er wollte mit Jean-Pierre allein sein, aber sein Freund raspelte endlos Süßholz mit Mimi.

»Wie soll ich Ihnen nur danken, Mademoiselle!« säuselte er.

»Nichts zu danken ... der Kühlschrank ist voll ... Bedien dich ruhig, mein lieber C. U.!«

»Sie sind wahnsinnig nett ... Also dann, bis heute abend, Mademoiselle ... Mimi ...«

Christopher griff energisch ein.

»So ist es! So ist es! Bis heute abend!«

Er schob die nette Animatrice buchstäblich aus ihrem eigenen Bungalow hinaus und schlug rasch die Tür hinter ihr zu.

»Endlich allein!« rief er erleichtert. »Oh, mein guter Jean-Pierre, ich werde nie vergessen, was du für mich getan hast!«

Christopher umarmte seinen Freund und klopfte ihm kräftig auf den Rücken.

»Das ist doch ganz selbstverständlich, mein lieber Chris!« murmelte Jean-Pierre verlegen.

Als Christopher ihn wieder losließ, zog er sein Jackett aus und trat auf die sonnenüberflutete Terrasse hinaus.

»Es ist wirklich schön hier ... man duzt sich ... und welch himmlische Ruhe ... das reinste Paradies!« kommentierte er und stützte sich gemütlich auf die Balustrade.

Christopher packte ihn am Arm.

»Nein, nein ... nicht hier ... sie könnte uns sehen ... Komm rein!«

Er zog Jean-Pierre hektisch ins Haus, schloß die Balkontür und zog die Vorhänge zu.

Leicht enttäuscht ließ Jean-Pierre sich im Halbdunkel in einen Rattansessel sinken und betrachtete verwundert seinen Freund, der nervös im Zimmer auf und ab lief und sich offenbar nicht entschließen konnte, ihm zu verraten, warum er ihn so dringlich zu Hilfe gerufen hatte.

Christopher holte jetzt geschäftig Eiswürfel aus dem Kühlschrank und goß mit zittriger Hand Whisky in zwei Gläser.

»Wir haben ein wenig Zeit ... sie macht mit den anderen einen Ausflug ... Mit viel Eis und Mineralwasser?«

Er reichte Jean-Pierre ein Glas und nahm seufzend ihm gegenüber Platz. Die beiden Freunde tranken schweigend. Der Alkohol übte auf Christopher eine beruhigende Wirkung aus.

»Deine Frau ist bestimmt wütend auf mich, Jean-Pierre«, sagte er zerknirscht. »Ich glaube, ich habe ihr am Telefon nicht einmal ›Guten Tag‹ gesagt ... Du hast in deinem gemütlichen Heim den Urlaub genossen ... und ich habe dich ...«

»Nun hör aber auf ... Unsere Freundschaft ist mir heilig!« erklärte Jean-Pierre pathetisch. »Also, Chris, was ist denn nun eigentlich los?«

Christophers Miene verdüsterte sich, er stand auf und goß sich eine ordentliche Portion Whisky ein. Mit dem Rücken zu Jean-Pierre sagte er tonlos:

»Clémentine ist Dianes Tochter ...«

Ein beklemmendes Schweigen trat ein.

Schließlich drehte sich Christopher nach seinem Freund um, der ihn völlig verständnislos anstarrte.

»Clémentine ist die Tochter von Diane Le Baratier«, erklärte Christopher gespielt sachlich, »die vor zwölf Jahren bei einem Autounfall ums Leben kam . . . zusammen mit ihrem Mann, dem Rechtsanwalt René Bonnet!«

Jean-Pierre stellte sein Glas ab. Uralte Erinnerungen erwachten in ihm.

»Aaaah . . . die kleine Diane, in die du damals ein bißchen verknallt warst . . . Mein Gott, wie lange das alles her ist! Sie ist also tot, die Ärmste . . . Wie traurig!« murmelte Jean-Pierre kopfschüttelnd.

Christopher sah seinen Freund bestürzt an.

»Aber begreifst du denn nicht?« schrie er mit einer vor Erregung schrillen Stimme. »Mein Gott, begreifst du denn nicht?«

»Oh . . . mein armer Chris!« rief Jean-Pierre teilnahmsvoll. »Hat dir diese Nachricht einen solchen Schock versetzt? Ich wußte gar nicht, daß Diane dir soviel bedeutet hat . . .«

Er stand auf und wollte seinem Freund tröstend eine Hand auf die Schulter legen. Christopher ließ sich erschöpft in einen Sessel fallen.

»O, ich kann nicht mehr . . . ich kann einfach nicht mehr . . . ich will fort von hier . . . ich will vergessen . . . vergessen . . . Das ist ein Alptraum . . .«

»Aber so beruhige dich doch, Chris . . . beruhige dich . . . du mußt Diane vergessen!« empfahl Jean-Pierre, besorgt über Christophers Verzweiflung.

»Du hast gut reden!« rief Christopher gereizt. »Mir wäre wesentlich mehr geholfen, wenn du dich erinnern könntest, wann genau ich damals von Paris abgereist bin!«

»Nun, ich habe im Flugzeug darüber nachgedacht«, erwiderte Jean-Pierre leicht verärgert. »Ich bin mir sicher, daß dein Vater um den 2. Juli herum eingetroffen ist . . .

Da hatte ich Geburtstag ... und wir haben dir zu Ehren eine Abschiedsparty veranstaltet ... Ich würde also sagen, am 3. oder 4. Juli ... Ja, jetzt fällt es mir wieder ein, du mußtest am Unabhängigkeitstag wieder in den Staaten sein ... am 6. Juli 1957 ... und ...«

Ein erstickter Schrei ließ ihn verstummen. Christopher schien mit seinen Nerven völlig am Ende zu sein.

»Ja, du hast recht ... so war's ... ich versuchte mir einzureden, daß ich schon im April abgereist bin ... oder spätestens im Mai ... du warst meine einzige Hoffnung ... meine einzige Hoffnung ... Allmächtiger Himmel!«

Christopher vergrub sein Gesicht in den Händen.

»Brauchst du vielleicht einen Arzt, Chris?« fragte Jean-Pierre und beugte sich besorgt vor.

Christopher packte ihn am Hemd.

»Und kannst du dich noch erinnern, wann ... wann! ... Diane diesen René Bonnet geheiratet hat?«

»Nun« – Jean-Pierre kratzte sich am Kopf – »ich glaube, das war ... hmm ... im September ... oder im Oktober 1957 ... Ich war zur Hochzeit eingeladen ... aber ich bin nicht hingegangen, weil ... nein, ich weiß es nicht mehr genau ... das alles ist schon so lange her!«

Christopher ließ seinen Freund los und brachte mit tragischer Miene hervor:

»Clémentine ist am 2. März 1958 geboren!«

»Aber ...«, stammelte Jean-Pierre, dem allmählich ein Licht aufging.

Christopher brachte ihn mit einer Geste zum Schweigen und zählte an seinen Fingern ab:

»Abschiedsparty also Anfang Juni ... das ergibt ... Juli – eins! ... August – zwei! ... September – drei! ... Oktober – vier! ... November – fünf! ... Dezember – sechs! ... Januar – sieben! ... Februar – acht! ... März –

neun . . . neun . . . begreifst du jetzt endlich? Genau neun Monate!«

»Aber . . .« – Jean-Pierre suchte verzweifelt nach einer Lösung – »wenn ihr nur ein einziges Mal . . .«

Christopher warf sich aufs Bett.

»Diane und ich schliefen damals seit einem Monat miteinander . . .«

Er verschränkte die Arme im Nacken und starrte an die Decke.

»Mein Gott! Du lieber Himmel!« murmelte Jean-Pierre ganz benommen. »Dann wäre Clémentine also deine . . .«

11

In der Ferne bewegte sich etwas am Strand entlang. Christopher kniff die Augen zusammen. Trotz der Sonnenreflexe auf den Felsen erkannte er die Gruppe der Reiter.

»Sie müssen noch den kleinen Fluß durchqueren, aber sie werden bald hier sein ... Wenn Clémentine uns sieht, sollten wir uns ganz natürlich benehmen.«

Während Christopher seinem Freund diesen Rat gab, zupfte er nervös an seinem Schnurrbart.

»Du hast mir noch nicht erzählt, wie sie diese Sache aufgenommen hat.«

Christopher starrte Jean-Pierre völlig entgeistert an.

»Bist du verrückt? Sie weiß natürlich nichts davon!«

»Aber sie muß doch gemerkt haben, daß du dich ihr gegenüber plötzlich anders benimmst?« beharrte Jean-Pierre.

Christophers Miene verdüsterte sich.

»Das ist ja das Schlimme ... Sie leidet unter meinem Verhalten, und das geht mir wahnsinnig an die Nieren, aber ich kann ihr doch nichts von dieser Katastrophe sagen ... Deshalb muß ich ja unbedingt abreisen, Jean-Pierre! Nun ja, morgen um diese Zeit wird alles geregelt sein ...«

Jean-Pierre warf seinem Freund einen forschenden Blick zu. Geregelt! Er hätte es nie für möglich gehalten, daß der kühle und vernünftige Christopher Bergman so völlig niedergeschmettert sein könnte.

Christopher bückte sich, hob eine perlmuttschimmernde Muschel auf und krempelte seine Hosenbeine hoch. Als er sich wieder aufrichtete, durchquerten die Reiter gerade das Flüßchen. Er konnte Clémentine noch nicht in der Gruppe ausfindig machen, deren lautes Lachen und fröhliches Rufen jetzt zu hören war. Nach einem tiefen Atemzug stapfte er weiter durch den feuchten Sand.

»Aber meinst du nicht, mein Lieber«, sagte Jean-Pierre, »daß Diane dir von ihrer Schwangerschaft erzählt hätte?«

Christopher schüttelte den Kopf.

»Sie hatte vermutlich selbst noch nichts gewußt, als ich in die USA zurückflog . . .«

»Aber sie hätte dir doch bestimmt nach Philadelphia geschrieben oder sonst irgendwie Kontakt mit dir aufgenommen«, beharrte Jean-Pierre.

Unter dem Ansturm der Erinnerungen schloß Christopher einen Moment lang die Augen, bevor er gestand:

»Ich war damals ein junger Flegel . . . ein rücksichtsloser Kerl . . . und das ist noch sehr milde ausgedrückt . . . Diane hatte vorgeschlagen, daß wir heiraten sollten . . . aber mit meinen 22 Jahren lag mir jeder Gedanke an eine Heirat völlig fern . . . Ich wollte Diane als Freundin, weiter nichts . . . Nur ja keine Verpflichtungen übernehmen! Am letzten Abend haben wir uns heftig gestritten, und ich bin mit meinem Vater in die Staaten zurückgeflogen, ohne sie noch einmal gesehen zu haben . . . Später hatte ich Gewissensbisse, und ich habe ihr zweimal geschrieben und ihr vorgeschlagen, sie solle die Weinachtsferien in Amerika verbringen . . . Sie hat nicht geantwortet . . . ich habe nie wieder etwas von ihr gehört . . . nicht . . . Nein, Jean-Pierre, sie muß furchtbar enttäuscht von mir gewesen sein und es vorgezogen haben, René Bonnet zu heiraten, als sie erfuhr, daß sie schwanger war.«

Christopher verstummte. Jean-Pierre lief mit den Händen in den Taschen schweigend neben ihm her. Möwen flogen kreischend über sie hinweg. Christopher hob den Kopf und schaute ihnen nach, dann richtete er seinen Blick wieder auf die Reiter, die inzwischen die roten Felsen des Kaps erreicht hatten.

Jetzt konnten Christopher und Jean-Pierre Clémentine erkennen. Ihre langen braunen Haare kamen unter einem mexikanischen Hut hervor. Sie ritt wieder neben Le Sauvage, an der Spitze der Gruppe.

»Trotzdem sind das alles doch nur Vermutungen, Chris! Du hast keinerlei Beweise. Wenn sie wenigstens blond wäre wie du, oder wenn sie dir sonst irgendwie ähnlich sähe . . . Aber das ist nicht der Fall!« sagte Jean-Pierre plötzlich und senkte unwillkürlich die Stimme, obwohl die Reiter noch ein ganzes Stück entfernt waren.

»Das stimmt . . . Aber wenn du alles wüßtest, was mir immer wieder im Kopf herumgeht . . . Mir fallen immer mehr Dinge ein, die mich bisher nur amüsiert hatten . . . Hör zu . . . erstens ist sie Linkshänderin wie ich!« begann Christopher düster aufzuzählen.

»Oh, die Welt ist voll von Linkshändern!« wandte Jean-Pierre ein.

Christopher machte eine gereizte Geste und fuhr nervös fort:

»Sie hat sieben Sommersprossen auf der Nase . . . wie ich! Ihre großen Zehen sind viel länger als die übrigen Zehen . . . Schau mal, wie bei mir! Sie knabbert an ihren Knien . . . wie ich!«

»Du knabberst an deinen Knien?« fragte Jean-Pierre überrascht.

»Früher habe ich es einmal getan«, erwiderte Christopher würdevoll, »aber das ist noch nicht alles . . . Sie hat mir erzählt, daß sie nach dem Unfall ein Jahr lang gestottert hat . . . Nun, ich selbst habe auch gestottert, bis ich zwölf war . . . Und dann sind da auch noch die Initialen C. B. – Clémentine Bonnet, Christopher Bergman . . . So als hätte Diane das absichtlich gemacht . . .«

»Hmmm . . .« – Jean-Pierre schien von diesen Argumenten nicht allzu überzeugt zu sein. »Ehrlich gesagt,

Beweise sind das alles nicht ... und die Sache mit den Initialen ist doch totaler Humbug!«

Die Reiter waren höchstens noch dreihundert Meter entfernt, und Christopher konnte an Clémentines Gesicht ablesen, daß sie sich mit Le Sauvage glänzend amüsierte. Sie lachte ihn an und schien Christopher und Jean-Pierre noch nicht entdeckt zu haben, obwol die beiden Männergestalten am Strand eigentlich unübersehbar waren.

»Ich werde dir etwas anvertrauen, was ich bisher nicht einmal mir selbst gegenüber eingestehen wollte«, murmelte Christopher. »Weißt du, Jean-Pierre, ich hatte mir geschworen, mich nie wieder gefühlsmäßig an eine Frau zu binden ... Und nun, seit ich Clémentine kenne ... es war ein richtiger Schock für mich ... Aber noch bevor ich sie kennenlernte, war sie mir schon einmal aufgefallen, als sie auf ihrem roten Motorrad an mir vorbeibrauste ... Jean-Pierre, wie soll ich dir das nur erklären? Vielleicht bin ich total übergeschnappt ... Ich habe bisher nie an Vorzeichen und solche Dinge geglaubt, aber heute bin ich mir sicher, daß das eine Warnung des Schicksals war ... daß es mir ›Halt‹ zurufen wollte ... ›Achtung!‹ ... Ja, Jean-Pierre, ich hatte eine gewisse warnende Vorahnung ...«

Christophers Stimme schwankte.

»Aber das alles kommt doch ganz einfach daher, weil du wenig Erfahrung mit Gefühlen hast, weil du sentimentale Anwandlungen stets unterdrücken wolltest. Und diesmal hat die Liebe dich eben wie ein Blitz aus heiterem Himmel getroffen!« versuchte Jean-Pierre zu scherzen.

›Oder es war die Stimme des Blutes!‹ dachte Christopher verzweifelt, wagte aber nicht, es laut auszusprechen.

Er zuckte zusammen. Clémentines schallendes Lachen übertönte sogar das Wiehern der Pferde.

»Weißt du, Chris«, fuhr Jean-Pierre in belehrendem Ton fort, »man sollte endlich der Tatsache ins Auge sehen, daß jeder Mann in einer Frau seine eigene Mutter, seine Tochter und seine Geliebte wiederzufinden hofft!«

Christopher hätte von Jean-Pierre alles andere eher erwartet als solche Freud'schen Theorien.

»Wo hast du das denn her?«

Mit bescheidener Miene erklärte Jean-Pierre:

»Ich höre fast jeden Tag die Sendung von Ménie Grégoire im R.T.L. Das ist hochinteressant, man lernt unglaublich viel über sich, über unser Ich, unser Über-Ich, über die inzestuösen und bisexuellen Instinkte, die wir offenbar alle in uns haben, mehr oder weniger verdrängt . . .«

Christopher mußte unwillkürlich lächeln.

»Ich schwöre dir, mein Lieber, daß ich noch nie den Wunsch verspürt habe, mit dir zu schlafen!«

»Das mag ja stimmen«, entgegnete Jean-Pierre, »aber jedenfalls bleibst du auf einen ganz bestimmten Frauentyp fixiert, denn wenn Clémentine vielleicht auch nicht deine Tochter ist, so ist sie doch Dianes Tochter, und es war dein instinktives Über-Ich, das dein Verhalten diktiert hat.«

Die Reiter waren nur noch dreißig Meter entfernt. Clémentine rief vergnügt:

»O ja, einverstanden . . . morgen reiten wir wieder!«

Christopher trat instinktiv näher an Jean-Pierre heran.

»Laß mich auf gar keinen Fall mit ihr allein! Und paß auf, was du sagst . . . sie hat eine gute Kombinationsgabe . . .«

Jean-Pierre betrachtete Clémentine aufmerksam.

»Sie sieht dir wirklich überhaupt nicht ähnlich!« flüsterte er Christopher zu.

»Zu liebenswürdig . . .«

Seinen trockenen Humor hatte Christopher immerhin noch nicht ganz eingebüßt. Er ging auf die Reiter zu, und Jean-Pierre blieb ihm weisungsgemäß dicht auf den Fersen.

»Na, war's ein schöner Ausflug?« erkundigte sich Christopher mit gespielter Ungezwungenheit.

Clémentine drehte den Kopf und tat so, als sähe sie Christopher und seinen Freund erst jetzt.

»Oh, was für eine Überraschung . . . na sowas . . . Jean-Pierre d'Orval hier . . .«

»Ja . . . ja, ich bin's wirklich . . . ja . . .«

Lachend strich sich Clémentine mit einer anmutigen Geste, die Christopher wohlvertraut war, ihre zerzausten Haare zurück und wandte sich wieder Le Sauvage zu:

»Könntest du ein Engel sein und mein Pferd in den Stall bringen?« fragte sie mit kokettem Augenaufschlag.

»Na klar, meine Süße!«

»Danke, Le Sauvage . . . Es war wirklich ein toller Ausflug . . . Ciao . . .«

Clémentine winkte den anderen Reitern zu.

»Du warst eine tolle Stimmungskanone, Clémentine!«

»Wir treffen uns dann am Swimmingpool!«

»Bis heute abend, Cléclé!« rief Le Sauvage mit einem zufriedenen Lächeln.

Cléclé! Christopher verspürte immer stärker das Bedürfnis, diesem Grünschnabel die Fresse zu polieren. Er ballte die Fäuste, lächelte dabei aber gezwungen dem Apotheker aus Dijon zu, um vor den Urlaubern sein Gesicht zu wahren.

»Könntest du mir helfen?« fragte Clémentine ihn kühl.

Christopher legte wortlos seine Hände um ihre Taille. Für den Bruchteil einer Sekunde kreuzten sich ihre Blicke. Clémentines Pupillen waren fast schwarz. Christopher wandte seine Augen ab und setzte Clémentine in den Sand ab. Sie streckte Jean-Pierre die Hand hin.

»Also, guten Tag, Jean-Pierre!«

Sie blickte ihm direkt in die Augen.

»Guten Tag, Clémentine ... oder vielmehr ... guten Abend ... Na, haben Sie einen schönen Urlaub?« begann Jean-Pierre, sichtlich verwirrt von ihrem scharfen Blick. »Wie lustig, daß wir uns hier treffen ... So ein Zufall, nicht wahr? Wirklich ein toller Zufall ...«

Warum mußte sie ihn auch so ansehen? Jean-Pierre verhaspelte sich immer mehr.

»Ich bin hergekommen ... nun ja ... sozusagen ... ich bin gekommen, um ...«

»Um hier zu schwimmen!« unterbrach Clémentine sarkastisch sein Gestammel, drehte sich auf dem Absatz um und ging auf den Bungalow zu.

Jean-Pierre und Christopher starrten der hübschen schlanken Gestalt sprachlos nach.

»Weißt du, Chris ... vielleicht ist sie wirklich deine Tochter!« murmelte Jean-Pierre, als Clémentine sich weit genug entfernt hatte.

Christopher packte seinen Freund am Arm.

»Warum? Hast du plötzlich doch eine Ähnlichkeit entdeckt? So rede doch schon!«

Jean-Pierre nickte bedächtig.

»Diese Kleine hat deinen miesen Charakter!«

Es mußte etwa Mitternacht sein. Christopher hatte sich unter eine Tamariske am Rand des Swimmingpools zurückgezogen. Nur das glühende Ende seiner Zigarette in der Dunkelheit verriet, daß er hier in einem Rattansessel saß.

Das Abendessen war relativ erträglich verlaufen. Clémentine war ihm gegenüber von eisiger Höflichkeit gewesen, so in der Art von: ›Könntest du mir bitte das Salz reichen?‹ Die anderen Urlauber hatten so getan, als merkten sie nichts von der Verstimmung zwischen Christopher und Clémentine, und wie üblich war die allgemeine Stimmung sehr ausgelassen gewesen. Sogar Jean-Pierre hatte sich davon anstecken lassen und das Unglück seines Freundes völlig vergessen.

Angewidert von der ganzen Menschheit, hatte Christopher sich aus dem Nachtklub verdrückt. Von seinem Zufluchtsort hörte er die Musik, das Gelächter, das Stimmengewirr. Wenn er sich etwas vorbeugte, konnte er auf dem Tanzboden sogar Jean-Pierre sehen, der sich nach Herzenslust austobte.

»Willst du, oder willst du nicht? Sag, Mimi . . . Wenn du willst, will ich auch . . . Tralala, Mimi! Ho! Hi! Süße Mimi!«

»Ho! Hi! Süße Mimi!«

Die meisten ›charmanten Urlauber‹ brüllten im Chor und klatschten in die Hände, während sie im Halbkreis um Mimi und Jean-Pierre herumstanden. Jean-Pierre hatte nichts mehr von dem braven Familienvater und ergebenen Ehemann Madeleines an sich. Er trug jetzt ein afrikanisches Hemd und eine kanariengelbe Hose, beides vermutlich im Secondhandladen des Klubs erstanden; mit Blumengirlanden und Ohrringen geschmückt, hatte er sich offenbar den blödsinnigen Slogan des Klubs zu eigen gemacht und alle Sorgen schnell vergessen, um jetzt vor der blonden Animatrice Räder wie ein Pfau zu schlagen.

Was Clémentine betraf, so tanzte sie seit mindestens

einer Stunde eng umschlungen mit Le Sauvage! Christopher wandte seinen Blick von diesem ›ekelhaften Treiben‹ ab. Er hatte schon ganz vergessen, daß er sich noch vor kurzem ebenfalls ausgezeichnet amüsiert hatte. Wie konnte sich Jean-Pierre in seinem Alter nur so lächerlich aufführen!

Clémentine lachte drüben auf dem Tanzboden plötzlich laut auf. Viel zu laut! Christopher stieß einen tiefen Seufzer aus. Er hatte nicht daran gedacht, sich von Jean-Pierre den Schlüssel zu dessen Bungalow geben zu lassen, und nun mußte er hier herumsitzen und warten, bis sein Freund geruhen würde, seine alberne Vorstellung zu beenden. Allerdings hatte auch die Aussicht, neben Jean-Pierre schlafen zu müssen, nichts besonders Verlockendes an sich!

Christopher legte seine Beine auf ein niedriges Tischchen, lehnte seinen Kopf an die Sessellehne, schloß die Augen und hing seinen düsteren Gedanken nach.

»Man muß sich immer etwas wünschen!« hörte er plötzlich hinter sich eine Stimme.

Er drehte sich überrascht um.

»Pardon? Ach, du bist's! Guten Abend!«

Er hatte in der Dunkelheit die rundliche Gestalt und die goldgeränderte Brille seines Bungalownachbarn Gaston erkannt, der den Sternenhimmel betrachtete und offenbar glaubte, daß Christopher vorhin das gleiche getan hatte, denn er fuhr fort:

»In diesen Breitengraden sieht man viele Sternschnuppen. Ich gerate dabei immer ins Träumen wie ein kleiner Junge ... Woher diese Meteorite wohl kommen mögen? Das ist für mich ein schwindelerregender Gedanke ... wie das Mysterium des Lebens ... allen Lebens ... Kennst du das Sprichwort: ›Wer weiß schon, wo die Sternschnuppe vorbeifliegt‹?«

Unter anderen Umständen wäre Christopher über eine solche Störung wütend gewesen, aber an diesem Abend fühlte er sich so einsam, daß er direkt froh war, mit diesem fast Fremden Banalitäten austauschen zu können.

»Ich kenne diese Redewendung, aber mit einer Wildgans anstelle der Sternschnuppe . . .«

Er streckte Gaston seine Zigarettenschachtel hin.

»Danke . . .«

Im Schein des Feuerzeugs tauschten die beiden Männer einen flüchtigen Blick, dann hüllte die Dunkelheit sie wieder ein. Sie rauchten schweigend, in die Betrachtung des Sternenhimmels versunken. Schließlich murmelte Gaston:

»Das Traurigste an den Großstädten ist, daß wir dort das Sehen verlernen . . . und daß wir uns keine Zeit zum Leben mehr nehmen . . . Können wir das überhaupt noch – richtig lebendig sein?«

Christopher gab darauf keine Antwort. Im Nachtklub ging es jetzt noch lauter und ausgelassener zu. Jean-Pierre legte gerade eine Sarabande aufs Parkett – natürlich mit Mimi. Alle C. U. bildeten einen Kreis um das Paar und klatschten begeistert in die Hände.

»Dein Freund ist wirklich ein fröhlicher Bursche!« kommentierte Gaston, während er seine Zigarette mit dem Absatz austrat.

Christopher mußte unwillkürlich lächeln.

»Er hat noch niemals seine Frau betrogen«, erklärte er.

»So etwas kommt vor . . .«

Gaston begann sich plötzlich auszuziehen. Während er Hemd und Hose ablegte, fuhr er fort:

»Im allgemeinen geben die Männer das nur nicht gern zu . . . Weißt du, in meinem Beruf bekomme ich viele tolle Weiber zu sehen ... Aber auch ich habe meine Frau noch nie betrogen ...«

Völlig nackt, sprang Gaston in den Swimmingpool.

»Was für einen Beruf hast du denn?« erkundigte sich Christopher.

»Ich bin Arzt ... Gynäkologe ...«, erwiderte Gaston zwischen zwei Schwimmzügen.

Christopher legte hastig ebenfalls alle Kleidungsstücke ab und gesellte sich mit einem eleganten Kopfsprung zu seinem neuen Freund.

Das kühle Bad vermochte Christopher nicht zu beruhigen. Im Gegenteil, als er eine halbe Stunde später aus dem Pool stieg, war er in einem fiebrigen Zustand, so als litte er unter Malaria. Er hielt wortreiche Monologe, die er mit heftigen Gesten unterstrich. Mit nassen Haaren und schief zugeknöpftem Hemd machte er sich auf die Suche nach Jean-Pierre.

Sein Freund war nicht mehr im Nachtklub, Clémentine hingegen tanzte immer noch mit Le Sauvage.

Christopher wollte von ihnen nicht gesehen werden. Im Schutz einer großen Palme befragte er die dicke Lucienne, die ihm berichtete, daß Jean-Pierre sich mit Mimi in Richtung der Bootsanlegestelle entfernt habe. Christopher lief dorthin, konnte seinen Freund aber nirgends am Strand entdecken.

Gereizt wanderte er zu Jean-Pierres Bungalow hinauf und stellte erleichtert fest, daß dort Licht brannte. Ohne anzuklopfen, stürzte er hinein.

»Juheissasa! Noch ein Gläschen, meine Mimi!«

Jean-Pierre füllte zwei Sektkelche. Mit zerzausten Haaren, eine Blume hinter dem Ohr, reichte er einen davon Mimi, die lachend auf dem Bett lag.

Völlig unbeeindruckt von diesem Idyll, fuchtelte Christopher mit dem Zeigefinger vor Jean-Pierres Nase herum.

»Jean-Pierre, denk mal gründlich nach . . . Welche Augenfarbe hatte Diane?«

»Hmm . . . äh . . . äh . . .«, stammelte Jean-Pierre mit der Champagnerflasche in der Hand.

»Es ist von allergrößter Bedeutung!« drängte ihn Christopher.

»Hmmm . . . braun!« erklärte Jean-Pierre nach kurzem Überlegen.

Diese Antwort schien Christopher nicht zu befriedigen, denn er brüllte wie ein Wahnsinniger:

»Aber nein . . . nein . . . blau! Ich bin mir sicher, daß sie blaue Augen hatte!«

Jean-Pierre hatte keine Lust, mit ihm zu streiten. Er tat so, als dächte er angestrengt nach.

»Ja, du könntest recht haben . . . vielleicht hatte sie tatsächlich blaue Augen . . .«

Bei diesen Worten warf er Mimi einen Blick zu, der besagte: »Besser zu allem, was er behauptet, Ja und Amen sagen!«

Christopher beruhigte sich etwas und begann, im Zimmer auf und ab zu laufen.

»Hör zu, Jean Pierre, es ist ganz einfach . . . Nach den Mendelschen Vererbungsgesetzen entsteht bei der Befruchtung jeder beliebigen Fortpflanzungszelle durch eine Zelle mit braunem Gen ein Mensch mit braunen Augen . . . Kannst du mir folgen?«

»Aber ja!« versicherte Jean Pierre nicht ganz wahrheitsgemäß.

Ihm war allerdings völlig klar, daß dieser wissenschaftliche Vortrag möglicherweise noch einige Zeit in Anspruch nehmen würde, und da er Christopher nicht einfach hinausschmeißen konnte, setzte er sich wenigstens demonstrativ neben Mimi. Christopher starrte das Pärchen an, ohne es richtig wahrzunehmen, und fuhr erregt fort:

»Andererseits ... und jetzt kommt das Entscheidende ... wenn eine Zelle mit blauem Gen eine Zelle befruchtet, die nur ein blaues Chromosom enthält ... ergibt das blaue Augen! Clémentine hat braune Augen, und ich habe blaue Augen ... Wenn Diane blaue Augen hatte, muß René Bonnet braune Augen gehabt haben! ... Ah, mein lieber Jean-Pierre ... begreifst du ... begreifst du, was das bedeutet?«

Christopher ließ sich zwischen Jean-Pierre und Mimi auf das Bett fallen, klopfte ihnen begeistert auf die Schenkel und war sichtlich blind für die Tatsache, daß seine Anwesenheit die Pläne seines Freundes empfindlich störte. Jean-Pierre beteuerte im Brustton der Überzeugung:

»Ich freue mich sehr für dich ... glaub mir ... das freut mich wahnsinnig ...«

Er legte Christopher freundlich den Arm um die Schultern und führte ihn dezent zur Tür, wobei er sanft auf ihn einredete:

»Weißt du, je länger ich darüber nachdenke, Chris, desto sicherer bin ich, daß Diane blaue Augen hatte ... strahlend blaue Augen ... Aber du mußt heute abend völlig erschöpft sein ... Geh jetzt schlafen ... Morgen wirst du alles viel klarer beurteilen können ...«

Christopher ließ sich gefügig ins Freie schieben. Jean-Pierre schloß rasch die Tür und eilte freudig erregt auf das Bett zu.

»Hurra! Auf uns beide, meine Mimi!«

Die Tür wurde wieder aufgerissen, und Christopher steckte seinen Kopf ins Zimmer.

»Ich möchte mich bei dir bedanken ... Weißt du, du

hast mir enorm geholfen, Jean-Pierre . . . Ein wahres Glück, daß du mir zu Hilfe geeilt bist. Man muß eben jemanden haben, mit dem man reden kann, dann . . .«

Er verstummte abrupt. Ihm war endlich zu Bewußtsein gekommen, daß sein Freund auf dem Bett nicht allein war.

»Oh . . . ich will euch nicht weiter stören«, murmelte er verlegen und zog sich auf Zehenspitzen zurück. »Gute Nacht, ihr beiden!«

Der Mond tauchte die Insel in zartes bläuliches Licht.

Christopher holte tief Luft. Ihm war eine zentnerschwere Last von der Seele gefallen.

Nach kurzem Nachdenken lief er in Richtung Nachtklub. Er sah mit einem Blick, daß Clémentine nicht unter den wenigen Tänzern war.

Aber natürlich! Sie war längst nach Hause gegangen und wartete bestimmt sehnlichst auf ihn . . . die arme Kleine! Die letzten Tage mußten auch für sie schrecklich gewesen sein. Christopher eilte auf den Bungalow zu.

Auf der Terrasse war alles dunkel. Christopher zögerte kurz. Sie schlief offenbar schon. Am vernünftigsten wäre es wohl, die Situation erst am nächsten Morgen zu klären, aber dazu war seine Ungeduld viel zu groß.

Er schlich auf Zehenspitzen ins Zimmer. Von einer bangen Vorahnung gepackt, schaltete er die Nachttischlampe ein.

Der Bungalow war leer.

12

Christopher suchte die ganze Ferienanlage nach Clémentine ab. Er ließ weder den Strand noch die Kiefernwald noch die Bootsanlegestelle aus, ja er stattete sogar dem Bungalow des jungen Animateurs einen vergeblichen Besuch ab. Enttäuscht, verärgert und todmüde kehrte er schließlich an seinen Ausgangspunkt zurück.

Er ließ sich in den Liegestuhl auf der Terrasse fallen. Es wurde ein Uhr ... zwei Uhr nachts. Wo mochte sie nur sein? Wollte sie sich rächen? Düstere Gedanken quälten Christopher.

Plötzlich hörte er leichte Schritte auf dem Kieselpfad. Er setzte sich abrupt auf. Ein leiser Schrei ertönte.

»Oh, du hast mich erschreckt ... Ich hatte dich nicht gesehen!«

Clémentine betrat die Terrasse. Ihre langen Haare waren tropfnaß. Sie hatte ein Badetuch um ihren Körper geschlungen. Ihr Kleid und ihre Sandalen trug sie in der Hand.

»Ich warte seit zwei Stunden auf dich!« sagte Christopher sanft, aber doch mit leichtem Vorwurf.

»Und ich seit zwei Tagen!« erwiderte Clémentine aggressiv.

Sie hängte ihr Kleid über die Balustrade und wrang ihre Haare aus, ohne Christopher auch nur einen Blick zu gönnen.

»Ich habe dich gesucht ... Wo warst du?« erkundigte sich Christopher, immer noch sehr freundlich.

Ein eisiger Blick belehrte ihn darüber, daß seine Frage völlig unangebracht war. Clémentine schritt würdevoll an ihm vorbei, ließ sich dann aber doch dazu herab, ihm über die Schulter hinweg mit triumphierender Miene zu antworten:

»Le Sauvage und ich ... wir haben ein kleines Mitternachtsbad im Meer genommen ... nackt!«

Nach diesem Giftpfeil verschwand sie im Bungalow, wo sie die Deckenlampe einschaltete. Christopher ballte wütend die Fäuste. Diese Kanaille! Sie hatte sich wirklich schnell getröstet. Er hob seine Stimme:

»Von Unfällen hast du wohl noch nie etwas gehört, Clémentine?«

Sie lachte höhnisch auf.

»O doch! Es war einmal ein böser menschenfressender Hai ...«

Das war nun wirklich zu viel! Christopher stürzte ins Zimmer.

»Ich verbiete dir ... hörst du ... ich verbiete dir, mit diesem kleinen Kretin zu baden, der ...«

Christopher verstummte mitten im Satz. Clémentine hatte das Badetuch auf den Boden fallen gelassen.

Er konnte seinen Blick nicht von ihrem hinreißenden nackten Körper abwenden, von diesen Apfelbrüsten, dem flachen Bauch, den langen schlanken Beinen ...

»Du verbietest es mir ... na sowas ... du willst mir etwas verbieten? Höchst interessant!«

Mit einer anmutigen Geste hob sie die Arme, streifte eine durchsichtige rote ›Djellaba‹ über und begann ihre Haare zu bürsten.

Christopher verschlang sie mit Blicken, wandte sich jedoch rasch ab, als er bemerkte, daß sie ihn aus den Augenwinkeln beobachtete, und trat den Rückzug auf die Terrasse an.

Die Rollen waren plötzlich vertauscht ... Jetzt war es Clémentine, die Christopher nicht aus den Augen ließ. Sie steckte ihre nassen Haare auf, machte einige zögernde Schritte in Richtung Terrasse und erklärte mit sanfter Stimme:

»Ich habe nicht mit ihm geschlafen, Chris . . .«

»Da hast du ja wirklich eine Heldentat vollbracht!« knurrte Christopher zwischen den Zähnen hindurch.

Clémentine wollte patzig entgegnen, Le Sauvage sei bestimmt ein phantastischer Liebhaber, als ihr gerade noch rechtzeitig einfiel, daß Christophers schlechte Laune ein gutes Zeichen war, daß jetzt vielleicht der richtige Zeitpunkt für eine Versöhnung sein könnte.

Sie lehnte sich neben Christopher an die Terrassenbrüstung. Er wandte sich ihr nicht zu, aber wenigstens rückte er auch nicht von ihr ab. Sie nagte an ihren Lippen und suchte nach einem unverfänglichen Gesprächsthema.

»Wie schön, daß dein Freund Jean-Pierre hergekommen ist . . .«

Sie legte ihre Finger behutsam auf Christophers Handgelenk. Er ließ sie gewähren. Ermutigt hob Clémentine den Kopf. Ein geradezu engelhaftes Lächeln verklärte ihr Gesicht.

»Er ist wirklich sehr nett . . . Jean-Pierre, meine ich«, fuhr sie fort.

»Ja, ja, sehr nett . . . sehr schön, daß er hier ist . . .«

Christopher war mit den Gedanken offensichtlich ganz woanders. Plötzlich legte er seinen Arm um Clémentines Schultern. Schweigend standen sie dicht beieinander, zur Versöhnung bereit.

›Ich bin charakterlos . . . Nachdem der Herr gute Laune zu haben geruht, braucht er nur zu pfeifen, und ich komme angekrochen wie ein Hündchen . . . gräßlich!‹ dachte Clémentine.

Aber sie konnte einfach nicht anders, sie legte mit einem glücklichen Seufzer ihren Kopf auf Christophers Schulter.

Chris . . . Christophe . . . Christopher . . . Chris . . .!

»Oh, hast du das gesehen?« rief sie plötzlich. »Eine Sternschnuppe! In Paris gibt es nie welche . . .«

»O doch, es gibt sie auch dort, aber wir sehen sie in der Großstadt nicht«, murmelte Christopher, bis ins Innerste aufgewühlt. Sein Mund berührte ihre Schläfe.

»Ich habe mir etwas gewünscht . . . du hoffentlich auch, Chris!«

Sie stellte sich auf die Zehenspitzen und begann Christophers Gesicht mit Küssen zu bedecken. Er tat es ihr nach, drückte seine Lippen aufs Geratewohl auf ihre Wangen, ihren Mundwinkel, ihre Lider, ihre Stirn, ihre Ohren. Es fiel ihm immer schwerer, sein Begehren unter Kontrolle zu halten, und hauptsächlich, um den Aufruhr seiner Gefühle etwas zu dämpfen, murmelte er ganz beiläufig:

»Jean-Pierre glaubt, deine Mutter gekannt zu haben . . . ein junges Mädchen namens Diane Le Bartier . . . blond, mit blauen Augen . . . strahlend blauen Augen . . .«

Diese Erkundigung war für ihn nur noch eine reine Formalität, die kaum der Bestätigung bedurfte.

Clémentines Lippen glitten über seinen Hals, während sie antwortete:

»Nein . . . das kann nicht Mama gewesen sein . . . sie hatte braune Augen . . . dunkelbraune Augen . . . wie ich . . .«

Christopher hatte das Gefühl, einen heftigen Schlag in die Magengrube bekommen zu haben. Er wollte sich von Clémentine lösen, aber sie hielt ihn mit beiden Armen fest umschlungen und begleitete ihre Auskünfte mit zärtlichen Küssen:

»Papa hatte blaue Augen . . . wie du . . . wunderschöne blaue Augen . . . Chris . . . Chris . . . Chris . . . du begehrst mich, Chris . . . du liebst mich . . . ich liebe dich, Chris . . . komm!«

Christopher betrachtete dieses schöne junge Geschöpf, das ihm mit geschlossenen Augen den Mund darbot und vor Leidenschaft zitterte.

Woher sollte er die Kraft nehmen, diesem Lockruf zu widerstehen? Die Versuchung war übermächtig ...

Ach, zum Teufel mit den braunen Augen! Christopher ließ sich von ihr ins Zimmer ziehen, umarmte sie, erwiderte ihre Küsse, drückte sie immer fester an sich. Eng umschlungen, fielen sie aufs Bett. Sie knöpfte fieberhaft sein Hemd auf, öffnete seine Hose. Er schob die durchsichtige Djellaba hoch, streichelte ihren Körper ... Sie wölbte sich ihm erwartungsvoll entgegen, zur Hingabe bereit ...

Eine Schiffssirene zerriß jäh die Stille der Nacht.

Christopher kam schlagartig zur Besinnung. Ein lautes Stöhnen entrang sich seiner Brust, er riß sich mit verzerrtem Gesicht von Clémentine los, sprang aus dem Bett und stammelte mühsam:

»Schlaf jetzt ... Bis morgen, Clémentine ...«

Er ballte seine plötzlich eiskalten Hände zu Fäusten und wollte auf die Terrasse flüchten. Schon nach wenigen Schritten ließ ihn ein herzzerreißender Schrei auf dem Absatz herumwirbeln.

Clémentine kniete auf dem Bett und kreischte wie eine Wahnsinnige.

»Hör auf! So hör doch auf!« rief Christopher.

Er stürzte zu ihr hin und hielt ihr den Mund zu, schrie auf und riß seine Hand zurück. Außer sich vor Wut, hatte sie ihn mit aller Kraft gebissen und setzte ihr markerschütterndes Gebrüll fort.

»Um Himmels willen, hör auf!«

Christopher packte sie bei den Schultern und schüttelte sie. Clémentine schlug wild um sich, während sie hysterisch kreischte:

»Du Dreckskerl . . . du gemeiner Schuft . . .«

Christopher konnte sich nur allzu gut vorstellen, wie Gaston und Bernadette nebenan erschrocken aus dem Schlaf fuhren.

»Hör auf . . . ich liebe dich ja . . . ich liebe dich!« rief er beschwörend.

Clémentine verstummte abrupt und starrte ihn mit weit aufgerissenen Augen an.

»Ich liebe dich wie eine kleine Schwester«, korrigierte sich Christopher.

Eine schallende Ohrfeige war die Antwort.

»Ich bin nicht deine Schwester!« schrie Clémentine und stürzte sich wie eine Furie auf ihn. Es gelang ihm schließlich, ihre Arme mit eisernem Griff an ihren Oberkörper zu pressen, damit sie ihn nicht wie eine Raubkatze kratzen und ihm die Haare ausreißen konnte; dafür trat sie nun wild nach ihm, und er hatte alle Mühe, dieses rasende Geschöpf festzuhalten, dessen Schreie durch die Stille der Nacht gellten:

»Ich bin nicht deine Schwester, hörst du! Ich bin nicht deine Schwester . . . Ich will, daß du mit mir schläfst . . . Hast du gehört, ich will, daß du mit mir schläfst . . . ich will, daß du mit mir schläfst . . .«

Er war überzeugt davon, daß nicht nur er es hörte, sondern mit ihm die ganze Insel.

»Aber das kann ich nicht . . . ich kann nicht . . . ich kann nicht!« schrie er.

Sie entwand sich plötzlich seiner Umklammerung, sprang vom Bett und rannte auf die Terrasse zu.

»Komm zurück, Clémentine!« brüllte Christopher. »Komm sofort zurück, hörst du . . . Scheiße!«

Seine Füße hatten sich im Leintuch verfangen, und er stürzte auf die Fliesen. Bis er wieder auf den Beinen war, hatte Clémentine einen Vorsprung gewonnen und rannte in ihrer beim Kampf zerrissenen Djellaba den von Orangenbäumen gesäumten Pfad hinab.

Leicht humpelnd nahm Christopher ihre Verfolgung auf.

»Ich befehle dir zurückzukommen, Clémentine ... Komm sofort zurück ... Um Himmels willen, komm zurück ...«

Über der Insel graute der Morgen, und Christopher sah im vorbeirennen Gaston und Bernadette mit entsetzten Gesichtern auf der Terrasse ihres Bungalows stehen.

Clémentine war schon am Strand, aber allmählich gelang es Christopher, ihren Vorsprung zu verkleinern.

»Da bin ich ... da bin ich ... ich komme ... ich komme!« kreischte Clémentine beim Laufen.

»Bleib sofort stehen! Komm zurück!« brüllte Christopher.

In den Bungalows am Meer wurden Vorhänge zur Seite geschoben, Fenster geöffnet, Köpfe neugierig herausgestreckt.

Am Ende des Strandes, vor dem letzten Bungalow, blieb Clémentine keuchend stehen, legte ihre Hände trichterförmig an den Mund und schrie noch lauter als bisher:

»Wach auf, Le Sauvage! Wach auf! Ich komme zu dir ... zu dir! Nimm mich ... nimm mich!«

Le Sauvage tauchte, nur mit einer Badehose bekleidet, auf der Terrasse seines Bungalows auf. Er rieb sich verschlafen die Augen, und noch bevor er die Situation verstand, war Christopher zur Stelle, packte Clémentine und zog sie trotz ihrer heftigen Proteste mit sich. Sie verschwanden hinter einem Felsen.

»Nein ... nein ... laß mich los!«

»Sobald du dich beruhigt hast . . .«

»Laß mich los . . . ich hasse dich . . . ich hasse dich . . . ich hasse dich . . . laß mich los . . .«

Sie kratzte und spuckte, aber allmählich erlahmte ihr Widerstand, und sie brach in Tränen aus. Schluchzend stammelte sie:

»Warum . . . warum hast du mich glauben lassen, daß du mich liebst? Warum? Das war gemein . . . Warum hast du das getan?«

Das war die einzige Frage, auf die Christopher ihr keine Antwort geben konnte. Nur unter Aufbietung aller Willenskraft gelang es ihm, sie nicht in die Arme zu schließen. Er wischte ihr die Tränen von den Augen und redete besänftigend auf sie ein:

»Na, na . . . beruhige dich . . . beruhige dich, Clémentine . . . So ist es besser . . . Du hast mich vorhin falsch verstanden . . . Weißt du, der Altersunterschied zwischen uns ist einfach zu groß . . . Du bist noch so jung . . . du brauchst junge Männer . . . Männer deines Alters . . . Ich liebe dich . . . auf meine Weise . . . doch, glaub mir, ich liebe dich . . . Aber . . . aber ich weiß nicht, ob ich dir geben könnte, was du willst . . . was du brauchst . . . Beruhige dich, mein Kleines . . .«

Seine sanfte, zärtliche Stimme verfehlte nicht ihre Wirkung auf Clémentine, deren verzweifelter Zorn einer tiefen Erschöpfung wich.

»So ist's gut . . . komm jetzt, mein Kleines . . .«

Christopher zog sie hoch und legte ihr seine Hände auf die Schultern.

»Komm . . . weißt du, ich . . . ich muß abreisen . . . Es geht nicht anders, aber du wirst sehen . . . du wirst dich mit den anderen amüsieren . . . Wir müssen beide ganz vernünftig sein . . . und du mußt jetzt schnell ins Bett . . .«

Als sie ihn von seiner Abreise sprechen hörte, begriff sie, daß alles aus war. Sie wollte etwas sagen, aber nur ein Schluchzen entrang sich ihrer Brust.

Christopher wandte den Kopf zur Seite und betrachtete die rote Sonne, die am Horizont emporstieg.

In seinen blauen Augen standen Tränen. Da hatte sich nun eine Wildgans wie durch ein Wunder vertrauensvoll auf seiner Schulter niedergelassen, und ihm blieb keine andere Wahl, als sie zu verscheuchen, auch wenn es ihm fast das Herz brach! Er mußte abreisen . . . er mußte fort von hier . . . weit fort . . . allein . . .

Das Wasserflugzeug glitt wie ein großer weißer Vogel über die Wellen und gewann nur langsam an Höhe, so als fiele es auch ihm schwer, diese Insel zu verlassen.

Christopher blickte zum einzigen Fenster der kleinen Passagierkabine hinaus. Die Bucht blieb nun rasch zurück, aber er bildete sich ein, Clémentine immer noch am Bootssteg sitzen sehen zu können . . .

Als er ins Flugzeug gestiegen war, hatte sie ihm keinen Blick gegönnt, sondern demonstrativ mit Le Sauvage und einigen anderen jungen Leuten gescherzt und gelacht, während sie sich zum Wasserskilaufen fertigmachte.

Obwohl diese Szene Christopher einen Stich versetzt hatte, war er doch froh, daß Clémentine ihre Fassung zurückgewonnen hatte.

Er kniff die Augen zusammen. In dem Boot, das unten auf den Wellen schaukelte, mußten Jean-Pierre und Mimi sitzen.

Christopher stieß einen tiefen Seufzer aus. Es beruhigte ihn ein wenig, daß sein Freund beschlossen hatte, auf der Insel zu bleiben. Er hatte noch seine Worte in den Ohren:

»Mach dir doch nicht solche Sorgen, Chris! Mimi und ich, wir werden uns um sie kümmern ... Weißt du, mein Lieber, Clémentine ist jung ... Hauptsächlich leidet sie, weil ihr Stolz verletzt ist ... Aber so etwas vergeht schnell ... Du wirst sehen, wenn ich am 14. zurückfliege, ist sie schon wieder ganz vergnügt und munter ... Ich kenne doch die jungen Mädchen von heute ... diese Generation, die mit der Pille aufgewachsen ist, hält nichts von sentimentalen Gefühlen ... Also, vergiß die ganze Sache, fahr nach Italien und mach dir noch einen schönen Urlaub ...«

Bevor Christopher ins Flugzeug gestiegen war, hatte Jean-Pierre ihm dann noch ins Ohr geflüstert:

»Sei so nett und ruf Madeleine an ... Erfind irgendeine Geschichte, warum ich länger wegbleibe ... Sag ihr, es ginge einfach nicht anders, ich hätte einen sehr wichtigen Klienten getroffen, der mich zu sich eingeladen hat ... Oder irgendwas in dieser Art ... Aber du darfst Mimi auf gar keinen Fall erwähnen ... Na ja, ich weiß, daß ich mich auf dich verlassen kann ... Ciao, mein lieber Chris ...«

Das Flugzeug wendete, und statt der Insel waren nur noch weiße Schäfchenwolken und die Schaumkronen auf dem Meer zu sehen.

»Es heißt, daß es auf dieser Insel von tollen Weibern nur so wimmelt ...«

Christopher zuckte zusammen. Ein Unteroffizier der Luftwaffe hatte sich neben ihn gesetzt und fragte neugierig:

»Stimmt dieser alberne Slogan, daß man in dem Klub des Glückes alle Sorgen vergißt?«

Christopher konnte sich nicht zu einer Antwort aufraffen, sondern brachte nur ein verzerrtes Lächeln zustande.

Zwei junge Fallschirmspringer stapelten leere Impfstoffkisten auf. Der Unteroffizier stand, enttäuscht über Christophers Schweigen, auf und half ihnen bei der Arbeit.

Christopher schloß die Augen, hörte nur noch das Dröhnen der Motoren und verlor jedes Zeitgefühl.

»Es tut mir sehr leid, Monsieur Bergman . . .«

Er öffnete verwirrt die Augen. Der Pilot hatte seinen Kopf aus dem Cockpit herausgestreckt.

»Ich habe Funkkontakt mit dem Kontrollturm. Wir können nicht in Toulon landen . . . an der Küste tobt ein heftiger Sturm . . . Wir müssen nach . . .«

Christopher verstand den Namen nicht, aber es war ihm auch völlig egal, wohin sie fliegen würden . . . und wenn es in die Hölle wäre!

Was würde das schon für Christopher Bergman ändern? Nichts . . . Für ihn konnte sich nie mehr etwas ändern . . .

Doch, ein Sturm!

Das Flugzeug geriet in ein Luftloch, sackte etwas ab, fing sich wieder, schwankte . . .

»Nehmen Sie Ihre Plätze ein und schnallen Sie sich an!« warnte der Pilot.

Christopher lehnte den Kopf an die Flugzeugwand.

Das Metall vibrierte. Ohrenbetäubender Donner krachte. Ein greller Blitz zuckte scheinbar in nächster Nähe.

Christopher war plötzlich von der tröstlichen Gewißheit erfüllt, daß das Flugzeug ins Meer stürzen würde.

TEIL 3

Der grüne Zug

13

180 ... 190 ... 200 ...

Christopher braust in seinem BMW dahin, ohne einen Fuß vom Gaspedal zu nehmen. Wolkenbruchartiger Regen prasselt gegen die Windschutzscheibe, und die Scheiberwischer können diese Sturzflut kaum bewältigen.

Christopher aber verlangsamt das Tempo trotzdem nicht. Die Scheinwerfer des Gegenverkehrs in Richtung Paris blenden ihn in regelmäßigen Abständen. Er wirft einen Blick auf das beleuchtete Armaturenbrett. Die Anzeige für den Benzinstand blinkt grün auf. Der Tank wird bald leer sein.

Christopher hält an einer großen Tankstelle.

»Volltanken!«

»Was für ein Wetter, um in Urlaub zu fahren!« sagt der Tankwart mitfühlend. »Seit heute morgen gießt es ununterbrochen!«

Seit heute morgen ...

Christopher schließt für einen Moment seine müden Augen, dann reißt er sich zusammen und steigt aus seinem Wagen.

»Wo ist hier bitte ein Telefon?«

»Dort drüben.«

Die Telefonzelle befindet sich im Innern der Tankstelle, zwischen einem Süßwarenstand und einem Regal mit Autozubehör.

Blind für seine Umgebung, wirft Christopher Münzen in den Apparat, wählt eine Nummer. Nach fünf- oder sechsmaligem Läuten meldet sich am anderen Ende der Leitung eine Frauenstimme.

»Hallo, das bin wieder ich ... Könnten Sie bitte ...«, beginnt Christopher.

»Ja, ich verbinde Sie ... Einen Augenblick bitte«, wird er unterbrochen.

Gleich darauf hört er eine andere Frauenstimme:

»Ja?«

»Hallo ... entschuldigen Sie bitte ... ich bin es wieder ... Wie steht es jetzt?«

»Unverändert.«

»Ah ... Ich bin jetzt bei Valence ... Ich müßte in zwei Stunden ankommen ... höchstens in zweieinhalb ... Glauben ... glauben Sie ...«

»Ich kann Ihnen nichts Näheres sagen.«

Ihr Ton ist trocken, leicht gereizt. Christopher hört seine eigenen lauten Atemzüge und bringt mühsam hervor:

»Ich ... ich verstehe ... Ich komme jedenfalls so schnell wie möglich ...«

Etwas freundlicher, wenngleich immer noch sehr kühl, erklärt die Frauenstimme:

»Es wird bis zu Ihrer Ankunft höchstwahrscheinlich keine Veränderung eintreten ... Wir tun unser Bestes ...«

»Davon bin ich überzeugt!«

Christopher hängt den Hörer ein.

Er schwankt leicht vor Müdigkeit, während er zum Getränkeautomaten geht und auf den Knopf für Kaffee drückt. Er stürzt das bittere Getränk hinunter, tritt in den Regen hinaus, streckt dem Tankwart Geldscheine hin, steigt hastig in seinen BMW, schlägt die Tür zu.

»Monsieur ... Monsieur ... Ihr Wechselgeld!« ruft der Tankwart.

Aber Christopher biegt bereits wieder auf die Autoroute du Soleil ein.

Der BMW brauste weiter durch die Nacht. Ausfahrtsschilder fliegen vorüber: Montélimar ... Orange ... Avignon ...

Christopher tritt scharf auf die Bremse, reißt das Steuer herum. Um ein Haar wäre er mit Tempo 180 in einen Lkw gerast, der die Autobahn an der Ausfahrt Aix-en-Provence verlassen will.

Aix ... Christopher umklammert das Lenkrad, setzt seinen Weg fort ... War er wirklich heute morgen dort? Noch heute morgen? Ein Stöhnen entringt sich seiner Brust.

Mein Gott ... mein Gott ... das ist doch nicht möglich ... das ist doch ganz unmöglich ... Clémentine ...

Entgegen seinen düsteren Vorahnungen war das Wasserflugzeug nicht abgestürzt, sondern hatte gegen Mittag sicher in einer Bucht des Etang de Berre aufgesetzt.

Christopher hatte sich bei den Soldaten der Luftwaffe bedankt, ihre Einladung zum Mittagessen ausgeschlagen, mit Air Inter telefoniert und sich den letzten freien Platz im nächsten Flugzeug nach Paris reservieren lassen und sich in ein Taxi gesetzt, das ihn nach Nimes zum Flughafen bringen sollte.

Seit er seinen Fuß wieder auf das Festland gesetzt hatte, fühlte er sich wie im Halbschlaf. Er redete, bewegte sich, traf Entscheidungen, aber sein Geist weilte immer noch auf der Insel.

»Ah, sowas von Unwetter ... und das Mitte Juli! Schauen Sie sich nur mal die armen Ölbäume an ... und die Obstbäume!« jammerte der Taxichauffeur mit seinem singenden Akzent.

»Ja, ja ... es ist wirklich schlimm!« stimmte Christopher ihm zu, mit seinen Gedanken offenbar nicht bei der Ernte, die durch die wolkenbruchartigen Regenfälle im Süden Frankreichs vernichtet zu werden drohte.

Plötzlich zuckte er zusammen. Auf einem großen Plakat am Straßenrand wurde für Aix-en-Provence Reklame gemacht, für die Kathedrale, die Museen, die sonstigen Sehenswürdigkeiten, die Hotels ... Fünf Kilometer bis zur Ausfahrt ...

»Bringen Sie mich zum ... äh ... zum Hotel Beausoleil in Aix!« befahl Christopher einem plötzlichen Impuls zufolge.

»Sie wollen nicht mehr zum Flughafen von Nimes?« erkundigte sich der Fahrer.

»Nein!«

Christopher warf sich in die Polster zurück und verfiel in verbissenes Schweigen.

»Da wären wir ... Das macht 72 Francs ...«

Der Chauffeur hatte vor einem imposanten weißen Gebäude angehalten. Christopher kurbelte die Scheibe herunter und streckte den Kopf aus dem Fenster. Platanen säumten einen großen Hof. Vor der Hoteltreppe wurde Gepäck in den Kofferraum eines Taxis eingeladen.

Eine Dame mit weißen Haaren in elegantem Reisekostüm ging unter einem Regenschirm auf den Wagen zu. Ohne ersichtlichen Grund war Christopher plötzlich überzeugt davon, daß diese vornehme alte Dame Clémentines Großmutter war, und er suchte in ihren Gesichtszügen nach einer Ähnlichkeit mit Diane, obwohl er nur noch eine ziemlich verschwommene Erinnerung an seine Jugendfreundin hatte.

Was wollte er der alten Dame eigentlich sagen? ›Guten Tag, Madame ... Ich liebe Ihre Enkelin ... Aber ich habe

Grund zu der Annahme, daß sie meine eigene Tochter sein könnte ... Ich bitte Sie, tun Sie irgend etwas ...‹ Sie würde ihn für verrückt halten!

Seufzend tippte er dem Chauffeur auf die Schulter:

»Ich habe es mir doch anders überlegt ... Wir fahren nach Nimes!«

Der Fahrer warf ihm im Rückspiegel wortlos einen beredten Blick zu. Diese Touristen hatten eben alle eine Schraube locker!

Christopher war um vier Uhr nachmittags in Paris gelandet. Er war körperlich und seelisch erschöpft, aber der Gedanke, in seine leere Wohnung zu fahren und sich schlafen zu legen, war ihm zutiefst zuwider ... Nein, er würde dem Bankpräsidenten irgendein Märchen aufbinden und um einen wichtigen Auftrag bitten. Was er jetzt brauchte, war Arbeit ... so viel Arbeit, daß er keine Zeit zum Grübeln hatte!

Er ließ sich vom Taxichauffeur direkt zur Bank bringen.

»Monsieur Bergman!« rief Renée erstaunt, als Christopher sein Büro betrat.

»Sind Sie schon aus dem Urlaub zurück?« wunderte sich auch Isabelle.

»Urlaub ist eine französische Erfindung!« erwiderte Christopher trocken.

Er stellte seinen Koffer ab, und um der brennenden Neugier in den Blicken seiner Mitarbeiterinnen einen Riegel vorzuschieben, setzte er sich an seinen Schreibtisch, öffnete eine Akte und befahl in eisigem Ton:

»Verbinden Sie mich mit dem Präsidenten, Isabelle?«

»In Los Angeles, Monsieur Bergman?«

»Äh ...«

Toms Abwesenheit brachte Christopher sichtlich aus der Fassung. Er setzte seine Brille auf und ließ seine strengen Blicke von Isabelle zu Renée und wieder zurück schweifen.

»Und wo steckt Ginette?« fragte er schließlich mürrisch.

»Sie ist doch in Spanien, Monsieur Bergman«, antwortete Isabelle.

»Aha!«

Der Gedanke, daß andere Leute irgendwo einen sorglosen Urlaub verbrachten, ärgerte ihn. Er räusperte sich energisch:

»Nun gut, verbinden Sie mich ...«

Renée unterbrach ihn:

»Monsieur d'Orval ... Monsieur Bergman ...«

»Was?«

»Monsieur d'Orval hat zweimal angerufen, Monsieur Bergman.«

Jean-Pierre? Hätte diese blöde Kuh das nicht gleich sagen können?

»Was wollte Monsieur d'Orval?« erkundigte er sich.

»Das hat er nicht gesagt ... Ich habe ihm erklärt, daß Sie erst am 1. August wieder hier sein würden, aber er hat gesagt, falls Sie zufällig hier vorbeikämen oder anriefen, sollten Sie ihn so schnell wie möglich anrufen, es sei sehr wichtig.«

Es fiel Christopher sehr schwer, nach außen hin Ruhe zu bewahren.

»Haben Sie die Nummer? ... Gut, rufen Sie ihn sofort an, Renée!«

Während seine Sekretärin die Nummer wählte, trommelte Christopher auf seiner Schreibtischplatte ungeduldig den berühmten Militärmarsch ›The yellow rose of Texas‹.

Wenn Jean-Pierre so schnell angerufen hatte, mußte etwas Wichtiges geschehen sein. Sein Freund wollte ihm bestimmt eine freudige Mitteilung machen ... Vielleicht hatte er irgendeinen Hinweis darauf gefunden, daß Clémentine wirklich die Tochter von René Bonnet war ... vielleicht hatte er sogar einen Beweis!

»Belegt, Monsieur Bergman!«

»Versuchen Sie es bitte weiter, Renée!«

Christopher war jetzt merklich freundlicher.

Er stand auf, griff nach seinem Koffer und begab sich in die Toilette, wo er sich die Hände wusch, das Gesicht mit kaltem Wasser erfrischte, kämmte und sein zerknittertes rosa Hemd gegen ein blaues vertauschte. Danach fühlte er sich wesentlich besser.

Renée konnte immer noch keinen Erfolg verbuchen. Christopher wandte sich an Isabelle, die Akten ablegte. Er wollte ihr gerade einen Auftrag erteilen, als ihm plötzlich eine Idee kam. Warum hatte er nicht schon früher daran gedacht? Er hatte Clémentine bei Isabelle kennengelernt! Vielleicht wußte die Sekretärin irgend etwas, das ihm bei seiner verzweifelten Suche nach der Wahrheit von Nutzen sein konnte.

Er räusperte sich und begann:

»Es ist schon eigenartig, wie klein doch die Welt ist ... äh ... Stellen Sie sich vor, Monsieur d'Orval erinnert sich an einen Anwalt ... äh ... an den Vater dieses jungen Mädchens ... wie hieß es doch noch gleich? ... Eine Freundin Ihrer Tochter ... dieser Anwalt soll vor zwölf Jahren bei einem Autounfall ums Leben gekommen sein ...«

»Ach ja, das muß Maître Bonnet sein, Clémentines Vater!« erklärte Isabelle, die ihre Aufräumungsaktion unterbrochen hatte und Christopher mit unergründlicher Miene ansah.

»Ja, Bonnet ... ja, ich glaube, das war der Name!«

Christopher wühlte pro forma in einer Schublade

herum, auf der Suche nach einer nicht existierenden Akte.

»Monsieur d'Orval war also ein Bekannter von Maître René Bonnet?« fragte Isabelle.

»Ja, und auch von seiner Frau ... Diane hieß sie, glaube ich. Haben Sie selbst die beiden auch gekannt, Isabelle?« erkundigte sich Christopher und zwang sich dazu, seine Mitarbeiterin scheinbar unbefangen anzusehen.

Isabelle schüttelte den Kopf.

»Mit Madame Bonnet habe ich einige Male ein paar Worte gewechselt ... vor der Schule, wenn wir unsere Töchter abholten ... Einmal war auch ihr Mann dabei ...«

»Ach ja? Und wie war er so?« fragte Christopher betont gleichmütig.

»Ein gutaussehender Mann ... groß, blond, sportliche Figur ... machte einen sehr sympathischen Eindruck ...«

›Und hatte blaue Augen!‹ fügte Christopher in Gedanken hinzu. Diese Beschreibung von René Bonnet, die auch auf ihn selbst hätte zutreffen können, brachte ihn etwas aus der Fassung.

Diane schien nach seiner plötzlichen Abreise eine genaue Kopie von ihm geheiratet zu haben!

»Sie waren ein schönes Paar, und sie machten einen sehr glücklichen Eindruck«, fuhr Isabelle fort, die jetzt so richtig ins Erzählen gekommen war. »Eines Morgens habe ich dann von der Schulleiterin erfahren, daß sie tödlich verunglückt waren ... Nur das Kind hatte lebend aus dem Autowrack geborgen werden können ... Clémentine hat ziemlich lange unter den Folgen dieser Katastrophe gelitten, aber mit der Zeit hat sie den Schock überwunden ... Wenn ich jedoch ehrlich sein soll, Monsieur Bergman, muß ich gestehen, daß ich froh bin, daß diese Clémentine mit meiner Tochter nicht eng befreundet war und sie deshalb auch nicht beeinflußt hat ... Denn, wissen Sie, nach dem Tod ihrer Eltern wurde sie von allen Seiten schrecklich verwöhnt, und mit der Zeit ist sie etwas ... nun ja ... verlottert ...«

Verlottert! Christopher war so wütend, daß er Isabelle um ein Haar angebrüllt hätte: ›Hören Sie, ich verbiete Ihnen, in dieser abfälligen Weise von meiner ... meiner ... Geliebten? Tochter? ... zu sprechen!‹

Isabelle, die von den Gedanken ihres Chefs zum Glück nichts ahnte, hatte sich wieder ihren Akten zugewandt.

Um sich zu rächen, kommentierte Christopher trokken:

»Sehr löblich, daß Sie sich endlich entschlossen haben, hier etwas Ordnung zu schaffen, Isabelle! Wir werden die ruhige Zeit ausnutzen, um einiges umzuorganisieren.«

Isabelle sah ihn bestürzt an.

»Aber ich fahre doch morgen in Urlaub!«

»Ah!«

Christopher gewann allmählich den Eindruck, daß Paris demnächst menschenleerer als die Sahara sein würde.

»Wohin fahren Sie denn?« fragte er automatisch, obwohl es ihn nicht im geringsten interessierte.

Während er sich mißmutig wieder an seinen Schreibtisch setzte, hörte er seiner Sekretärin zerstreut zu.

»Zum Thunfischangeln ... mein Mann ist schon vorausgefahren ...«

»Sie gehen auf Thunfischfang?« fragte Christopher erstaunt. Er konnte sich die gepflegte Isabelle beim besten Willen nicht an Bord eines Thunfischbootes vorstellen.

»O nein, nur mein Mann! Ich selbst würde lieber sterben ... Überall dieses Blut ... einfach grauenvoll! Sie können sich das nicht vorstellen, Monsieur Bergman, alles ist voller Blut . . . schrecklich . . .«

Isabelle verstummte abrupt. Sie hätte nie geglaubt, daß das blutige Ende der armen Thunfische den kühlen Christopher Bergman so erschüttern könnte.

»Blut . . . Blut!« murmelte er.

Warum war ihm das nur nicht schon eher eingefallen? Bestimmt wollte Jean-Pierre ihm genau diesen Tip geben. Christopher sprang aufgeregt auf.

»Lassen Sie nur, Renée . . . Ich werde Monsieur d'Orval später anrufen . . .«

Unter den verwirrten Blicken seiner Mitarbeiterinnen griff Christopher nach seinem Koffer und verließ das Büro im Eiltempo.

»Monsieur Bergman . . . Monsieur Bergman!«

Renée holte Christopher bei den Aufzügen ein.

»Sie haben die Telefonnummer von Monsieur d'Orval vergessen!«

Die junge Frau reichte ihm ein Blatt ihres Notizblocks.

»Danke . . . aber die hatte ich schon . . .«

Christopher schob den Zettel in seine Tasche und betrat den Lift.

Eine halbe Stunde später verließ er ein ultramodernes großes weißes Gebäude.

Er hatte immer noch seinen Koffer in der Hand und befand sich in einem Zustand fieberhafter Erregung. Auf der Suche nach einem Taxi lief er fast in einen Bus hinein und landete schließlich in einem großen Postamt.

»Verbinden Sie mich bitte mit dieser Nummer, Mademoiselle!«

Er reichte dem Mädchen am Schalter den Zettel, und nach einigen Minuten hörte er es rufen:

»Gespräch mit Nizza in Kabine 4!«

Christopher fühlte sich nicht angesprochen.

»Hallo, Sie dort – der große Herr – haben Sie mich nicht gehört? Das ist Ihr Gespräch!«

»Aber ich habe doch nicht Nizza verlangt!« protestierte Christopher.

»Sie haben mir doch diesen Zettel gegeben, oder etwa nicht?« Das Mädchen zeigte ihm das Blatt aus Renées Notizblock. »Also, Sie können in Kabine 4 Ihr Gespräch führen. Beeilen Sie sich bitte, Sie sehen doch, daß andere Herrschaften warten!«

Christopher wagte nicht mehr zu widersprechen. Er quetschte sich in die kleine Zelle, nahm den Hörer ab und rief aufgeregt:

»Hallo ... hallo ... hier ist Christopher ... gib mir Jean-Pierre!«

»Pardon?« fragte eine kühle Stimme.

»Ach, du weißt doch, Jean-Pierre ... Jean-Pierre d'Orval, der Neue, der gestern angekommen ist ...«

»Legen Sie nicht auf, Monsieur!« erklärte die kühle Stimme.

Monsieur? Christopher schüttelte verwirrt den Kopf. Der ›Klub des Glücks‹ mußte sich seit heute morgen wirklich sehr verändert haben!

»Hallo!«

Das war Jean-Pierres atemlose Stimme.

»Hallo, Jean-Pierre!« rief Christopher.

»Ah, Chris ... na endlich ... ich versuche dich seit Stunden irgendwo zu erreichen ... Es ist ...«

»Ja, ja, ich weiß schon«, fiel Christopher ihm sofort ins Wort. »Du mußt die gleiche Idee wie ich gehabt haben! Hör zu, mein Lieber, ich komme gerade aus einem Labor ...«

Christopher begann die Lektion aufzusagen, die er sich gut eingeprägt hatte:

»Zwei A können A oder Null ergeben ... Zwei AB

können A, B oder AB ergeben . . . Aber Null kann auf gar keinen Fall von AB abstammen . . . Begreifst du, mein Guter? Welch ein herrlicher Hoffnungsstrahl! Ich habe die Blutgruppe AB . . . AB . . . hörst du? Lauf schnell zu Clémentine und frag sie nach ihrer Blutgruppe . . . Wenn sie Null hat, sind wir gerettet! Schnell! Beeil dich! . . .Was? . . . Was sagst du da? . . . Wie?«

Jean-Pierre hatte ihn energisch unterbrochen.

»Mein Gott, Chris . . . du scheinst nicht zu begreifen, wie ernst die Lage ist . . .«

Je länger Christopher seinem Freund zuhörte, desto bleicher wurde er. Mit weichen Knien lehnte er sich an die Wand der Telefonzelle.

»Wo . . . wo sagst du, Jean-Pierre? In Nizza? Bist du in Nizza? Nein, ich habe mir die Nummer nicht angeschaut, ich dachte natürlich, du seist auf der Insel . . . Nein, nein, selbstverständlich konntest du meiner Sekretärin nichts davon sagen . . . ja, so schnell wie möglich . . . nein, einen Flug wird es nicht geben, ich komme mit meinem Wagen . . . Nein, mach dir keine Sorgen, ich werde vorsichtig fahren . . .«

Christopher schwankte wie ein Betrunkener aus der Zelle und lief völlig geistesabwesend am Schalter vorbei.

»He!« rief die Telefonistin ihm nach. »He, Monsieur! Ihr Gespräch mit Nizza kostet 21,90 Francs . . .«

Jean Pierres Sätze schwirrten Christopher immer wieder im Kopf herum.

»Nach deinem Abflug . . . ein Wasserskiunfall . . . Clémentine wurde nach Nizza gebracht, in die ›Clinique des Mimosas‹ . . . nach deinem Abflug . . . Unfall . . . sie ist gegen das Boot des Animateurs geprallt . . . nach deinem Abflug . . . Unfall . . . Rettungshubschrauber . . . nach deinem Abflug . . . Unfall . . . Unfall . . . Unfall . . .

Christopher rast durch den Regen, überholt Lastwagen und Pkws. Er hält nur an, um zu tanken und zu telefonieren ... Jede Minute dünkt ihm kostbar ... Mein Gott, wenn sie nun inzwischen schon ... Nein, nein, Christopher will nicht einmal daran denken, er muß sich auf das Fahren konzentrieren ... er muß so schnell wie möglich die Klinik erreichen.

Er kämpft verbissen gegen seine Müdigkeit an. Endlich kommt die Ausfahrt Nizza-West in Sicht. Er hat kein Kleingeld, ärgert sich über den Zeitverlust beim Bezahlen der Autobahngebühr. Er fährt über eine Brücke, schlägt die falsche Richtung ein, wendet auf der Nationalstraße. Die letzten Kilometer kommen ihm unendlich vor.

Es regnet nicht mehr. Leichter Nebel kündigt den Tagesanbruch an.

Um wach zu bleiben, schaltet Christopher das Radio ein. Frankie Lanes sentimentaler Sommerhit erklingt:

›L'amour dingue ... c'est la fièvre dingue ... l'amour dingue ... c'est la fièvre dingue ... dingue ...‹

O Clémentine!

Christopher schaltet das Gerät rasch aus.

Der BMW rollt durch die Vororte von Nizza. Jean-Pierre hat ihm den Weg zur Klinik erklärt: »Hinter dem Bahnhof fährst du auf dem großen Boulevard nach rechts und biegst dann links ab, in Richtung des Stadtteils Cimiez ... die Straße führt hügelaufwärts zur römischen Arena ...« Natürlich verfährt Christopher sich mehrmals. Er kennt in Nizza nur die Promenade des Anglais und die weißen Paläste am Mittelmeer. In der Stadtmitte schlägt er die falsche Richtung ein, muß einen Park umfahren, wendet, stößt auf eine russische Kirche, findet schließlich den Bahnhof, überquert einen großen Platz ... Endlich ist er auf der kurvenreichen Straße, die zur Arena emporführt ... Ein Schild mit dem Hinweis: KLINIK, BITTE RUHE!

Ein großer Garten, von Palmen umgeben ... Die Reifen des BMW knirschen auf der Kieseinfahrt. Christopher hält vor einer Treppe an, steigt aus, nimmt mehrere Stufen auf einmal. In der Halle ist kein Mensch zu sehen. Er ruft halblaut: »Hallo, ist da jemand?«

Eine Tür öffnet sich. Im ersten Moment erkennt Christopher den jungen Mann nicht, der sich die Augen reibt. Er hat Le Sauvage noch nie angezogen gesehen. In Jeans und Sporthemd, ohne seinen grünen Ohrring, sieht er wie ein ganz durchschnittlicher Student aus.

Christopher stürzt auf ihn zu, packt ihn bei den Schultern, schüttelt ihn heftig.

»Nun ... was ist?«

»Ich ... ich habe im Wartesaal ein wenig geschlafen und wollte mich gerade erkundigen, ob es etwas Neues gibt ...«

»Allmächtiger Himmel ... ist hier denn kein Mensch, der mir Auskunft geben kann?« brüllt Christopher.

»Wart einen Moment, Chris ... äh ... warten Sie, Monsieur Bergman«, verbessert sich Le Sauvage, eingeschüchtert durch Christopher wütenden Blick. »Die Krankenschwester muß gleich zurückkommen, aber ... ich glaube nicht, daß irgendeine Veränderung eingetreten ist ...«

Christopher ballt die Fäuste.

»Ah, du glaubst nicht ... Ich werde dir die Fresse polieren, du verdammter Idiot!«

»Aber ich schwöre Ihnen, daß es nicht meine Schuld war, Monsieur Bergman«, stammelt der Animateur, der nichts mehr von einem siegesgewohnten Irokesen an sich hat. Christopher ist vor lauter Übermüdung und Angst nicht mehr ganz bei sich. Le Sauvage wirkt auf ihn wie ein rotes Tuch.

»Du hättest ihr ausweichen müssen, du Dreckskerl ... Hast du gehört? Du hättest ausweichen müssen!«

Er hat einen bitteren Geschmack im Mund. Er muß seine Wut abreagieren, seine Rachegelüste loswerden. Er holt zum Schlag aus ...

»Nicht doch, Chris! Sei doch vernünftig!«

Jean-Pierre fällt ihm in den Arm.

»Er kann wirklich nichts dafür!«

»Sie ist direkt auf mich draufgestürzt«, beteuert Le Sauvage.

Jean-Pierre hilft ihm:

»Das stimmt, Chris, ich hab's mit eigenen Augen gesehen ... Außerdem wäre sie ertrunken, wenn er nicht sofort ins Wasser gesprungen wäre und sie gerettet hätte ...«

»Ich konnte wirklich nichts machen ... es war nicht meine Schuld ... es ist so schnell gegangen«, stammelte Le Sauvage immer wieder.

Christopher läßt sich auf eine Bank fallen. Die Halle dreht sich um ihn. Er vergräbt sein Gesicht in den Händen. Eine Frage quält ihn. Er überwindet sich dazu, sie zu stellen:

»Hat ... hat sie es absichtlich getan?«

Jean-Pierre und Le Sauvage reden durcheinander:

»Ich weiß es nicht!«

»An sowas darfst du jetzt nicht denken, Chris ...«

»Woher soll man das wissen ...«

»Es ist alles so furchtbar schnell gegangen ...«

Eine Krankenschwester taucht aus einem Korridor auf.

»Was soll denn dieser Lärm? Hier schlafen Kranke!«

Christopher erhebt sich.

»Ich ... Madame ... ich bin wegen des verunglückten jungen Mädchens hier ...«

»Ah, Sie sind das ... Sind Sie ein Familienangehöriger, Monsieur?«

»Ja ... gewissermaßen«, bringt Christopher mühsam hervor.

Die Krankenschwester wirft ihm einen scharfen Blick zu, fordert ihn mit einer Geste auf, ihr zu folgen.

Er gehorcht ihr wie ein Schlafwandler. Im Aufzug nimmt er seinen ganzen Mut zusammen:

»Wie geht es ihr? Ist sie inzwischen bei Bewußtsein?«

»Ich bringe Sie in die Neurochirurgie, in die Intensivstation ...«

Christopher wischt sich mit der Hand den Schweiß von der Stirn. Die Frau führt ihn einen Korridor entlang, öffnet eine Tür, flüstert mit einer Nachtschwester. Beide warfen verstohlene Blicke auf Christopher, dessen Angst sich ins Unermeßliche steigert.

»Doktor Deschamps wird um sieben Uhr hier sein ... Er wird bestimmt mit Ihnen sprechen wollen ... Kommen Sie, Monsieur ...«

Die Nachtschwester öffnet eine gepolsterte Tür. Im Hintergrund des Zimmers erhebt sich eine schattenhafte Gestalt, flüstert:

»Ah, da bist du ja endlich, Chris!«

Es ist die nette Mimi. Sie kommt auf ihn zu. Er ist dankbar, daß sie bei Clémentine wacht, aber er ist so erschüttert, daß er nichts sagen kann. Er starrt nur auf das Bett.

Eine Nachttischlampe brennt. Clémentine liegt regungslos da. Auf den ersten Blick könnte man glauben, sie schliefe. Ihre Lider sind geschlossen. Sie hat einen weißen Verband um die Stirn. An ihrem Kopf sind Elektroden befestigt. Schläuche führen von ihren Hand- und

Fußknöcheln zu Tropfinjektionsflaschen. Sie sieht so bleich und zerbrechlich aus, daß Christopher einen Augenblick lang das Schlimmste befürchtet.

Er tritt mit rasendem Herzklopfen näher ans Bett heran. Clémentine atmet! Ihre Brust hebt und senkt sich leicht. Die Nadeln an den komplizierten Apparaturen bewegen sich. Auf einem grünen Bildschirm wird ihr Herzschlag optisch sichtbar gemacht.

»Hat sie ... hat sie irgend etwas gesagt?« murmelt Christopher.

Die Nachtschwester greift nach Clémentines Hand, kontrolliert ihren Puls. Dann erklärt sie unumwunden:

»Nein, Monsieur ... Dieses junge Mädchen liegt immer noch im Koma!«

14

»Es handelt sich hier um eine Schädelverletzung mit hellem Intervall . . .«

Doktor Deschamps, ein sympathischer Südfranzose, verwendete Fachausdrücke, mit denen Christopher nichts anfangen konnte.

»Helles Intervall – ist das gut oder schlecht?«

Der Arzt antwortete mit einem leicht herablassenden Lächeln:

»Sagen wir mal so... es ist nichts Ungewöhnliches. Dieses junge Mädchen ist mit der Stirn heftig gegen den Rand eines Motorbootes geprallt... Jemand hat sie vor dem Tod durch Ertrinken bewahrt und an Land gebracht... Nach allem, was Ihre Freunde mir erzählt haben, schien es ihr kurz darauf besserzugehen... Das wird in der Fachsprache als helles Intervall bezeichnet... Man legte ihr einen behelfsmäßigen Verband an und brachte sie in die Bar, wo sie zur Stärkung einen Whisky trank... Dort verlor sie dann plötzlich das Bewußtsein...«

»Könnte der Whisky schuld daran gewesen sein?«

»Nein, Monsieur, es war ein verzögerter komatöser Schock, hervorgerufen durch den heftigen Aufprall . . . Bedauerlicherweise hat der Transport in die Klinik sehr viel Zeit in Anspruch genommen. Ein Rettungshubschrauber mußte von der großen Insel angefordert werden, und sie wurde zunächst dorthin gebracht. Erst nachdem sich herausstellte, daß man dort auf die Behandlung solcher Fälle nicht eingerichtet ist, entschloß sich der Klub dazu, sie mit dem Flugzeug nach Nizza zu schaffen. Als sie gestern nachmittag bei uns eingeliefert wurde, war ihr Puls sehr schwach. Wir haben sie sofort in unsere Intensivstation gebracht . . .«

»Aber . . . wie lange wird sie denn in diesem Zustand

bleiben?« stammelte Christopher, während er Clémentine betrachtete, die wie tot im Bett lag.

»Das kann ich Ihnen nicht sagen, Monsieur. Wir haben gestern sofort Röntgenaufnahmen gemacht ... auch eine Arteriographie ... sie hat keinen Schädelbruch und kein Hämatom in der Schädeldecke. In diesen Fällen hätten wir trepanieren müssen ...«

»Trepanieren?« wiederholte Christopher, entsetzt über die Vorstellung, daß man Clémentines Schädel öffnen könnte. Alles, nur das nicht ...

Christophers Reaktion entging dem Arzt nicht.

»Sie irren sich, Monsieur ... Mir wären diese eindeutigen Diagnosen wesentlich lieber gewesen ... Ich hätte gestern abend oder heute morgen den Eingriff durchgeführt, den Schaden behoben, ohne daß ästhetische Folgen zu befürchten gewesen wären ... und sie wäre gerettet gewesen ...«

»Gerettet?« murmelte Christopher stumpfsinnig.

»Ja ... Während es bei einer schweren Gehirnerschütterung unmöglich ist vorherzusagen, wie sie sich entwikkeln wird, zumal wenn – wie in diesem Fall – keine Blutungen aus Nase und Ohren erfolgten ...«

Der Arzt führte Christopher in einen kleinen Raum neben der Intensivstation.

›Das muß ihr Verlobter oder ihr Geliebter sein‹, dachte der Chirurg. ›Ein attraktiver Mann ... vielleicht ist er verheiratet ... er sieht völlig verstört aus ... trotzdem eine eigenartige Geschichte ... ob sie keine Familie hat? Na ja, nachdem er der einzige zu sein scheint, der irgendwelche Entscheidungen treffen kann, muß ich ihn informieren ...‹

»Aber, Herr Doktor ... sagen Sie mir bitte, was Sie zu tun beabsichtigen«, bat Christopher flehentlich.

»Nun, es gibt zwei Möglichkeiten ... Falls es zu Atmungsbeschwerden kommt, werden wir sie an ein künstliches Beatmungsgerät anschließen ... Im Notfall würde ich auch eine Tracheotomie durchführen ... Im Augenblick ist das aber nicht notwendig ... Das Enzephalogramm beweist uns, daß das Gehirn noch arbeitet ... Wir können daran ablesen, ob es Hinweise auf ein Erwachen gibt ... Andererseits wird dieses Gerät uns auch jede Verschlechterung ihres Zustandes anzeigen, bis hin zu ...«

Der Arzt beendete seinen Satz nicht, aber Christopher hatte ohnehin schon verstanden. Mit gesenktem Kopf trat er auf den Korridor hinaus.

Doktor Deschamps verabschiedete sich mit einem Händedruck von ihm.

»Sie sollten sich etwas ausruhen, Monsieur«, riet er ihm. »Im Augenblick können Sie hier ohnehin nichts tun ... Schlafen Sie ein paar Stunden und schauen Sie dann wieder vorbei. Falls das junge Mädchen Familienangehörige hat, sollten Sie diese vielleicht benachrichtigen ... Ah, Mademoiselle Anne!« Der Arzt wandte sich an die Krankenschwester, die Christopher von der Eingangshalle hierhergeführt hatte. »Zapfen Sie der jungen Dame etwas Blut für die notwendigen Untersuchungen ab ... Ich brauche auch eine Glykämie, für den Fall, daß eine Operation notwendig werden sollte, und die Blutgruppe ... es sei denn, Sie kennen ihre Blutgruppe«, fügte er, an Christopher gewandt, hinzu.

Christopher zuckte zusammen. Clémentines Blutgruppe! Nein, er kannte sie nicht ... Er schüttelte langsam den Kopf.

»Macht nichts, wir werden es feststellen ... Ruhen Sie sich jetzt aus, gleich nebenan ist ein kleines Hotel ...«

Doktor Deschamps schob ihn energisch in einen Aufzug.

Christopher erhob keine Einwände. Was würde es ihm jetzt noch nützen, Clémentines Blutgruppe zu erfahren? Was spielte es jetzt für eine Rolle, ob Clémentine seine Tochter war oder nicht? Er wollte es nicht einmal mehr wissen ... Wozu auch? Das einzig Wichtige war jetzt nur noch, daß Clémentine am Leben blieb ... Und doch wurde Christopher das schreckliche Gefühl nicht los, daß der Arzt ihn taktvoll auf Clémentines sehr wahrscheinlichen Tod hatte vorbereiten wollen.

»Nichts zu machen ... es meldet sich niemand!«

Christopher legte den Hörer auf. Er stand mit Jean-Pierre an der Bar des kleinen provenzalischen Hotels. Angesichts der kritischen Situation hatte er im Hotel Beausoleil in Aix-en-Provence angerufen.

»Madame Le Baratier ist gestern mittag abgereist, Monsieur ... Sie hat gesagt, sie wolle von hier aus in die Bretagne oder in die Normandie fahren, zu einer Freundin ... Nein, sie hat uns keine Adresse hinterlassen ... Wir können Ihnen nur ihre Pariser Adresse angeben ... aber dort wird vermutlich niemand sein ...«

Und so war es auch. In der Pariser Wohnung ging niemand ans Telefon.

Christophers Gefühl hatte ihn also nicht getäuscht. Es war wirklich Madame Le Baratier gewesen, die er im Hof des Hotels gesehen hatte. Dianes Mutter ... Clémentines Großmutter ... Und wenn er sich nun mit ihr unterhalten hätte? Was hätte das geändert? Nichts ... Es wäre ohnehin schon zu spät gewesen ... Jean-Pierre und Mimi hatten ihm inzwischen den genauen Hergang des Unfalls geschildert.

Es hatte sich ungefähr eine halbe Stunde nach Christophers Abreise von der Insel ereignet, also um die Zeit, als das Flugzeug in den Sturm geraten war.

Zuerst hatte Le Sauvage Clémentine mit seinem Motorboot einmal um die Bucht gezogen, und dabei war alles gut gegangen. Dann hatte Clémentine eine zweite Runde machen wollen, mit dem Apotheker aus Dijon, der sich ein Boot mit Außenbordmotor gemietet hatte und sehr stolz darauf war. Ob er auch gut damit umzugehen verstand? Christopher bezweifelte es. Während Luciennes dicker Ehemann jedenfalls mit Clémentine im Schlepptau in den kleinen Hafen zurückkehrte, fuhr Le Sauvage mit Bernadette hinaus. Der junge Animateur mußte schon nach etwa 50 Metern wenden, weil Bernadette ins Wasser gefallen war. Ob die Kielwasserströmungen der beiden Boote Clémentine aus dem Gleichgewicht gebracht hatten? Oder war sie durch etwas abgelenkt worden? Oder hatte sie gar ...

Anstatt die Zugleine loszulassen, hatte Clémentine – daran erinnerte sich Jean-Pierre genau – den Kopf gedreht, aufs Meer hinausgeblickt und war gleich darauf in hohem Bogen gegen das Boot des Animateurs geflogen, der zum Glück sofort ins Wasser gesprungen war und sie so vor dem Ertrinken gerettet hatte.

»Danke, ich habe keinen Hunger ...«

Die Bedienung hatte ein Tablett mit Croissants, Kaffee und weichgekochten Eiern vor Christopher und Jean-Pierre gestellt.

»Tsss ... tsss ... du mußt etwas essen, mein Lieber ... Es nutzt niemandem, wenn du auch noch krank wirst!«

Jean-Pierre kümmerte sich rührend um seinen Freund. Christopher warf ihm einen dankbaren Blick zu.

»Ich weiß gar nicht, was ich ohne dich täte ... Sag mal, was würdest du denn jetzt an meiner Stelle tun? Ich kann doch nicht einen Reiseruf im Rundfunk durchsagen lassen, um die Großmutter zu finden ... Und von der verheirateten Tante in Australien weiß ich nicht einmal den Namen ... Ach, Jean-Pierre, was für eine schwere Verantwortung! Ich weiß wirklich nicht mehr, was ich machen soll!«

Das Gespräch der beiden Freunde wurde durch Le Sauvage und Mimi unterbrochen.

»Die Direktion des Klubs verlangt, daß ich auf die Insel zurückkehre«, erklärte der junge Mann, »aber sie sind damit einverstanden, daß Mimi hierbleibt und sich um alle Formalitäten kümmert. Die Versicherung wird einen Schadensermittler in die Klinik schicken ... Seien Sie doch bitte so nett und ... und rufen Sie mich an, wenn ... wenn es Clémentine bessergeht ...«

Le Sauvage hatte Mühe zu sprechen und wagte es kaum, Christopher anzusehen, der sich plötzlich schämte. Hatte er denn das Recht, sich als Richter aufzuspielen? Nein, wirklich nicht ... Er selbst war an allem schuld ... er war für die Katastrophe verantwortlich ...

»Wir werden dir Bescheid geben, Le Sauvage ... Ich verspreche es dir ... und ... verzeih mir wegen vorhin ... Du kannst nichts dafür ... Ich ... ich danke dir, daß du sie aus dem Wasser gezogen hast ...«

Die Entschuldigung war ihm alles andere als leichtgefallen, aber nun war er doch froh, seinen Stolz überwunden zu haben. Er blickte dem Animateur nach, den Mimi zu einem Taxi begleitete.

Jean-Pierre nahm den Gesprächsfaden wieder auf:

»Hör zu, Chris, ich werde nachher mit Mimi ein Telegramm an die Großmutter aufgeben ... Falls es in dem Haus eine Concierge gibt, wird sie es bestimmt weiterleiten ... Aber, offen gesagt, ich verstehe diese alte Dame nicht ... Niemandem eine Adresse anzugeben, unter der man sie erreichen kann! Das heißt ... ihrer Enkelin wird sie es bestimmt gesagt haben ...«

Jean-Pierre verstummte. Christopher hatte den Kopf gehoben und blickte durch die Vorhänge der Bar zu den Palmen und dem weißen Klinikgebäude hinüber.

Hinter einem jener Fenster rang Clémentine mit dem Tod ... Christophers Augen füllten sich mit Tränen.

»Mein Guter ... du armer Kerl!« murmelte Jean-Pierre gerührt und klopfte seinem Freund beruhigend auf die Schulter.

Christopher wandte seinen Blick vom Krankenhaus ab und trank einen Schluck Kaffee. Er versuchte sogar heldenhaft, sein Ei zu essen.

Jean-Pierre sprang plötzlich wie von einer Tarantel gestochen auf.

»Herrjemineh! Ich muß unbedingt Madeleine anrufen! Du bist gestern ja bestimmt nicht mehr dazu gekommen ...«

»Ach ja, du mußt natürlich nach Hause!« seufzte Christopher.

»Davon kann überhaupt keine Rede sein! Ich lasse dich doch jetzt nicht allein ... Ich bleibe bei dir, bis ... bis ... nun ja, bis alles wieder in Ordnung ist!«

Der gute Jean-Pierre! Unter anderen Umständen hätte Christopher über dieses Telefongespräch herzlich gelacht. Nach zwanzig Jahren Sklaverei muckte Jean-Pierre plötzlich auf.

»Das reicht, Madeleine! Nein, ich werde dir meine Adresse nicht geben ... Es gibt in jeder Ehe Zeiten, wo man Ruhe und Einsamkeit braucht ... Aber nein, Christopher hat damit nicht das geringste zu tun ... Ich bin in einem Mönchskloster ... bist du jetzt beruhigt? Ich genieße die Abgeschiedenheit, ich meditiere ... Du brauchst nicht so zu brüllen ... Ich werde dich jeden zweiten Tag anrufen ... Und grüß die Kinder von mir!«

Mimi kehrte an die Bar zurück. Jean-Pierre beendete sein Gespräch. Christopher schaute ihnen nach, als sie sich Hand in Hand auf den Weg zur Post machten, sichtlich glücklich, unter der heißen Sonne der Côte d'Azur zusammen sein zu können.

Nach dreistündigem Schlaf, bei dem er von Alpträumen geplagt worden war, fuhr er plötzlich zitternd und mit kaltem Schweiß bedeckt hoch . . . Clémentine! Und wenn sie nun in der Zwischenzeit . . . Er eilte in die Klinik.

Ihr Zustand war unverändert. Sie lag immer noch in tiefer Bewußtlosigkeit da, vielleicht noch etwas bleicher als vor einigen Stunden.

Und ringsum ging das Leben seinen gewohnten Gang!

Die Tage vergingen, ohne daß eine Besserung eintrat.

Christopher verließ Clémentines Krankenbett nur, um etwas zu essen und einige Stunden zu schlafen.

Die Großmutter hatte nichts von sich hören lassen, aber die Anwesenheit von Jean-Pierre und Mimi half Christopher, die schreckliche Situation zu ertragen. Sie lösten ihn bei der Krankenwache ab, denn Christopher klammerte sich immer noch an die Hoffnung, daß Clémentine aufwachen würde, und er wollte nicht, daß sie in diesem Fall nur das fremde Gesicht einer Krankenschwester sah.

Mit voller Zustimmung von Doktor Deschamps hatte Christopher einen bekannten Gehirnspezialisten aus Paris kommen lassen, der jedoch die Diagnose seines Kollegen in Nizza nur bestätigen konnte. Man konnte nichts anderes tun als Clémentine künstlich zu ernähren und abzuwarten . . . ob eine Besserung eintreten würde, oder ob sie noch tiefer ins Koma fallen würde.

Was letzteres zu bedeuten hätte, wußte Christopher inzwischen.

Überall wurden Feuerwerkskörper anläßlich des 14. Juli abgebrannt. Christopher konnte die Leuchtraketen durch die weißen Vorhänge der Intensivstation sehen.

Jean-Pierre und Mimi waren weggegangen. Vielleicht tanzten sie in diesem Augenblick sogar auf dem großen Platz oder in der Arena zum Klang der Akkordeone. Christopher hätte es ihnen nicht verübelt. Dieses Warten war so nervenaufreibend, daß sie sich etwas ablenken und sich beweisen mußten, daß sie selbst noch im Vollbesitz ihrer Lebenskräfte waren.

Christopher wußte auch, daß er selbst in Depression verfallen würde, wenn diese Situation sich noch lange hinzöge.

»Es ist so heiß! Sie sollten ein bißchen spazierengehen, Monsieur Bergman ... das würde Ihnen guttun!« riet ihm die Nachtschwester, eine sympathische Person, die Clémentine ins Herz geschlossen zu haben schien.

Christopher schüttelte den Kopf.

»Nein, danke, Madame Berthe, ich bleibe lieber hier!«

Bei diesen Worten betrachtete er Clémentines kleines schmales Gesicht auf dem Kopfkissen. Sie war an diesem Abend weißer als die Bettwäsche. Zwei Schläuche führten jetzt aus ihrem Mund und ihrer Nase zu einem künstlichen Beatmungsgerät.

Christopher wandte die Augen ab. Diese Pumpgeräusche, dieser reaktionslose Körper, diese wächserne Haut, dieses fast tote Gehirn – nein, das war nicht mehr Clémentine! Clémentine war für das Leben geschaffen, nicht für diesen schleichenden widernatürlichen Tod, der noch schrecklicher war als alle anderen Todesarten. Christopher verspürte plötzlich den Drang, all diese Schläuche, Elektroden und Injektionsnadeln zu entfernen, damit sie wenigstens in Frieden sterben konnte.

»Doktor Deschamps wird morgen früh eine Tracheotomie durchführen, falls das arme Ding dann immer noch keine Luft bekommt«, sagte Madame Berthe.

Sie füllte die Infusionsflaschen, überprüfte alle Geräte am Bett. Christopher starrte auf die unheimlichen grünen Bildschirme. In diesen vier angsterfüllten Tagen hatte er sich an ihren Rhythmus gewöhnt. Er wußte, daß das ›Bip-bip‹ Clémentines Leben signalisierte, und er hatte den Eindruck, als bewegten sich die elektrischen Signale an diesem Abend langsamer als sonst.

Clémentine ... o Clémentine ...

»Was sagt das Enzephalogramm, Madame Berthe?« erkundigte er sich mit einer Stimme, deren Beben er nicht völlig verheimlichen konnte.

»Die Gehirnströme sind sehr schwach, Monsieur Bergman ... Ich gehe für einige Minuten nach unten ... Klingeln Sie, falls Sie mich benötigen sollten!«

Die gepolsterte Tür schloß sich hinter ihr. Christopher war mit Clémentine allein. Plötzlich hatte auch er das Gefühl zu ersticken.

Er stand auf, trat ans Fenster und betrachtete die farbigen Sterne, die überall am Himmel aufflammten und zerfielen. Dort draußen auf dem mit Lampions geschmückten Plätzen sangen und tanzten jetzt fröhliche Menschen. Die Lebenden amüsierten sich, während hier ein zwanzigjähriges Mädchen mit dem Tode rang.

Christopher war in dieser Nacht am Ende seiner Kräfte. Clémentine würde sterben. Er wußte es. Sie würde sterben, ohne daß er ihr hätte sagen können, wie sehr er sie geliebt hatte ... Mit zwanzig Jahren zu sterben ... zu sterben, weil sie zu sehr geliebt hatte ... als ein Opfer der Vergangenheit zu sterben ... so jung zu sterben, wenn man das Leben so sehr geliebt hat ... Nein, das war einfach zu ungerecht!

Christopher ließ sich in den Sessel neben dem Bett fallen. Er griff behutsam nach Clémentines Hand, um die Injektionsnadel in ihrem Handgelenk nicht zu verschieben. Er preßte seine Lippen auf die zarten Finger, die so kalt waren – fast schon tot. Tränen stiegen ihm in die Augen.

»Verzeih mir ... verzeih mir ... o Clémentine wer du auch sein magst, ich habe dich geliebt, mein Kleines ... ich liebe dich ... Nur ich bin schuld an allem, mein armer kleiner Liebling ... O Gott, wenn es Dich gibt, so nimm mir, was immer Du willst, nimm mein Leben ... ich bitte Dich, ich flehe Dich an, nimm mein Leben und verschone sie ... Bestrafe mich, aber laß sie leben! Sie ist ja an allem völlig unschuldig! Wenn es einen Schuldigen gibt, so bin ich es ... nur ich ... Nimm mir alles ... aber laß sie leben ... laß sie leben!«

Christopher schluchzte wild. In seiner Verzweiflung fielen ihm die Gebete seiner Kindheit wieder ein und die Existenz eines höheren Wesens. Der kühle, vernunftbetonte Christopher Bergman war nur noch ein einsamer Mensch, der tiefsten Schmerz durchlebte.

Tränen überfluteten sein Gesicht. Er stammelte unzusammenhängende Sätze. In seinem Leid sah er Clémentine, wie sie auf ihrem roten Motorrad durch Paris brauste, wie sie ihre schrecklichen Spaghetti zubereitete, wie sie beim Reden an ihren Knien nagte. Er sah sie mit nacktem Oberkörper am Strand entlangrennen, verschneite Abhänge hinabsausen, in der Nachtbar ›Régine‹ tanzen: ›Voulez-vour faire l'amour? Oui, oui, oui!‹ er hörte ihr kehliges Lachen, ihre Seufzer, ihre Stimme: »In deinem Alter ist Schlittschuhlaufen vielleicht überhaupt zu anstrengend ... In der Antike wurden Linkshänder als höhere Wesen betrachtet ... Was, das wußten Sie nicht? ... Du hast sieben Sommersprossen wie die Wikinger ... das war sogar das Zeichen ihrer sexuellen Potenz ... Er ist wirklich sehr sympathisch, aber sie ... was für eine blöde Kuh ... Du bist ein Macho ... Chris ... Christophe ... Christopher.«

Oh, wie sie geliebt, gelacht, gesungen, getanzt – wie sie das ganze Leben in vollen Zügen genossen hatte! Clémentine ... O Clémentine, mein Liebes, mein schönes, zärtliches Mädchen ... mein kleines Küken, meine Rose ... So wehr dich doch, kleiner Soldat! Verteidige dich doch wie ein tapferer kleiner Soldat! Kämpfe! Du darfst nicht sterben, du bist nicht für den Tod geschaffen, ich will nicht, daß du stirbst ... ich will es nicht ... du bist für das Leben geschaffen ... kämpf um dein Leben, mein kleiner Soldat ... kämpf ... kämpf ... kämpf ...

Wildes Schluchzen schüttelte Christopher.

Plötzlich hörte er einen Aufschrei:

»Monsieur ... oh, Monsieur ...«

Blind vor Tränen, hob Christopher den Kopf. Die Nachtschwester war zurückgekommen, ohne daß er es bemerkt hatte. Sie beugte sich über Clémentine.

Christopher glaubte in panischem Schrecken, daß sie ihm Clémentines Ableben mitteilen wollte.

»Monsieur ... Sehen Sie doch! Sie hat die Augen geöffnet!«

15

Ein grüner Zug fuhr durch den Nebel.

Wirklich komisch! Clémentine hatte noch nie ein solches Ding gesehen. Sie zwinkerte mit den Augen. Das Licht wurde dort drüben von einer leuchtenden Röhre reflektiert. Kein Zweifel, das war wirklich ein Zug, der sich sehr langsam bewegte ...

Clémentine wollte sich bewegen, aber sie war so müde, so erschöpft ... Sie schloß die Augen wieder, sie würde jetzt weiterschlafen ... tief schlafen ... Sie wußte, daß sie eigentlich aufstehen sollte ... Es mußte schon sehr spät sein, aber sie konnte nicht gegen den Schlaf ankämpfen ... Nein, sie konnte nicht kämpfen ... nicht kämpfen ... nicht kämpfen ... Sie wollte sich in diesem Zug einfach fallen lassen, wegfahren, weit fort, sehr weit, schlafen ... schlafen ... schlafen ... Aber es war ärgerlich, irgendeine undefinierbare Macht, eine Art Schmerz zwang sie, die Augen wieder zu öffnen. Na sowas, der Nebel war verschwunden, der grüne Zug fuhr jetzt schneller ... Er raste mit hoher Geschwindigkeit über einen Bildschirm ... Ah, jetzt begriff Clémentine, sie schaute fern, und das Gerät machte ›bip-bip-bip‹ ... Da war auch noch ein anderes Geräusch, wie eine Litanei ... Kämpf ... kämpf ... kämpf ... rief der Zugführer ... Es war angenehm, daß er ihre Hand hielt ... Was für ein schöner Zugführer! Er hatte Christophers Haare, Christophers Gesicht ... Aber das war ja Christopher ... Er schien krank zu sein, nein, er weinte, Christopher weinte ... Clémentine hätte ihm sagen wollen ... ihm sagen wollen ... was? Sie konnte sich nicht mehr daran erinnern ... nichts zu machen ... und doch verspürte sie ein unerklärliches Glück über Christophers unglückliche Miene ... Wie gemein von ihr! Aber sie würde ihn morgen trösten, heute war sie viel zu müde, sie würde jetzt einschlafen, ohne sich erinnern zu können, warum ... warum ... Es war einfach zu weit weg ... Und jetzt schrie auch noch jemand sehr laut im Nachbarbungalow ... Wie sollte man da ruhig schlafen können? Nein, wirklich, wie konnte man die Leute nur mit solchem Geschrei aus dem Schlaf reißen ... Das war sehr rücksichtslos ... Eine weiße Frau beugte sich über sie ...

Clémentine schielte auf eine große Nase mit einem riesigen schwarzen Punkt. Sie hatte plötzlich Lust zu lachen.

»Monsieur ... Sehen Sie doch! Sie hat die Augen geöffnet!«

Aber natürlich öffnet man die Augen, wenn man aufwacht! Die gute Frau war wohl etwas beschränkt!

»Buuuaa ...«

Clémentine wollte etwas sagen, aber ein Kaugummi hinderte sie daran ... Uff, die Dicke nahm ihr den Kaugummi aus dem Mund ... Das war angenehm ... Nun beugte sich auch Christopher über sie ... Clémentine lächelte ihm zu ... Chris ... Er sah wirklich sehr krank aus, er wischte sich die Augen, und sie waren ganz rot und geschwollen ...

»... is ... grü ... zu ... is ... grü ... zu ...«, brachte Clémentine mühsam hervor.

»Was sagt sie, Madame Berthe?«

Christopher schien furchtbar beunruhigt zu sein.

Clémentine bemühte sich nach Kräften, ihm zu erzählen, was sie im Fernsehen sah.

»Chr ... is ... de ... grü ... ne ... zu ... der ... grü ... ne ... zu ... zug ... der grüne Zug ...«

Begeistert wiederholte Clémentine mit einer Kleinmädchenstimme immer dieselben Worte.

»Sie phantasiert, Madame Berthe!« murmelte Christopher.

Clémentine hätte ihn gern beruhigt, aber sie war sehr müde und atemlos.

Die dicke Person rief:

»Oh, sie haben alle eine fixe Idee im Kopf, wenn sie aus dem Koma erwachen, Monsieur Bergman ... Sie ist gerettet, unsere Kleine ... Ich werde Doktor Deschamps sofort zu Hause anrufen!«

Gerettet? Was erzählte die Dicke mit dem schwarzen Punkt auf der Nase denn für einen Blödsinn?

Clémentine drückte Christophers Hand.

»Ja, ja ... Was möchtest du, mein kleiner Liebling? ... Was? Sag es noch einmal ...«

Christopher legte sein Ohr an ihre Lippen.

»Ich ... sterbe ...«, artikulierte Clémentine deutlich.

Christopher stöhnte auf.

»Nein ... nein ...«

»Doch ... doch«, beharrte Clémentine. »Ich ... sterbe ... vor ... Hunger ...«

Christopher mußte ebenfalls sehr müde sein, denn Clémentine sah, wie er buchstäblich in einen Sessel fiel. Sie hatten entschieden zuviel getanzt!

Clémentine schloß die Lider. Eine wohltuende Wärme zirkulierte in ihren Adern. Christophers Hände streichelten ihre Hand, massierten ihre Finger.

Das war schön ... so sanft und zärtlich.

Clémentine schlief plötzlich ein.

Die Sonne tauchte ein großes rosafarbenes Zimmer in helles Licht, als Clémentine wieder aufwachte.

Ein prächtiger Strauß roter Rosen, blauer Heliotrope und grüner Tulpen stand am Fenster, und an ihrem Bett saß jetzt nicht mehr Christopher, sondern Mimi.

Christopher hatte Clémentine im Morgengrauen verlassen.

Er hatte während der Nacht beobachtet, wie ihre Wangen allmählich etwas Farbe bekamen, wie ihr Atem gleichmäßig wurde. Zärtlich und gerührt betrachtete er das schmale Gesicht mit dem weißen Stirnverband. Clémentine ... o Clémentine ... Wer bist du, Clémentine?

Nachdem sie wie durch ein Wunder ins Leben zurückgekehrt war, packte Christopher wieder jene andere Angst, die er angesichts der Todesgefahr fast vergessen hatte.

Völlig erschöpft von den schrecklichen Tagen, die hinter ihm lagen, legte er die kleine schmale Hand behutsam auf die Bettdecke.

Die dicke Madame Berthe schlief mit offenem Mund auf einem Stuhl. Christopher beugte sich rasch über Clémentine und küßte ihre Finger.

›Mein Liebling ... mein kleiner Liebling ...‹

Wie ein Dieb schlich er sich aus der Klinik.

Die Einsamkeit lastete schwer auf ihm. Er hatte das Bedürfnis, mit Jean-Pierre zu sprechen, aber er sah auf einer Kirchturmuhr, daß es erst fünf Uhr war, und zu dieser nachtschlafenden Zeit wollte er seinen Freund dann doch nicht wecken. So streifte er ziellos durch die leeren Straßen Nizzas.

Auf dem Bahnhofsplatz lagen die Lampions und Girlanden des 14. Juli im Straßenstaub. Eine frische Morgenbrise ließ Christopher, der nur ein Hemd und eine leichte Hose trug, frösteln.

...Ein Schnellzug pfiff, ohne in Nizza anzuhalten.

Christopher setzte sich auf eine Bank. Er starrte lange Zeit auf die funkelnden Eisenbahngleise, dann holte er sein Notizbuch hervor und überflog die Eintragung, die er in jenem Pariser Labor gemacht hatte. Alle Kombinationen waren möglich ... Alle, außer einer ... Sein ganzes Glück hing von einer einfachen Tatsache ab: Blutgruppe Null kann nicht von jemandem mit Blutgruppe AB abstammen ... Null kann nicht von AB abstammen ...

Gegen sieben Uhr morgens, als die Stadt allmählich zum Leben erwachte, kehrte Christopher in die Klinik zurück.

Doktor Deschamps kam gerade aus der Intensivstation. Er bat Christopher in sein Büro.

»Alles in bester Ordnung, Monsieur ... Sie schläft jetzt tief und fest. Ich bin wirklich glücklich über diese plötzliche Wendung zum Guten ... Ihre Reflexe sind ausgezeichnet, sie ist jung und wird sich rasch erholen ...«

»Aber ... wird sie nicht unter ... ich meine ...«

Christopher fand vor Müdigkeit nicht mehr die richtigen Worte, aber der Arzt verstand, was ihm auf der Seele lag.

»Nein, nein, sie wird nicht unter irgendwelchen gravierenden Folgeerscheinungen zu leiden haben. Vermutlich wird sie sich an nichts mehr erinnern, nicht einmal an den Unfall. In vierzehn Tagen wird sie wieder ein normales Leben führen können. Natürlich wird sie sich etwas schonen müssen, denn in den nächsten Monaten wird sie häufig starke Migräne haben ... aber mit der Zeit werden diese Anfälle immer seltener werden ... Wichtig ist jetzt vor allem, daß ihr Ärger und Aufregungen erspart bleiben, und selbstverständlich darf sie keinen gefährlichen Sport treiben ... weder reiten noch skilaufen ... Aber ich weiß, daß Sie in dieser Hinsicht gut aufpassen werden ...«

Doktor Deschamps sah Christopher lächelnd an, der verzweifelt überlegte, wie er auf das Thema überleiten könnte, das ihn brennend interessierte.

»Ja, ja ... ich ... ich ...«

Er fuhr sich mit der Hand über die Stirn. Im Augenblick war er es, der eine schreckliche Migräne hatte.

Der Arzt legte Christophers Geste jedoch falsch aus.

»Ausgezeichnet, Sie verstehen die Situation ... ein weiterer Sturz auf den Kopf hätte fatale Folgen«, lobte er. »Ah, Monsieur, jeden Sommer kommt es hier zu solchen Unfällen. Diese verdammten Motorboote! Und außerdem versauen sie uns unsere schönen Küsten! Was werden sie aus unserem Mittelmeer machen, frage ich Sie? Das Tote Meer ... das ist es, wohin das letztlich führen wird ...«

Die Verschmutzung der Meere und Küsten war Christopher im Augenblick völlig egal. Der Chirurg hielt das Gespräch für beendet und ging schon auf die Tür zu, und Christopher hatte die Frage, von der sein ganzes Glück abhing, immer noch nicht stellen können.

»Ja, das ist wie bei einer Operation«, stammelte er.

»Pardon?«

Dem Arzt schien der Zusammenhang nicht ganz klar zu sein. Die Hand auf den Türknopf gelegt, warf er Christopher einen forschenden Blick zu.

»Falls ... falls in der Folgezeit eine Operation oder eine Transfusion notwendig werden sollte ... ich wüßte gern für alle Fälle ihre Blutgruppe ...«

Der Arzt klopfte ihm freundschaftlich auf die Schulter.

»Aber, aber, Monsieur, ich sagte Ihnen doch, daß jetzt keine Gefahr mehr besteht ... Wissen Sie, was Sie jetzt tun sollten? Vierundzwanzig Stunden schlafen! Warten Sie, ich gebe Ihnen ein gutes Schlafmittel ...«

Doktor Deschamps ging zu seinem Schreibtisch. Christopher stürzte ihm nach und haspelte:

»Sie müssen verstehen, Herr Doktor ... man weiß schließlich nie, was alles passieren kann. Für den Fall, daß sie wieder einen Unfall erleidet, möchte ich ihre

Blutgruppe in meinem Notizbuch stehen haben ... Ich ... ich ... es tut mir leid, daß ich so hartnäckig bin, aber wenn Sie bitte nachsehen könnten ... Ich bin fast sicher, daß sie Null hat ... ja, ja, es ist Null ...«

Christopher zupfte nervös an seinem Schnurrbart. Doktor Deschamps musterte ihn plötzlich mit dem durchdringenden Blick eines Psychiaters, der einen Geisteskranken vor sich hat. Er entschied offenbar, daß es vernünftiger war, diesem schrulligen Kerl nicht zu widersprechen, denn er setzte seine Brille auf, blätterte in einer Krankenkartei und erklärte schließlich:

»Mademoiselle Bonnet hat Blutgruppe A ...«

»A!« rief Christopher leichenblaß. »Sind ... sind Sie ganz sicher, daß es nicht Null ist ... Blutgruppe Null ...«

Er wischte sich mit zitternder Hand den Schweiß von der Stirn. Dem Arzt riß der Geduldsfaden. Er schloß energisch die Kartei.

»Hören Sie, Monsieur Bergman, ich weiß schließlich, was ich sage!«

Christopher schien jedoch so verstört, daß Doktor Deschamps etwas freundlicher hinzufügte:

»Das ist übrigens viel günstiger ... Blutgruppe A ist sehr häufig ... Es ist deshalb einfacher, im Falle eines Unfalles ...«

»Ein Ausweg? Nein, Jean-Pierre, es gibt keinen Ausweg! Oder doch ... es gibt nur einen einzigen ...«

Christopher lief um Jean-Pierres Bett herum wie ein Raubtier im Käfig.

»Wegfahren, das ist es, was ich tun muß ... wegfahren, ohne sie noch einmal zu sehen. Der Arzt sagt, daß sie sich nicht einmal an den Unfall erinnern wird. O Jean-Pierre, könntest du mir einen letzten großen Gefallen tun? Mit meinem Wagen zum Bahnhof fahren und die Großmutter abholen. Der Zug kommt um 16.10 Uhr an. Ich möchte ihr nicht begegnen. Was soll ich ihr sagen? Bist du nicht auch meiner Meinung?«

Christopher verlieh jedem Satz durch einen heftigen Schlag auf den Bettrahmen Nachdruck, ohne zu bemerken, daß sein Freund jedesmal zusammenzuckte.

»Könntest du dich vielleicht setzen, Chris? Du machst mich ganz nervös!«

Christopher ließ sich gehorsam auf einen Stuhl fallen, während Jean-Pierre in einem Pyjama schlüpfte und aus dem Bett stieg.

»Also, rekapitulieren wir alles noch einmal . . .«

Jean-Pierre begann nun seinerseits im Zimmer auf und ab zu laufen. Vor zehn Minuten war Christopher, ohne anzuklopfen, hereingestürzt und hatte Mimi rücksichtslos aus dem Bett gescheucht. In einem Zustand höchster Nervosität hatte er erklärt, während die junge Frau sich anzog:

»Sei so nett, Mimi, und geh gleich zu Clémentine in die Klinik. Bleib bei ihr . . . und wenn sie aufwacht, so sprich nicht von mir. Erzähl ihr auf keinen Fall, daß ich hergekommen bin. Sag am besten gar nichts. Na, du wirst das schon machen. Ach ja, sag ihr, daß ihre Mamita heute kommt.«

Nachdem Mimi verschwunden war, hatte Christopher seinem Freund von seiner Unterhaltung mit dem Arzt erzählt, die all seine Hoffnungen zunichte gemacht hatte, und von einem Anruf Madame Le Baratiers in der Klinik. Clémentines Großmutter hatte das Telegramm schließlich erhalten, und nachdem Madame Berthe sie über den Zustand ihrer Enkelin beruhigt hatte, hatte sie ihr Kommen angekündigt.

»Du kannst dich auf mich verlassen, Chris, ich werde die Großmutter abholen«, versicherte Jean-Pierre.

»Sprich nicht von mir! Erwähn mich am besten überhaupt nicht, damit sie Clémentine nichts erzählen kann!« legte Christopher auch ihm nachdrücklich ans Herz.

»Nein, nein, mach dir keine Sorgen, ich werde sie nur zu ihrer Enkelin bringen und dann – habe die Ehre, Madame!«

Jean-Pierre kratzte sich am Kopf.

»Was ich aber immer noch nicht ganz verstehe ... beweist denn diese Blutgruppe A nun ganz eindeutig und zweifelsfrei, daß sie deine ... na ja, du weißt schon, was ich sagen will.«

Christopher trommelte mit den Fingern auf einem niedrigen Tischchen.

»Aber nein, das beweist es nicht ... keineswegs ... aber es beweist ebenso wenig, daß sie es nicht ist. Die Sache ist doch ganz einfach ... wenn sie Null hätte ...«

»Ja, ja, das habe ich alles verstanden«, fiel Jean-Pierre ihm hastig ins Wort, um nicht noch einmal alle Kombinationsmöglichkeiten von Blutgruppen aufgezählt zu bekommen. »Ach, mein Guter, was für eine Geschichte ... was für eine dumme Geschichte! Aber die Hauptsache ist immerhin, daß sie wieder gesund wird ... Du wirst sehen, Chris, mit der Zeit wirst du sie vergessen ... Du wirst andere Frauen kennenlernen, eine Partnerin finden, die ...«

Jean-Pierre unterbrach abrupt seine guten Ratschläge, denn Christopher war aufgesprungen und brüllte wie ein Wahnsinniger:

»Finden ... finden ... Jean-Pierre, du bist einfach genial! Und wenn Clémentine nun ein Findelkind ist ... ein Adoptivkind? Ja, so muß es sein ... Je mehr ich darüber nachdenke, desto sicherer bin ich mir ... Sie wurde als Kleinkind adoptiert! Weißt du, was du tun mußt? Sobald ihre Großmutter ankommt, mußt du sie fragen!«

Jean-Pierre versuchte die freudige Erregung seines Freundes behutsam zu dämpfen.

»Hör mal, Chris, das scheint mir nicht sehr wahrscheinlich«, murmelte er verlegen. »Überleg doch selbst – Diane war damals zwanzig, René Bonnet vierzundzwanzig oder fünfundzwanzig ... Du glaubst doch nicht, daß sie in diesem Alter ein Baby adoptiert hätten! Aber ich werde die Großmutter danach fragen, obwohl es nicht ganz einfach sein dürfte ... Aber was täte ich für dich nicht alles ...«

Christopher ließ den Kopf hängen.

»Du hast recht, mein Lieber, ich mache mich total lächerlich ... entschuldige bitte ...«

Er verließ deprimiert das Hotel, lief zum Platz vor der Arena, umrundete ihn dreimal und betrat schließlich ein Blumengeschäft.

»Rote Rosen, grüne Tulpen, blaue Heliotrope, einige Margariten, Ranunkel, Ringelblumen und Löwenmäuler ... ein herrlicher Strauß, Monsieur!« versicherte die Verkäuferin. »Kommt eine Karte dazu?«

»Nein ... ja ... doch, warten Sie ...«

Mit verstellter Schrift schrieb Christopher ›Vom Club du Bonheur‹, schob die Karte in den Umschlag, adressierte mit ›Mademoiselle Clémentine Bonnet‹ und erklärte der Verkäuferin:

»Die junge Dame liegt nebenan in der Clinique des Mimosas.«

»Wir werden die Blumen sofort liefern, Monsieur.«

Ohne im Vorbeigehen auch nur einen Blick auf Clémentines Fenster zu werfen, begab er sich in die Rezeption der Klinik, um alle notwendigen Formalitäten zu erledigen.

»Ich übernehme alle Kosten für Arzthonorare, Verpflegung usw. Ich möchte, daß Mademoiselle Bonnet das beste Zimmer bekommt, und auch sonst alles, was sie sich wünscht. Hier ist eine Anzahlung. Schicken Sie mir die restlichen Rechnungen an die California New York Bank und ... ich verlasse mich auf Ihre Diskretion. Erzählen Sie bitte weder Mademoiselle Bonnet noch ihrer Großmutter etwas davon. Sagen Sie ihnen, daß die Versicherung sämtliche Kosten trägt ... Sie verstehen, Mademoiselle?«

»O ja, ich verstehe vollkommen, Monsieur.«

Christopher kehrte in etwas besserer Verfassung ins Hotel zurück und aß mit Jean-Pierre zu Mittag. Beide Freunde waren in ziemlich gedrückter Stimmung. Jean-Pierre hatte mit seiner Frau telefoniert, und Madeleine hatte gedroht, sie würde zu ihrem Anwalt gehen, wenn er nicht unverzüglich zurückkäme.

Als sie ihren Kaffee tranken, gesellte sich Mimi zu ihnen. Sie berichtete, daß es Clémentine sehr gut gehe. Sie war in ein schönes rosafarbenes Zimmer verlegt worden, schien glücklich zu sein, daß ihre Großmutter kommen würde, und freute sich sehr über die Blumen vom Klub. Christopher hatte sie nach dem Aufwachen mit keinem Wort erwähnt.

»Den Strauß muß Le Sauvage in Auftrag gegeben haben«, mutmaßte Mimi.

Christopher schloß sich in seinem Zimmer ein.

Um fünf Uhr klopfte Jean-Pierre an seine Tür.

»Auftrag ausgeführt, mein Lieber! Das war's ... die Großmutter ist jetzt bei Clémentine. Übrigens – ich habe sie während der Fahrt ausgefragt ... natürlich auf ganz diskrete Art, du kennst mich ja ... Die arme Frau war schrecklich besorgt und vegoß heiße Tränen. Sie sagte mir: ›O mein Gott, wenn meiner armen kleinen Clémentine etwas zugestoßen wäre ... Mein armes Mädchen ist ja bei seiner Geburt schon fast gestorben ...‹ Du siehst also, deine Theorie ... es tut mir leid ...«

Christopher gab ihm mit einer Geste zu verstehen, daß er ja keine Schuld daran trage.

»Ach, ist das alles ein Mist!« seufzte Jean-Pierre. »Ich muß Mimi jetzt auch Lebewohl sagen ... sie kehrt morgen in den Klub zurück ...«

Eine Stunde später fuhren Christopher und Jean-Pierre mit dem Wagen bereits auf der Autobahn. Sie kamen mitten in der Nacht in Paris an.

Jean-Pierre übernachtete bei Christopher. Als er sich am nächsten Morgen auf den Weg in sein Landhaus machte, hatte er die Miene eines Rekruten, der sich ohne Erlaubnis aus der Kaserne entfernt hat und weiß, daß der Feldwebel ihn am Tor erwartet. Christopher hatte ihm angeboten mitzukommen, aber Jean-Pierre wußte, daß Madeleine dann nur noch mehr in Rage geraten würde.

Der Bankpräsident war inzwischen aus den USA zurückgekommen und war sehr erfreut über Christophers vorzeitige Rückkehr aus dem Urlaub, weil er ihn zu Verhandlungen in den Iran schicken wollte.

Während Ginette Fernschreiben nach Teheran entwarf, rief Christopher – wie vereinbart – in Nizza an.

Mimi würde in wenigen Stunden auf die Ferieninsel zurückfahren. Sie berichtete Christopher die letzten Neuigkeiten. Clémentine ging es immer besser. Ihre Genesung machte so rasche Fortschritte, daß Doktor Deschamps glaubte, sie vielleicht schon in acht Tagen aus der Klinik entlassen zu können.

Danach würde sie zur Erholung mit ihrer Großmutter in deren kleines Haus in der Normandie fahren, wo sie früher jedes Jahr ihre Sommerferien verbracht hatte.

»Und ... hat ... hat sie von mir gesprochen?« fragte Christopher unwillkürlich.

»Nein, sie hat dich mit keinem Wort erwähnt! Also, es ist alles in bester Ordnung! Und, Chris ... küß Jean-Pierre von mir!«

O ja, alles war in bester Ordnung!

Christopher flog am nächsten Tag ins Reich des Darius. Er sah dort weder die Rosen von Isfahan noch die Säulen von Persepolis noch den Palast der Acht Paradiese.

Nein, Christopher Bergman atmete nur die gute klimatisierte Luft der Teheraner Banken ein. Er war wieder zu einem Arbeitsroboter geworden – diszipliniert, routiniert, perfekt programmiert! Und nur ein dumpfer Schmerz erinnerte ihn daran, daß im Laufe dieses kurzen herrlichen Sommers ein Kontakt abrupt und brutal abgebrochen worden war.

16

Auf den bunten Herbstblättern glitzerten Wassertropfen.

»Was für ein verregneter Oktober!« klagte Jean-Pierre.

»In New York war das Wetter auch nicht besser!« erwiderte Christopher.

Die beiden Freunde machten – in dicke Pullis und Wildlederjacken gehüllt – einen Spaziergang im Wald von Rambouillet. Ihre Stiefel sanken im Morast ein. Eine leichte Melancholie bemächtigte sich ihrer. Sie hatten sich seit dem Sommer nicht gesehen, und sie wußten, daß sie sich nicht so schnell wieder treffen würden.

Madeleines ständige Anwesenheit im Haus hatte sie die Flucht ergreifen lassen, unter dem Vorwand, daß der Hund etwas Auslauf brauchte. Sie hatten einander sehr viel zu sagen, aber jetzt, da sie unter sich waren, hielt eine typisch männliche Scheu sie davon ab, auf die Themen zu sprechen zu kommen, die ihnen wirklich am Herzen lagen.

Christopher wischte einen Regentropfen von seiner Brille ab und blieb stehen, um sich eine Zigarette anzuzünden. Er hielt die Packung Jean-Pierre hin, aber dieser schüttelte den Kopf:

»Danke, mein Lieber, aber . . . ich hab' eine Mordsangst vor Krebs und Herzinfarkt. Vor zwei Monaten habe ich das Rauchen aufgegeben.«

»Sehr vernünftig von dir!«

Christopher schob die Zigarettenschachtel in die Tasche, und sie gingen weiter.

Aus der Ferne waren Schüsse zu hören. Der gelbschwarze Bastard der Familie d'Orval spitzte seine langen Ohren und raste auf eine Lichtung zu.

»Konntest du wenigstens deinen Sohn in Philadelphia besuchen?« fragte Jean-Pierre.

Christopher zuckte mit den Schultern.

»Nein! Majorie war mit ihm nach Florida geflogen.«

»Oh ... nur um dich zu schikanieren?«

»Nein, um zu heiraten!«

»Deine Ex-Frau heiratet?«

Jean-Pierre machte vor Verwunderung große Augen. Christopher bückte sich und hob einen abgebrochenen Ast auf.

»Ja, einen Tennislehrer«, sagte Christopher mit einem leisen Lachen. »Der arme Kerl tut mir von Herzen leid!«

»Na ja, auf diese Weise wird sie dich in Zukunft wenigstens in Ruhe lassen, und du wirst endlich deinen Sohn sehen können.«

»Vielleicht ... wenn er dreißig ist ...«

Die Schüsse krachten jetzt ganz in der Nähe. Jean-Pierre pfiff nach seinem Hund.

»Wohin ist der Bursche denn verschwunden?« murmelte er besorgt. »He, komm her, wir gehen jetzt nach Hause, sonst wirst du noch aus Versehen von den Jägern abgeschossen!«

Als hätte er jedes Wort verstanden, tauchte der Mischling wieder auf und trottete folgsam hinter seinem Herrn und Christopher her.

»Ich freue mich sehr, daß du endlich einmal rauskommen konntest, mein Lieber«, sagte Jean-Pierre nach längerem Schweigen. »Bleibst du zum Abendessen?«

Christopher schüttelte den Kopf.

»Ich würde sehr gern dableiben, aber ich muß noch soviel erledigen ... packen und dergleichen ...«

Jean-Pierre stieß einen tiefen Seufzer aus.

»Weißt du, ich werde unsere Mittagessen zu zweit sehr vermissen!«

»Na, ich hoffe doch sehr, daß du mich besuchen wirst«, tröstete ihn Christopher.

»Aber nicht zum Mittagessen!« entgegnete Jean-Pierre lachend.

Christopher warf den Ast und seine nasse Zigarette fort und schob seine Hände in die Hosentaschen. Laute Flügelschläge ließen beide Freunde die Köpfe heben.

Eine Schar wilder Enten flog in V-Formation über die Bäume hinweg.

»Wer weiß schon, wo die Wildgans vorbeifliegen wird! Weißt du noch, wie du mir das prophezeit hast, Chris?« kicherte Jean-Pierre und klopfte seinem Freund auf die Schulter.

Christopher versuchte, sich seine plötzliche Schwermut nicht anmerken zu lassen.

»O ja, das ist wie bei den Sternschnuppen, mein Guter ... Man weiß nicht, woher sie kommen, man weiß nicht, wohin sie gehen und was aus ihnen wird ...«

Die letzten Worte waren nur noch ein Flüstern. Der Regen mußte ihn stören, denn er nahm rasch seine Brille ab und stapfte mit Riesenschritten davon.

Jean-Pierre öffnete den Mund, um etwas zu sagen oder zu fragen, besann sich dann aber eines Besseren und folgte seinem Freund schweigend.

Schließlich überwand er doch noch seine Scheu vor Bekenntnissen.

»Weißt du, Chris ... außer dir kann ich das niemandem sagen ... Was Mimi angeht ...«

»Ihr beide seht euch weiterhin«, ergänzte Christopher lächelnd.

Jean-Pierre blieb verwundert stehen.

»Woher weißt du das?«

Christopher klopfte ihm auf den Rücken.

»Man braucht dich nur anzusehen, wenn du ihren Namen aussprichst!«

Jean-Pierre blickte verlegen zu Boden, kickte nach einer Kastanie und ging weiter.

»Es . . . es ist keine oberflächliche Liebelei. Sie hat mir zuliebe die Arbeit im Klub aufgegeben, ich habe ihr einen Job und eine kleine Wohnung besorgt, wir treffen uns drei- oder viermal in der Woche, aber . . .«

Jean-Pierre sah sich beunruhigt um, so als könnte sich hinter jedem Baum ein Spion seiner Frau verstecken. Im Flüsterton fuhr er fort:

»Ich weiß nicht, was mit mir geschieht, Chris . . . Ich denke nur noch an sie, und ich überlege mir sogar, ob ich mich scheiden lassen soll . . . Stell dir das vor! Oh, es ist idiotisch, völlig idiotisch! Das ist . . . das ist . . .«

Jean-Pierre suchte nach den richtigen Worten. Christopher ergänzte mit einem melancholischen Lächeln:

»Das ist die leidenschaftliche Liebe wider alle Vernunft . . .«

Jean-Pierre blieb wieder wie angewurzelt stehen.

»So ist es! Wie hast du das nur erraten? Du hast es genau getroffen!«

Die beiden Freunde blickten einander in die Augen. Jean-Pierre bemerkte plötzlich Christophers verhärmte Miene. Ein Regenguß zwang sie zum Weitergehen.

Christopher blieb einen Schritt hinter Jean-Pierre. Nach kurzem Zögern erkundigte er sich:

»Hat Mimi dir etwas Neues erzählt . . . von . . . von Clémentine?«

Der Name kam ihm nur schwer über die Lippen.

Jean-Pierre nickte:

»Ja. Ich wußte nur nicht, ob ich es dir erzählen sollte . . . Mimi hat sie vor einem Monat übers Wochenende besucht . . . in der Normandie. Alles ist in Ordnung. Die Großmutter war krank gewesen, aber es ging ihr schon wieder besser, und Clémentine hatte die Absicht, in

Kürze für Modefotos nach Avoriaz zu fahren. Weißt du, Chris ... wenn du Mimi anrufen möchtest, um sie selbst nach Clémentine zu fragen oder um ihr etwas ausrichten zu lassen ... ich kann dir Mimis Telefonnummer geben ...«

»Nein, nein, danke ... deine Auskünfte genügen mir«, fiel Christopher ihm hastig ins Wort.

Er hob ein Stück Holz auf und warf es für den Hund weit weg. Der Mischling ignorierte es jedoch vollkommen, so als sei ein solches Spiel unter seiner Würde. Am Ende der Allee kam das weiße Haus der d'Orvals in Sicht, und er sauste mit freudigem Gebell auf sein Heim zu.

Jean-Pierre senkte die Stimme.

»Ich weiß nicht so recht, Chris, wie ich es dir erklären soll ... vor zwanzig Jahren war ich nicht so ... Jetzt, mit Mimi, ist es so ... ist es jedes Mal so, als ob ... als ob ...«

»Als ob es der vorletzte Treffer wäre!« vollendete Christopher gelassen.

Sie brachen plötzlich wie Pennäler in schallendes Gelächter aus. Der vorletzte Treffer! Jean-Pierre hatte Tränen in den Augen.

»Ah, mein guter alter Chris, du wirst dich niemals ändern!« gluckste er.

Eine keifende Stimme machte seiner Fröhlichkeit ein jähes Ende.

»Jean-Pierre ... Jean-Pierre!«

Madeleine tauchte zwischen den Bäumen auf.

»Jean-Pierre, beeil dich! Die Rasenmähmaschine ist kaputt!«

Der Blick, den Jean-Pierre seinem Freund zuwarf, sprach Bände!

Auf der Autoroute de l'Ouest hatte der Regen inzwischen aufgehört. Als Christopher aus dem Tunnel von Saint-Cloud herauskam, schillerte ein Regenbogen über Paris. Wie meistens an Samstagen, war auf den Vorortstraßen am Spätnachmittag wenig Verkehr, und bis zur Place de l'Etoile kam Christopher zügig voran.

Dafür herrschte auf den Champs-Elysées ein sehr lebhaftes Treiben. Vor den Kinos standen lange Menschenschlangen, die Autos wurden rücksichtslos in Doppelreihen und auf den Gehwegen geparkt, während die Besitzer ihre Einkäufe machten.

Christopher mußte in einem Verkehrsstau anhalten. Die Hektik um ihn herum ermüdete ihn. Er rieb sich die Augen unter der Brille und dachte, daß ein Ortswechsel ihm bestimmt guttun würde. Dort könnte er vielleicht ein neues Leben beginnen.

Christopher hatte Jean-Pierre nicht alles gesagt. Wie sollte er jemandem – auch wenn es sein bester Freund war – gestehen:

»Seit mehr als zwei Monaten leide ich wahnsinnig ... Trotz der vielen Arbeit, trotz meiner Reisen ... Ich hatte nicht das kleinste Abenteuer, nichts ... nur Leere und Einsamkeit ... Und was am schlimmsten ist – ich wache jede Nacht auf und suche nach einem Ausweg, den es nicht gibt! Nein, es gelingt mir nicht, sie zu vergessen ... Wie soll ich nur vergessen ... vergessen ...«

Hinter ihm brüllte ein Taxichauffeur wütend:

»Weiterfahren, du Vollidiot!«

Christopher ärgerte sich nicht einmal über die Beschimpfung. Phlegmatisch kam er der Aufforderung nach.

Am Marsfeld war deutlich zu sehen, daß Wochenende war: es gab genügend freie Parkplätze.

Christopher wollte gerade vor seiner Wohnung rückwärts einparken, als das Knattern eines Motorrades ihn zusammenfahren ließ. Eine schwere grüne Maschine brauste dicht am Flügel seines BMWs vorbei und bremste scharf. Der Fahrer stieg ab.

Er lächelte ... nein ... sie lächelte.

Wie durch dichten Nebel sah Christopher sie einen Sturzhelm abnehmen, der genauso grün wie ihr Motorrad war.

Mit einer ihm vertrauten Geste schüttelte Clémentine ihre langen braunen Haare. Dann begann sie ihm Anweisungen für das Einparken zu geben:

»Einschlagen ... zurück ... geradeaus ... so, jetzt klappt's ... ausgezeichnet ...«

Beim vierten Versuch war Christopher das Manöver endlich gelungen!

Er wußte selbst nicht, wie er aus dem Wagen herausgekommen war, aber plötzlich stand er Clémentine auf dem Gehweg gegenüber. Sie eröffnete das Gespräch:

»Paris ist groß, aber wie du siehst, trifft man sich trotzdem ... wenn man dem Zufall etwas nachhilft!«

Sie legte besonderen Nachdruck auf diesen Zusatz.

Christopher hatte große Mühe, seine Fassung zurückzuerlangen. Er erkannte ihr Lachen wieder, den Klang ihrer Stimme. Er betrachtete sie und staunte darüber, daß der schwere Unfall in ihrem Gesicht keine Spuren hinterlassen hatte. Ihre großen braunen Augen strahlten, ihre Wangen waren rosig, und auf der Stupsnase hoben sich immer noch die sieben Sommersprossen von der zarten Haut ab ... Vielleicht hatte sie ein wenig abgenommen, aber sie kam ihm in ihrer Motorradkleidung schöner und verführerischer denn je vor.

Christopher nahm seine Brille ab und schob sie in die Tasche. Er wußte, daß er unbedingt etwas sagen mußte. Mühsam stammelte er:

»Ich . . . ich bin sehr froh zu sehen, daß du . . . daß es dir . . . na ja, daß alles in Ordnung ist!«

Ihm war bewußt, wie banal seine Worte waren, und wie heiser seine Stimme klang.

Clémentine lachte über sein Gestotter, hob ihre Fransen etwas an und klopfte sich mit dem Zeigefinger gegen die Stirn:

»Hör mal . . . das ist immerhin hartes Holz, kein Weichkäse!«

Christopher zwang sich, in ihr Lachen einzustimmen.

Einige Regentropfen fielen wieder vom Himmel. Clémentine hob den Kopf. Ihre Blicke trafen sich flüchtig, aber Christopher wandte seine Augen sofort dem grünen Motorrad zu.

»Du . . . du hast ein neues . . .«

»Nein, ich habe es nur neu lackieren lassen. Ich hatte das Rot satt!« erklärte Clémentine fröhlich.

»Ah!«

Christopher wußte, daß er unverzüglich die Flucht ergreifen mußte, denn seine Verwirrung nahm mit jeder Sekunde zu.

»Nun . . . also dann . . . ich . . .«

Er machte einige Schritte auf die Tür zu, aber Clémentine war schneller als er.

»Ja, wir werden sonst noch ganz naß! Du lädst mich doch zu einem Täßchen Tee ein . . . schließlich sind wir gute alte Freunde!«

Das war keine Frage, sondern eine Feststellung.

Im Aufzug starrte Christopher beharrlich auf seine Schuhspitzen, während seine ›gute alte Freundin‹ ganz unbefangen plauderte:

»Den ganzen Tag hat's geregnet . . . Das ist wirklich ein Sauwetter, und kalt ist es auch noch . . . Ich habe schon meine Winterpullis rausgeholt . . . War auf dem Land schöneres Wetter als hier?«

»Hmmm . . .«

Mit dieser nicht gerade erschöpfenden Antwort drückte sich Christopher an die Wand, um Clémentine den Vortritt beim Verlassen des Lifts zu lassen.

Während er fieberhaft nach seinen Schlüsseln suchte, ging ihm eine Frage durch den Kopf. Woher wußte sie, daß er bei Jean-Pierre gewesen war? Die Antwort lag auf der Hand – Mimi! Er mußte auf der Hut sein. Im Augenblick hatte er aber Probleme mit dem Türschloß.

»Aber nein, das ist doch der Autoschlüssel!« sagte Clémentine mit einem Engelslächeln.

Sie stand dicht neben ihm. Viel zu dicht! Ihre Haare dufteten immer noch nach Geißblatt. Ihm wurde etwas schwindelig. In diesem Moment ging das Licht aus, und sie entfernte sich etwas von ihm, um auf den Schalter zu drücken. Er atmete auf und brachte es endlich fertig, seine Tür zu öffnen.

Im Flur stapelten sich Koffer. Im Wohnzimmer lagen überall Akten und andere Papiere herum. Ohne diese Unordnung zu beachten, zog Clémentine ihren Anorak aus, warf ihren Helm auf einen Sessel und streifte Christopher mit einem forschenden Blick.

Er stand mitten im Zimmer da, völlig überrumpelt von diesem Wirbelwind, der fast mit Gewalt bei ihm eingedrungen war. Er wußte einfach nicht mehr, was er tun sollte. Ihn fror plötzlich.

»Fühl dich ganz wie zu Hause!« sagte Clémentine freundlich. »Weißt du, was du tun solltest? Eine heiße Dusche nehmen, um wieder warm zu werden . . . Ich werde uns inzwischen etwas zu essen machen . . .«

Sie eilte in die Küche. Christopher hörte sie die Türen der Schränke öffnen und schließen.

Sie schwatzte fröhlich drauflos, aber Christopher nahm nur einige Fragmente auf. Es war die Rede von Fotos, von Schnee und Sonne in Avoriaz. Der reinste Wetterbericht!

Christopher lief erregt im Zimmer auf und ab. Er mußte etwas tun ... er mußte irgend etwas sagen. Er mußte ... er mußte ... Er ließ sich in einen Sessel fallen, zündete eine Zigarette an, drückte sie nach einem Zug wieder aus und sprang auf.

»Shit!«

Mit drei Sätzen war er in der Küche, wo Clémentine eifrig herumwerkelte. Wie üblich war es ihr gelungen, in kürzester Zeit eine katastrophale Unordnung anzurichten. Töpfe, Schüsseln und verschiedene Lebensmittel stapelten sich auf dem Tisch. Christopher holte tief Luft. Er hatte seinen Entschluß gefaßt.

»Hör zu, Clémentine ... ich möchte dir sagen ...«

Sie fiel ihm lächelnd ins Wort:

»Zum Teetrinken ist es schon ein bißchen spät ... Ich werde Spaghetti machen, mit viel ...«

»Das ist doch nicht die Möglichkeit!« stöhnte Christopher. »Das ist doch nicht die Möglichkeit!«

Er sank kraftlos auf die Eckbank. Es war zum Wahnsinnigwerden! Ob sie das absichtlich machte?

»Du hast recht ... Spaghetti sind vielleicht doch nicht so ganz das Wahre ... ich werde lieber ein Schinkenomelett für uns machen ...«

Und schon holte sie Eier aus dem Kühlschrank und schlug sie in einer Schale auf, die gleich darauf durch eine Salatschüssel ersetzt wurde, weil das Eiweiß über den Rand floß.

»Sei doch so nett und gib mir mal die Küchenkräuter ... es macht nichts, wenn du keine frischen im Haus hast ...«

Christopher hatte nicht die Kraft, Widerstand zu leisten. Er stand auf und holte die Dose mit der Kräutermischung aus dem Schrank.

»Ah, Salz und Pfeffer brauche ich auch. Ich finde hier überhaupt nichts mehr, deine Haushälterin muß alles umgeräumt haben. Gib mir die Schalotten, und wenn du Paprika und Curry hättest, wäre es auch nicht schlecht . . .«

»Hör zu, Clémentine«, versuchte Christopher es noch einmal, während er die Gewürze auf den Tisch stellte, wo sie geschickt die Eier schlug.

»Oh! Oh!« Sie tauchte kurz ihre Fingerspitze in die Mixtur und leckte mit ernster Miene daran. »Hoffentlich habe ich es jetzt nicht für deinen Geschmack zu stark gewürzt!«

Christopher machte einen Schritt auf das Fenster zu und sagte schnell:

»Clémentine, es ist das letzte Mal, daß wir uns sehen. Ich habe eine Stelle im Ausland angenommen . . .«

»Ich weiß!« erklärte Clémentine seelenruhig, ohne ihre Arbeit zu unterbrechen.

Christopher drehte sich überrascht um:

»Woher weißt du das?«

»Ich weiß es eben!«

»Das muß diese Klatschbase von Mimi gewesen sein!« rief Christopher ungehalten.

Völlig unbeeindruckt von seinem Ärger, legte Clémentine die Gabel hin.

»Laß doch die arme Mimi aus dem Spiel! Erstens hat sie dich sehr gern und ergeht sich in Lobeshymnen über dich . . . Und außerdem hat sie überhaupt nichts damit zu tun . . . Man hat es mir in deinem Büro gesagt . . . eine deiner Sekretärinnen . . .«

»Aber . . .«

Christopher wußte nicht mehr, was er sagen sollte. Er vertiefte sich in den faszinierenden Anblick des im Topf kochenden Wassers, wähernd Clémentine befriedigt fortfuhr:

»Oh, du darfst diesem armen Mädchen keine Vorwürfe machen ... Ginette heißt sie, glaube ich ... Sie war anfangs sehr mißtrauisch, aber als ich ihr sagte, daß ich für ›Time Magazine‹ eine Reportage über die großen Banken und ihre Führungskräfte schreibe, hat sie mir bereitwillig alle Auskünfte gegeben ...«

Christophers Kehle war wie zugeschnürt. Er konnte kein Wort hervorbringen. Aber das war nicht weiter tragisch, denn Clémentine redete für zwei!

Sie wischte sich die Hände an der Schürze ab und näherte sich Christopher.

»Direktor der California New York Bank in Rom! Das ist vermutlich eine Beförderung ... ich gratuliere dir!«

Sie schaute zu ihm auf, und plötzlich strich sie ihm mit einem Finger zärtlich über den Schnurrbart:

»Chris ... Christophe ... Christopher ...«

Diese sanfte Stimme, die seinen Namen so unnachahmlich aussprach ... Nein, das Drama durfte nicht wieder von neuem beginnen! Er wich zurück und wandte ihr den Rücken zu.

»Ich glaube, Clémentine«, begann er mühsam, »daß ich dir einiges erklären sollte ... Du hast vielleicht geglaubt, daß ...«

»Ja, und du ebenfalls!«

Angesichts dieser neuen Unterbrechung warf Christopher unwillkürlich einen Blick über die Schulter hinweg, aber nun hatte Clémentine ihm ihrerseits den Rücken zugewandt und schüttete die Eier in die Pfanne, während sie hastig erklärte:

»Du hast dir vielleicht alles mögliche dumme Zeug

eingeredet, und dabei war dieser Unfall eine ganz blödsinnige Sache. Ich habe die Möwen am Himmel betrachtet und deshalb Le Sauvage nicht gesehen. Bumm! Ich bin direkt auf seiner Bootskante gelandet. Doktor Deschamps war ganz erstaunt, daß ich mich daran erinnere ... Er sagte, daß die meisten nach einem solchen Unfall alles vergessen, aber ich habe ein verdammt gutes Gedächtnis ... Allerdings hatte ich ein Mordsglück, denn wenn es mich einen Millimeter näher an der Schläfe erwischt hätte, wär's offenbar wirklich um mich geschehen gewesen. Als Frühgeburt habe ich nämlich ohnehin besonders zarte Knochen und ...«

Christopher wirbelte auf dem Absatz herum, leichenblaß im Gesicht:

»Was hast du da gesagt?«

Clémentine beschäftigte sich hingebungsvoll mit ihrer Eiermasse in der Pfanne.

»Ich habe sehr zarte Knochen und sehr ...«

»Nein, davor!«

Er packte sie bei den Schultern und drehte sie zu sich herum.

»Einen Millimeter näher an der Schläfe und ...«

»Du hast gesagt ... du hast gesagt, du seist – was?« schrie Christopher und schüttelte sie heftig.

»Eine Frühgeburt ... Ich bin zwei Monate zu früh auf die Welt gekommen und mußte im Brutkasten aufgepäppelt werden.«

Clémentine lächelte unbefangen. Mißtrauisch erkundigte sich Christopher:

»Warum ... warum sagst du mir das?«

Clémentines Reaktionen waren für Christopher von jeher so unberechenbar wie Vulkanausbrüche gewesen.

»Warum? Ja, warum?«

Sie riß sich wütend von ihm los und brüllte:

»Weil ich von Geburt an total bekloppt bin! So bekloppt, daß ich immer noch einen Blödmann wie dich liebe, der so an seiner geliebten Freiheit hängt, daß er wie ein Dieb aus der Klinik flieht, ohne mich zu besuchen . . .«

»Wer hat dir das erzählt? Das kann nur Mimi gewesen sein!«

Christopher paßte sich ihrer Lautstärke an.

»Mimi! Mimi! Etwas anderes fällt dir heute wohl überhaupt nicht ein . . . Ach, verdammte Scheiße!«

Clémentine hatte sich bei dem Versuch, das Omelett zu retten, das auf dem Feuer anbrannte, die Finger verbrannt.

Sie warf die Pfanne ins Spülbecken, bespritzte die ganzen Kacheln und rannte ins Wohnzimmer, um ihren Anorak anzuziehen.

»Sei unbesorgt, ich gehe . . . ich wollte dir ohnehin nur Lebewohl sagen . . . du wirst in Rom deine Ruhe haben . . . Übrigens verlasse ich Paris ebenfalls, und zwar für immer!«

In ihrer Aufregung konnte sie nicht gleich das Armloch finden.

»Wohin denn?« fragte Christopher.

Sein Gesicht war erschreckend bleich.

»Nach Australien, um die Kanguruhs zu sehen!« schrie Clémentine.

17

»Vorsicht! Platz da! Achtung!«

Der Fahrer des Gepäcktransporters hupte nervös.

Christopher und Jean-Pierre wichen ihm auf dem zugigen, nassen Bahnsteig des Gare de Lyon aus und gingen sodann weiter nebeneinander her.

Jean-Pierre schien sehr fasziniert von der düsteren Bahnhofsatmosphäre zu sein.

»Du hast dich also schließlich doch noch für den Zug entschieden, Chris!«

Er nieste laut.

»Ja, es war praktischer!« erwiderte Christopher kurz.

Ein eisiger Windstoß fegte über den Bahnsteig. Christopher stellte den Kragen seines Trenchcoats auf. Jean-Pierre zog einen Schal aus der Tasche und schlang ihn sich um den Hals, während er seinem Freund nachblickte, der seine Brille aufgesetzt hatte und mit seinem geschmeidigen Gang auf einen Zeitungskiosk zuging.

Gleich darauf kam Christopher zurück und las ihm die Schlagzeilen laut vor:

»UNBEKANNTE ERMORDEN DREI GEISELN ... INTERPOL IN HÖCHSTER ALARMBEREITSCHAFT: IN FÜNF JAHREN HAT JEDER TERRORIST EIGENE ATOMBOMBE ... FLUGZEUG EXPLODIERT! UNFALL ODER ANSCHLAG? 210 TOTE ... JETZT ENDGÜLTIG SCHLUSS MACHEN MIT CHEMISCHEN GIFTEN! SONST WERDEN WIR BINNEN KURZEM ALLE ERSTICKEN ODER VÖLLIG DEGENERIERT SEIN, erklärt Professor Muller ... Na, das sind ja wieder mal erfreuliche Nachrichten ... Siehst du, mein Guter, deshalb sollten wir das Leben lieber genießen, finde ich!«

Lächelnd nahm Christopher die Brille ab und klemmte sich die zusammengefalteten Zeitungen unter den Arm.

»Gehen wir, es wird allmählich Zeit!«

Christopher marschierte auf den langen Fernzug zu, und Jean-Pierre hielt sich dicht an seiner Seite. Nach einigem Zögern entschloß er sich zu der Frage:

»Du . . . du freust dich auf die Zukunft, Chris?«

»Ja . . . aber deine Freundschaft wird mir sehr fehlen!«

Gerührt über dieses Geständnis eines normalerweise so zurückhaltenden Menschen, blieb Jean-Pierre stehen.

»Oh . . . du wirst in Rom sehr beschäftigt sein, Chris.«

»Das stimmt . . . alles wird neu für mich sein . . .«

Christopher zupfte an seinem Schnurrbart. Jean-Pierre hüstelte. Sie blickten einander schweigend an, dann schauten sie gemeinsam in dieselbe Richtung.

Der Zug war hell erleuchtet. In einem Schlafwagenabteil für zwei Personen stand Clémentine inmitten eines Durcheinanders von Koffern, Reisetaschen, Kartons und Plastiktüten, die in einem Flugzeug tatsächlich niemals unterzubringen gewesen wären, zumal zu diesem imposanten Gepäck auch noch ein Vogelkäfig und ein Katzentransportkorb gehörten.

Mit zerzausten Haaren und rosigen Wangen streckte sie lachend den Kopf aus dem Fenster:

»Huhu, Chris! Hilfe! Ich werd' hier allein nicht fertig!«

Christopher gab ihr mit einer Geste zu verstehen, daß er gleich komme. Sie warf ihm eine Kußhand zu und verschwand wieder im Abteil.

Christopher wandte sich lächelnd seinem Freund zu.

»Sie ist so glücklich!« sagte er gerührt.

»Du auch, habe ich jedenfalls den Eindruck.«

Christopher nickte stumm.

Clémentines schmale Gestalt huschte geschäftig im Abteil umher.

Ohne den Blick von ihr zu wenden, murmelte Jean-Pierre:

»Das ist schön . . . ich freue mich für dich . . .«

Die beiden Freunde gingen auf den Schlafwagen zu.

Eine Stimme dröhnte durch den Lautsprecher:

»Zum Palatino-Expreß nach Chambéry . . . Modane . . . Turin . . . Genua . . . Pisa . . . Rom . . . bitte einsteigen!«

Reisende liefen zu ihren Waggons. Eine Dame hatte ihren kleinen schwarzen Pudel verloren, der in der Nähe der elektrischen Lokomotive – eines grünen Ungetüms – ängstlich bellte.

Ohne sich von der allgemeinen Hektik anstecken zu lassen, schlenderten Christopher und Jean-Pierre auf das Coupé zu. Vielleicht wollten sie unbewußt den Abschied, der ihnen beiden sehr schwerfiel, noch etwas hinauszögern.

Jean-Pierre schaute seinen Freund von der Seite her an, öffnete und schloß einige Male den Mund, so als brenne ihm eine Frage förmlich auf den Lippen, stieß dann aber doch nur einen schweren Seufzer aus.

»Na ja . . . also dann . . .«

Christopher blieb stehen. Er mußte Jean-Pierres Gedanken erraten haben, denn er sagte plötzlich:

»Du wüßtest wahrscheinlich gern, was mir die Großmutter erzählt hat?«

Jean-Pierre blickte verlegen zu Boden.

»Du kennst mich ja, Chris, ich möchte auf keinen Fall indiskret sein . . . es ist nur, weil . . . weil . . . wir . . . du . . .«, stammelte er.

»Sie hat mir überhaupt nichts erzählen können«, erklärte Christopher im Weitergehen. »Die arme Frau hat schon Ende September einen Schlaganfall erlitten . . . Das sind ihre Kanarienvögel und ihre Katze, die wir mit nach Rom nehmen.«

»Oh . . . ein Schlaganfall . . . so ein Pech!«

»Nicht wahr?«

»Ja, aber ... du wolltest doch auch noch versuchen, den Arzt zu befragen, der ... der Diane damals entbunden hat.«

Jean-Pierre war sichtlich nervös.

»Ich konnte ihn nicht finden!« erwiderte Christopher.

»Ah!«

Die olympische Ruhe seines Freundes verwirrte Jean-Pierre immer mehr.

»Hmm ... äh ... vielleicht wußte die Tante in Australien etwas ...«

»Vielleicht ... Clémentine und ich werden sie vermutlich eines Tages besuchen, aber Australien ist sehr weit ...«

»Äh ... dann konntest du also ... hmm ... du konntest nichts nachprüfen?«

»Nein!« bestätigte Christopher gelassen, während er vor seinem Schlafwagen stehenblieb.

Er blickte Jean-Pierre scharf in die Augen:

»Aber schließlich konnte sie ja nichts wissen, stimmt's?«

»Nein ... nein, natürlich nicht!« versicherte Jean-Pierre hastig.

»Du hast Mimi doch niemals etwas verraten, oder?«

»Selbstverständlich nicht ...«

»Also ... warum hätte sie das alles dann erfinden sollen?« fragte Christopher lächelnd.

»Ja ... ja, natürlich ... warum hätte sie das tun sollen«, murmelte Jean-Pierre und schaute unwillkürlich zu Clémentine hinüber, die sich leicht beunruhigt über Christophers Ausbleiben aus dem Fenster beugte.

»Vorsicht bei der Abfahrt!« warnten die Lautsprecher.

»Schnell, Chris, schnell!« rief Clémentine.

Christopher sprang auf das Trittbrett des Waggons.

Jean-Pierre begriff allmählich, daß sein Freund Christopher Bergman eine bewußte Entscheidung getroffen hatte, und daß er sie ihm vorhin auf seine typisch angelsächsische indirekte Art und Weise erklärt hatte, indem er scheinbar die Schlagzeilen kommentierte: »Wir sollten das Leben lieber genießen!«

Erschöpft von zwei alptraumhaften Monaten, hatte Christopher sich ergeben.

Seitdem war alles ganz einfach geworden. Er liebte Clémentine, er hatte beschlossen, ihr zu glauben, er wollte keine Fragen mehr stellen, sondern einfach glücklich sein.

Christopher drückte Clémentine am offenen Fenster an sich.

Stolz auf ihren Sieg, lehnte sie ihre Schläfe zärtlich an seine Schulter.

Was wußte sie in Wirklichkeit? Was hatte sie mehr oder weniger erraten, als sie aus dem Koma erwacht war?

Hatte dieses listige und charmante Geschöpf Doktor Deschamps oder Madame Berthe zum Reden gebracht? Hatte die romantisch veranlagte Nachtschwester ihr teilnahmsvoll Christophers Leiden an ihrem Krankenbett beschrieben? Oder erinnerte sich Clémentine wirklich selbst daran, Christopher mit verweinten Augen über sich gebeugt gesehen zu haben?

Und Mimi ... welche Rolle spielte Mimi bei dieser Sache?

Hatte sie Clémentine von merkwürdigen Bemerkungen erzählt, die sie zwischen den beiden Freunden aufgeschnappt hatte?

Und Jean-Pierre ... hatte er sich auf Mimis Kopfkissen nicht vielleicht doch zu irgendwelchen Indiskretionen hinreißen lassen?

Oder sagte Clémentine vielleicht doch ganz einfach die Wahrheit?

Jean-Pierre blickte zu seinen Freunden empor. Der gute Jean-Pierre! Er hatte vor Rührung Tränen in den Augen, und seine Stimme schwankte ein wenig, als er winkend rief:

»Auf Wiedersehen ... auf Wiedersehen ... Seid glücklich ... und gute Reise!«

»Pah! Kann man sich im Leben überhaupt über irgend etwas sicher sein?« schrie Christopher ihm lachend zu und klopfte ihm liebevoll auf den kahlen Schädel.

Jean-Pierre blieb mit offenem Mund auf dem Bahnsteig zurück.

Er wurde kleiner ... immer kleiner ...

Der Zug rollte über die funkelnden Gleise ...

Christopher wollte das Fenster schließen. Ein Wirbelwind fiel ihm in die Arme.

»Aber meiner ... meiner fühlst du dich doch hoffentlich sicher, Chris! Du mußt doch wissen, daß ich dich liebe!« protestierte Clémentine.

Er lächelte.

»Das ist wirklich das einzige, dessen ich mir sicher bin, mein kleiner Liebling ...«

Er küßte nacheinander alle Sommersprossen auf ihrer Nase.

»O Chris, Chris! Ich werde dich immer lieben ...«

»Ja, liebe mich lange ... so lange wie nur irgend möglich!«

Er drückte sie so fest an sich, daß es fast schmerzte.

Wegen Bauarbeiten an den Gleisen fuhr der Zug nur sehr langsam an den geöffneten Fenstern der großen Mietshäuser in der südöstlichen Vorstadt vorüber. Aus allen eingeschalteten Fernsehern war der romantische Sommerhit des Jahres zu hören:

»L'amour dingue ... c'est la fièvre dingue ... l'amour dingue ...«

»Hörst du?« rief Clémentine entzückt.

Sie stellte sich auf die Zehenspitzen und flüsterte ihm etwas ins Ohr.

»Hier ... jetzt?«

Christopher tat so, als wäre er äußerst schockiert.

Clémentines große braune Augen funkelten wie zwei goldene Sterne. Sie lachten ausgelassen.

Der Zug erhöhte plötzlich seine Geschwindigkeit, und Clémentine und Christopher verloren das Gleichgewicht und fielen auf die Liege des Schlafwagens.

Sie hörten im Gang eine Glocke:

»Wir bitten die verehrten Fahrgäste zum Abendessen in den Speisewagen!«

Und dann hörten sie nur noch die Räder des Zuges, die rollten ... rollten ... rollten ... im Rhythmus ihrer Liebe ...

DER GROSSE LIEBESROMAN

Romane voll Abenteuer und Leidenschaft, aus Historie und Gegenwart.

28/99 - DM 6,80

28/100 - DM 7,80

28/101 - DM 7,80

28/102 - DM 7,80

28/103 - DM 7,80

28/104 - DM 7,80

28/105 - DM 7,80

28/106 - DM 7,80